JN013973

GHOST
RESTAURANT

結城真一郎

SHINICHIRO YUKI

難問の多い料理店

THE GHOST RESTAURANT

集英社

RESTAURANT

目次

CONTENTS

RESTAURANT

難問の多い料理店

THE GHOST RESTAURANT

ENTS

CONT

装画　ハチナナ
装丁　川谷康久

難問の多い料理店

THE GHOST RESTAURANT

転んでもただでは起きない ふわ玉豆苗スープ事件

目深に被っていたキャップのつばを少し上げると、眼前のアパートを振り仰ぐ。

十二月某日、時刻は深夜零時すぎ。

二階の角部屋——二〇四号室から上がった火の手は、刻一刻と建物全体に広がろうとしていた。轟々《ごうごう》と唸《うな》る火柱、夜空めがけて立ち昇る黒煙。時折バチバチ、ガラガラという崩落音が響き、少し離れたこの場所まで熱気が押し寄せてくる。

「ざまあみろ」

聞こえよがしに呟《つぶや》くと、すぐ近くで息を呑《の》む気配がした。見ると、野次馬の一人がこちらを凝視している。寝間着にダウンジャケット、頭にはヘアカーラーをつけたまま。近所の主婦だろう。火の手に気付き、慌てて玄関から飛び出してきたのだ。

「ざまあみろ」

もう一度言い、女の視線を振り払うように歩みを進める。といっても、この場を立ち去るわけではない。燃え上がるアパートに向かって、だ。

「ちょっと、なにするつもり!?」

女の金切り声と、それをきっかけに巻き起こったどよめきを背中に聞きながら、外階段を昇っていく。踏み外さぬよう慎重に。されど見せつけるべく堂々と。カン、カン、カン、カン、という乾いた音が小気味よい。

「危ないわよ！　戻ってらっしゃい！」

二階まで到着すると、そのまま右手に曲がり外廊下へ。これでもう観衆からは見えやしない。自分の姿も、これからすることも、何もかも。

目指すべき二〇四号室は目と鼻の先だ。

再びバチバチ、ガラガラという崩落音。

熱い、目が痛い、喉が痛い、息が苦しい。

でも。

大量の煙を吸い込んだ胸は、それを遥かに上回る充足感でいっぱいだった。

1

「焼死体です」

僕がそう口にした瞬間、男の背中がピクリと反応を示した。ここまでは本当に聞いているのだろうかと不安になるほど微動だにしなかったのだが、ようやく興味のアンテナに引っ掛かってくれたようだ。

「焼け跡から、焼死体が出てきたんです」

ダメ押しのようにもう一度言いながら、そこはかとない可笑《おか》しさが込み上げてくる。まったく、なにやってんだか。もし仮に僕が探偵事務所の助手で、目の前の男がその事務所の主だとすれば、特に違和感もないのだけれど。

苦笑を噛《か》み殺しつつ、辺りを見回す。

向かって右手に男の後ろ姿、左手奥の壁際には縦型の巨大な業務用冷凍・冷蔵庫、正面には四口コンロ・巨大な鉄板・二槽シンク・コールドテーブルなどが並ぶ広大な調理スペース、天井には飲食店の厨房《ちゅうぼう》などによくあるご立派な排煙・排気ダクト。

そう、ここはレストランなのだ。それも、ちょっとばかし……いや、そうとう変わり種で、もしかするとかなりグレーな商法の。

そして僕はというと、ビーバーイーツの配達員としてこの〝店〟に頻繁に出入りする、ただのしがない大学生だ。

棚の上の金魚鉢を眺めるべく丸めていた背中を起こしながら、男は――白いコック帽に白いコック服、紺のチノパンという出で立《いた》ちのこの〝店〟のオーナーは、ゆっくりとこちらを振り返った。

「それはいささか妙だね」耳に心地よい澄み切った声で言い、そのまま歩み寄ってくると、僕の対面に腰を下ろす。

「話を続けて」

「はい」頷《うなず》きつつ、視線は目の前の男に釘付けになる。

ダークブラウンの流麗なミディアムヘアーにきりっと聡明そうな眉、アンニュイな雰囲気を漂わせる切れ長の目。まっすぐ通った鼻筋しかり、シャープな顎のラインしかり、不自然なまでに完璧すぎるその造形からは、どこか人工的な匂いがしてくるほど。実はここだけの話、彼はよくできた蠟《ろう》人形でして……と説明されたら「やはりか」と納得してしまうだろう。中でも異彩を放っているのはその瞳だった。無機質で無感情。すべてを見透かすようでありながら、こちらからは何の感情も窺《うかが》い知ることができない。言うなれば、天然のマジックミラーだ。

そのマジックミラーが僕を見据えている。

話の続きを、と静かに促してくる。

「実は、その焼死体の身元が大問題なんです」

事の概要はこうだ。

いまから五日前、時刻は深夜零時すぎ。京王井《けいおうい》の頭《かしら》線・東松原《ひがしまつばら》駅から徒歩十分のところにある木造アパート『メゾン・ド・カーム』の二階の一室から火の手が上がった。

失火の原因はその部屋に住む大学生・梶原涼馬《かじわらりょうま》の煙草《たばこ》の不始末で、その日の晩、一人で晩酌を終えた彼はいつも通り寝支度を整え、床に就いたとのこと。しかし、その際ゴミ箱に放り込んだ最後の一服が完全に消えておらず、そこから炎上。ふと目を覚ましたときには、既に部屋中火の海だったという。

しばし奮闘してみたものの、自力での消火は不可能だと悟った彼はそのまま部屋を飛び出し、アパートの住民を起こして回ることにした。まずは自分と同じ二階、次いで一階と順番に。鍵のかかっていない部屋には問答無用で押し入り、締まっている部屋は住民が気付くまで外からドアを叩き続けた。その迅速な対応もあってか、幸いにもアパートの住民は全員が無事だったが、なんと焼け跡から——それも梶原涼馬の部屋から、焼死体が見つかったというのだ。

「諸見里優月《もろみざとゆづき》という女子大生で、梶原涼馬の元交際相手とのことです」

そう告げると、予想通り、オーナーは「ふん」と鼻を鳴らした。

「確認。その日の晩、梶原涼馬は『一人で晩酌していた』と証言しているんだよね？」

「はい」

「だとしたら、その証言が虚偽——実際はその日、彼は元交際相手である諸見里優月と部屋にいた。以上では？」

たしかに、これを聞かされたときは僕もそう思った。なぁんだ、それだけの話か、といささか拍子抜けもしたくらいだ。なぜ彼女が焼死体となったのか——ただ単に逃げそびれたのか、それとも逃げられないような状況だったのか、その辺りの事情はよくわからないけれど、彼女が梶原涼馬の元交際相手だったのだとすれば、その場に居合わせたこと自体は不自然でもなんでもない。

「ところが、話はこれで終わらないんです」

「ほう」とオーナーの片眉が上がる。

「依頼人曰く、近隣住民の大勢が『アパートに入っていく女を見た』と証言しているそうで」

中でも特筆に値するのは、アパートの向かいに住む主婦の証言だろう。

その日の晩、火の手に気付いた彼女は寝間着のままダウンを着て玄関を飛び出し、家の前の道から様子を窺っていたという。住民は無事かしらという心からの気遣い半分、マイホームに飛び火したらどうしようというやや自分本位な懸念半分で。

「すると、どこからともなく女が現れ、アパートの敷地に入っていったんだとか」

危ないわよ！　戻ってらっしゃい！　そう声をかけたが女は聞く耳を持たず、そのまま外階段を昇っていき、外廊下へ姿を消した。

「しかも、敷地に入っていく直前、その女はこう呟いたそうです」

ざまあみろ、と。

「なるほど」そのまま天井を仰ぎ、オーナーは瞼《まぶた》を閉じる。

十秒、二十秒と時が過ぎ、やがて彼は「ちなみに」と口を開いた。

「それは、いつのこと？」

「はい？」意味がわからず首を傾《かし》げる。

「時系列。女がアパートに入っていったのは、梶原涼馬が住民を救出する前なのか、それとも後なのか」

「えーっと」記憶を辿《たど》る。「前ですね」

その主婦の証言には続きがあった。

女がアパートに入ってから間もなく、二階の住民と思《おぼ》しき面々が順番に外階段を駆け下りてきた。そして、最後に現れたのがパンツ一丁の梶原涼馬だった、と。

そう補足すると、彼はもう一度「なるほど」と言い、やおら席を立った。

「え、もうわかったんですか？」

「あくまで推測だけど。問題は――」

それを如何《いか》に証明できるかだけ。

瞬間、ぴろりん、と調理スペースに置かれたタブレット端末が鳴る。

「あっ」と僕が目を向けたときには既に、彼は端末のほうへと向かっていた。

「注文ですか？」

「そのようだね」

「メニューは？」

「例のアレだよ」

〝例のアレ〟――すなわち、ナッツ盛り合わせ、雑煮、トムヤムクン、きな粉餅。通常では考えられない、地獄のような食べ合わせとしか言いようがないものの、だからこそ、これらのメニューをあえて注文する客には一つの共通点がある。

調理スペースに立つと、オーナーは淡々とコック帽を被り直した。

「さて、またどこかの誰かさんがお困りのようだ」

2

信号が赤に変わったのでブレーキを握り、シェアサイクルを停める。

キィーという甲高いタイヤの悲鳴は、走り始めた車の騒音に掻《か》き消された。

それにしても、いくらなんでも寒すぎる。今年いちばんの冷え込みというのは、どうやら嘘じゃないみたいだ。完全防寒のサイクルジャージを着ているとはいえ、この街特有の素っ気なさを纏《まと》った冬の冷気は、貧乏学生相手にも決して容赦してくれない。吐く息の白さと刺すような顔の痛み、感覚のない手足がそれを物語っている。

右足を路面についてバランスを取りつつ、サイクルヘルメットのあご紐《ひも》を締め直す。ガサガサとジャージが擦《こす》れ、やたらと前歯の大きいコミカルなビーバーが描かれた空っぽの配達バッグが背中でゆらりと揺れた。

かじかむ手でスマホを取り出し、時刻を確認する。

夜の十一時五十分。〝店〟を出たのがつい五分ほど前のこと。新たな注文が入ったので僕の〝案件〟はいったん棚上げとなり、居座られても邪魔だとかなんとか言って追い出された形だ。いまごろ、どこぞの配達員が〝例のアレ〟を受け取るべく〝店〟に向かっていることだろう。うーん、羨ましい。けど、誰が受注できるかはアプリのアルゴリズム次第なので仕方がない。明日以降やるべき〝宿題〟も仰せつかっていることだし、今日はもう店じまい。さっさと帰って寝ることにしよう。

夜の六本木《ろっぽんぎ》交差点は、いつもと変わらぬ騒がしさだった。

肩を組み大声を張り上げるスーツの野郎ども、足早に地下鉄の駅へと吸い込まれていく華やかな女たち、輪になって目配せを交わしつつこの後の展開を模索する男女の集団、こんな真冬なのに半袖半ズボンで巨大なリュックを背負った外国人観光客の御一行。頭上を走る首都高からは絶え間なく往来の音が轟き、右手には飛び石のようにオフィスの灯《あか》りが煌《きら》めく六本木ヒルズが聳《そび》え、眠らぬ街を静かに見下ろしている。

溢《あふ》れんばかりの熱気と、渦巻く欲望と、ある種の無常観。

官能的で、享楽的で、刹那的。

東京、六本木。

その甘美な響きに漠然と惹《ひ》かれていたのは事実だし、そこの空気を吸えば自分も何か特別な存在になれる気がしていたものの、いざこうして生活圏になってみると、なんてことはない普通の街だと思う。むろん、裏通りでタトゥー入りの大男が血まみれになりながら殴り合ったとか、クラブのVIPルームで鉄パイプが振り回されるような乱闘騒ぎが勃発したとか、そんな噂《うわさ》を耳にすることもあるけれど、こうしてビーバーイーツの配達員として走り回っている限り、それらはどこか並行世界で起こっている珍事にすぎなかった。

当たり前だ。

ありふれた自分の身に降りかかるのは、ありふれたことばかり。三日連続で道すがら黒猫を見かけたとか、改札を通るとき前の人のPASMOの残額がぴったり七百七十七円だったとか、配達の途中で東京タワーが消灯する瞬間をたまたま目にしたとか、僕が日常で出くわすイベントなんてせいぜいその程度。ドラマチックで、ファンタスティックで、手に汗握るような〝事件〟など起こるはずがないのだ。

信号が青になる。

ペダルに足を乗せると、緩慢に動き出す人波に合わせ、ゆっくりと漕ぎ出す。

そんな〝平凡な街〟の片隅に一風変わったレストランがあると知ったのは、いまから半年前――ビーバーイーツの配達員を始めて一年が経過した頃のこと。

配達員を始めた理由は気楽だから。ただそれだけだ。ぶらぶら適当に街を走り、オーダーが入ったら気分次第で受注する。特定の店舗に所属しているわけではないので上司や先輩の顔色を窺う必要もなく、好きなときに好きなだけ働けばいい。加えて、身体を動かすのは苦じゃないし、戦略的に取り組めば月に二桁万円以上稼ぐことも可能。となれば、親の反対を押し切って無理やり大学の近くで一人暮らしを始め、その代償として学費以外の援助はすべて絶たれ、明日を生きるために稼がねばならない身としては、やらない理由などなかった。

――お金を出すのは簡単だが、それじゃあお前のためにならない。

――したいのなら、自力でなんとかしろ。

ケチだなと思ったのは事実だ。たった一度きりの大学生活なのに、子どもをバイト漬けにするつもりか、と。でも、もしバイト漬けじゃなかったとしたら、これまで通り友達の家で酒浸りの副流煙まみれの麻雀漬けになるだけ。どうせ同じ漬物なら、前者のほうが歯ごたえもあって、健康にもよさそうに思えた。

そうして半年前のある晩、時を同じくしてビーバーが二十四時間対応となり、しかも深夜の配達は日中のそれより格段に報酬が高かったため、期待に胸躍らせながら夜の六本木を流していたら、折よくオーダーが入ったのだ。

『タイ料理専門店　ワットポー』――見たことも聞いたこともない店名だったけど、別に界隈《かいわい》の飲食店を網羅的に把握しているわけではない。もちろん二つ返事で受注し、アプリに指示された住所まで行ってみると、待ち受けていたのは何の変哲もない雑居ビル、そして奇妙な立て看板だった。

『配達員のみなさま　以下のお店は、すべてこちらの3Fまでお越しください』

そこに並んだ夥《おびただ》しい店名の数々――『元祖串カツ　かつかわ』『カレー専門店　コリアンダー』『本格中華　珍満菜家』『餃子の飛車角』などなど。その数、優に三十を超えようか。

お目当ての『ワットポー』とやらもそこに記されていたので、不審に思いつつも指示通りエレベーターで三階へ。

扉が開き、リノリウムの廊下へ恐る恐る一歩を踏み出す。頭上の蛍光灯はチカチカと明滅を繰り返し、そのせいかやたらと薄暗い。

雰囲気的に、とても飲食店があるようには――ましてや三十店舗以上が軒を連ねているとはとうてい思えなかったけれど、エレベーターを降りてすぐの壁に『配達員の方はこちらへ←』という張り紙を見つける。そしてその矢印が示す先には、すりガラス越しにぼんやりと灯りが漏れる一枚のドアが、たしかに存在していたのだ。

ドアノブを捻《ひね》り、おっかなびっくり足を踏み入れる。

扉の先に広がっていたのは、ごく普通のレンタルキッチン――料理教室やパーティー、テイクアウト専門店などに活用される貸スタジオだった。

入ってすぐのところに申し訳程度の椅子とテーブルが置かれ、その向こうには広々とした調理スペース、左手の奥には業務用の冷凍・冷蔵庫、右手には金魚鉢が載った棚。そして、調理スペースに立ちトントントントンと何かを刻む男が一人。白いコック帽に白いコック服、紺のチノパン。他に従業員らしき人影はない。彼一人で回しているのだろう。

なるほどね、とすぐに理解した。

前に、ネットニュースか何かで読んだことがある。

ここは、いわゆる〝ゴーストレストラン〟――客席を持たず、デリバリーのみで料理を提供する飲食店なのだ。アプリ上には様々な店名があたかも別個の店であるかのように掲載されているが、実際はすべて同一の調理場で作られたもの。いままさに男が作っている料理も、数ある店名の中のどれか一軒のメニューなのだろう。そうやって出店コストや人件費を削減しつつ、各店名に「元祖」や「専門店」といった文言を冠することで、利用者の優良誤認を狙おうというわけだ。現に、僕が受けた注文にも『タイ料理専門店』と書かれていたではないか。

そんなことを考えていると、フライパンに具材を放り込んだ男がつと顔を向けてきた。

――きみ、新顔だね。

それはもう、息を呑むような美青年だった。どこが、とかではない。全部だ。顔の造形も、発する声も、その佇《たたず》まいも、すべてが完璧で調和がとれているのだ。年齢はまるで見当がつかず、同世代――なんなら歳下と言われても納得がいくほどに純白の肌は透明かつ滑らかだが、そのいっぽうで、ひと回り以上歳上と言われても頷けるような、そんな落ち着きというか、そこはかとない静謐《せいひつ》さもある。

それはさておき、〝新顔〟とはどういうことだろう。初めて来たという意味では間違っていないが、逐一配達員の顔を覚えているとでもいうのか。

――注文の品ならできてるから。

見ると、すぐ目の前のテーブルの上に白色無地のポリ袋が一つ、ちょこんと載っていた。これに違いない。というわけでいつも通り配達バッグに格納し、あざしたー、とその場を後にしようとした瞬間だった。

――あと、お願いがあるんだけど。

じゅわぁぁと湯気を上げるフライパンを放置し、男がつかつかと歩み寄ってくると、なんとも香ばしいニンニクの香りが漂ってくる。この時間に嗅ぐこの匂いは、ほとんど犯罪的と言っていい。

――これを、いまから言う住所までついでに届けて欲しいんだよね。

差し出されたのは、ごく普通のＵＳＢメモリだった。当然ながら首を傾げていると、男は続けて信じられないことを口にしてみせる。

――報酬は、即金で一万円。

――あ、もちろん受領証をもらってここに戻ってきたら、だけど。

なんだそれは！　そんな美味しい話があっていいのか！

ただでさえ嘘みたいな見てくれの男が持ち掛けてきた、これまた嘘みたいな儲《もう》け話《ばなし》。

――どうだい？　やってくれるかな？

多分に胡散臭《うさんくさ》すぎたけれど、正直言ってかなり魅力的だった。

なんてったって、こちらは貧乏学生――明日を生き延びるために必死こいてギグワークに明け暮れる身なのだ。そこへ急に、飛んで火にいる福沢諭吉《ふくざわゆきち》お一人様ときた。

――ちなみに、この話は絶対口外しないように。

――もし口外したら……

命はないと思って。

それだけ言うと踵《きびす》を返し、男はネグレクトしていたフライパンの元へ帰っていく。

そんなバカな、と内心笑ってしまったが、顔には出さないし、出せなかった。こちらを見据える二つの瞳があまりに冷たく、ただの〝虚空〟と化していたから。

とはいえ、こんな美味しい話を誰かに教えるわけがない。

それは、僕の退屈な日常に紛れ込んできた初めての〝事件〟だった。


以来、僕はこの〝店〟にどっぷり浸《つ》かるようになった。

オープンと同時に周辺をチャリで流し、なるべくこの〝店〟絡みの案件を受注できるようにする。ビーバーに注文が入った際、それを提供する飲食店の近くにいる配達員へ優先的にオファーがなされるからだ。

〝店〟が開いているのは夜の十時から翌朝五時までの七時間。テイクアウト専門店としては前代未聞すぎる営業スタイルだが、とにかくその時間になったら周辺をうろうろし、オーダーが入り次第すかさず受注する。その足で〝店〟に駆け付け、商品を受け取る。すると、かなりの頻度で〝追加ミッション〟が課される。これをどこどこまで届けて欲しい。どこどこまで行って物を受け取ってきて欲しい。その〝お使い〟をこなすだけで即払い一万円。はっきり言ってうはうはだ。こんな景気のいいことをしていて商売が成り立つのかとむしろ不安になる。というか、そもそも僕は何を運ばされているんだ？　もしや、ヤクや何かの運び屋として利用されているんじゃ――なんて一瞬疑ってみたこともあったが、この疑問も〝店〟の仕組みを知る中で解決した。

その仕組みというのが、次の通りだ。

基本的には通常のテイクアウト専門店と同様、注文が入ったらすぐにそれを作り、配達員が客先に届ける。ただ、それだけ。

変わっているのは、特定の商品群をオーダーすることが〝店〟に対する〝ある依頼〟の意思表示となること。「サバの味噌煮、ガパオライス、しらす丼」で〝人探し〟、「梅水晶、ワッフル、キーマカレー」で〝浮気調査〟というように、いくつかの〝隠しコマンド〟が用意されているのだ。中でも一番アツいのが「ナッツ盛り合わせ、雑煮、トムヤムクン、きな粉餅」という地獄の組み合わせだった。

これらの四品が意味するのは〝謎解き〟——要するに、探偵業務の依頼というわけだ。このオーダーが入ると、受注した配達員には「その場で相談内容を聴取してくる」という〝追加ミッション〟が課される。報酬は即払い三万円。〝お使い〟よりも難度は高く手間もかかるので、まあ妥当な額だろう。そうして根掘り葉掘り聞き終えたら、すぐさま〝店〟へとんぼ返りし、内容を報告する。と、あら不思議。オーナーが鮮やかに解決へと導いてしまうのだ。めでたし、めでたし。

とはいえ、その日の聴取事項だけで万事解決するのは稀なので、追加で〝宿題〟が出ることもある。その場合、同じ配達員がそれを引き受け、いわば専任としてその案件に携わり続けるのが通例だ。もちろんこの〝宿題〟だってきちんと報酬が出るし、その額は〝お使い〟の数倍以上。フレキシブルな働き方が売りのギグワーカーを長時間拘束することになるため、多少なりとも色を付けてくれているのだろう。

こうなってくると、わざと〝宿題〟を課されるために前段の相談内容聴取を杜撰《ずさん》にするやつも出てきそうだが、少なくとも僕はそんなことしようとは思わない。そんな危ない橋は渡れっこない。というのも、顔見知りになった常連配達員の一人からこんな噂を耳にしたからだ。

——ここだけの話、前にそれをやったやつがいてね。

——あるときから、ぱったり姿を消したんだ。

——消したというか、消されたのかも。

もちろん、転居などにより縄張りが変わっただけかもしれない。どこかの企業に就職して配達員を辞めた可能性もある。というか、普通に考えればそういった理由によるものだろう。が、もしそうじゃなかったら？　あの日のオーナーの〝洞《うろ》のような目〟を思い出すにつけ、あながちありえない話でもない気がしてならなかった。

それはさておき、過去に一度だけ「どうしてこんな回りくどいことを？」とオーナー本人に尋ねたことがあるのだが、

――外注できる部分は外注する。コストダウン。当たり前でしょ。

とのこと。

配達員に〝お使い〟やら〝宿題〟やら毎度ウン万円も払うことがコストダウンに繋《つな》がるのかはよくわからないが、そのぶん多くの案件をこなせればトータルではプラスという判断なのだろう。ビーバーイーツならぬ、ビーバーディテクティブ。ついに探偵業務の一端をもギグワーカーが担う時代が来たかと思うと、なかなか趣深いものがある。オーナー曰《いわ》く「俺は〝探偵〟じゃなく、あくまでただの〝シェフ〟だ」とのことだけど、それを真に受けるほど僕もバカじゃない。

ちなみに、偶然にも例のメニューを頼んでしまった客がいたらどうするのか。これについては明確な回答が一つある。そんなやつはいない。以上。なぜって、四品とも見かけ上は異なる飲食店の商品だし、それぞれ単品で二万五千円――つまり、この四つを同時に注文すると料金は十万円になるため、これによって発動する〝隠しコマンド〟を知らなければ、酔狂な億万長者でもない限り、まかり間違ってもオーダーするはずがないのだ。

ついでに言えば、数ある配達サービスの中で「一回の注文で複数のレストランから注文することができる」のはビーバーだけなので、事実上、ビーバーでしかこの依頼はできないことになる。そ

の意味でも限りなくニッチで、アンビリーバブルな隙間産業と言えるだろう。

いずれにせよ、これこそが〝店〟の真の姿であり、僕が何度も秘密裏に遂行してきた例の〝お使い〟は、依頼者に報告資料を届けたり、追加資料を貰《もら》いに行ったり、そうした真っ当な目的があってのものだったわけだ。

〝ゴーストレストラン兼探偵屋〟――多角経営、ここに極まれり。

3

再び赤信号に捕まり、シェアサイクルを停める。

それにしても、と僕は配達バッグを担ぎ直す。

今回の案件は、なかなかに骨があると言わざるを得なかった。

オーダーが入ったのは今夜十時すぎ、〝店〟の開店とほぼ同時だった。

いつも通り受注し、注文主の元へ。配達先は、六本木の外れに佇む高級マンション『クレセント六本木』一〇一一号室。六本木通りを溜池山王《ためいけさんのう》方面へひた走り、大通りから一本入ると突如現れる比較的閑静な住宅街の一角に、お目当ての物件は建っていた。

――お待ちしていました。梶原です。

玄関に現れたのは、物柔らかな紳士然とした男だった。

歳の頃は、およそ四十から五十といったところ。長身痩軀《ちょうしんそうく》で容姿端麗。いまは上下とも緩いスウェット姿だが、それすら「オフモードのIT系カリスマ社長」みたいで様になっている。こざっぱりした短髪に縁なし眼鏡、その奥の鋭い双眸《そうぼう》と、これでスーツなんか着た日にはどう見てもインテリヤクザだが、言葉遣いや所作は丁寧かつ洗練されており、第一印象はすこぶる良かった。

あの、これ、と形ばかりに注文の品々が入ったポリ袋を差し出す。

それを一瞥《いちべつ》した梶原さんは、「ああ」と苦笑いを浮かべた。

――基本、夜は炭水化物を取らないようにしているんですけど。

これを注文するのがルールなので仕方ありません――と続いたわけではないが、そういう意味だろう。それなら別に無理して食べなくてもとは思ったけれど、たしかに捨ててしまうのは忍びない。食品ロスへのささやかな配慮、小市民にもできるＳＤＧｓだ。

――どうぞ、大したおもてなしはできませんが。

そう促され、配達バッグを小脇に抱えたまま玄関扉をくぐる。事情を知らない人が見たら「え、最近のビーバーは家に上がり込んで配膳・食事の介助までしてくれるようになったのか？」となりかねない場面だが、幸いマンションの内廊下に人影はなかった。

通されたのは、ごく普通の１ＬＤＫだった。白い天井に、白い壁、白い床。整然と並んだダークブラウンの家具たち。統一感があり、シックで落ち着いた雰囲気だ。物の少なさからして、おそらく一人暮らしだろう。そのうえ、どこからともなく良い香りがする。ハーブというかスパイスというか、とにかくそんな感じの。なんにせよ、暮らし向きは悪くなさそうだ。

――風の噂で、なにやら面白い店があると耳にしまして。

ダイニングテーブルの椅子を引きながら、梶原さんはぎこちない笑みを寄越す。

たしかに、人伝《ひとづて》に聞く以外でこの〝店〟の存在を知る方法はない。どこにも広告など出ていないのだから当然だ。しかし、存在を知ったからといって「じゃ、物は試しに」くらいのお茶目なノリで注文できるものでもない。四品で計十万円――いわゆる〝着手金〟だが、それを惜しまぬほどの問題を抱えているのは確実だろう。

事実、向かい合う形でダイニングテーブルに着くと、梶原さんはこう口を切った。

——相談というのは、息子の件なんです。

差し出される二枚の写真——構図はどちらも同じだった。眼鏡の少年を挟むようにして立つ小奇麗な男女。場所は校門の前で、背後では桜が咲き乱れ、三人のすぐ脇にはそれぞれ「入学式」と書かれた大きな立て看板が立っている。僕から見て右の写真が小学校、左が中学校のものだ。

写真の男はもちろんスーツ姿の梶原さんなわけだが……これはどう見てもインテリヤクザです、本当にありがとうございました。いっぽう、女性のほうはベージュのジャケットに同じくベージュのワイドパンツを合わせた、クールで知的な洋風美人。うん、お似合いだ。お似合いすぎて、ちょっと嫌味な感じもする。

写真の少年は、見るからに利発そうだった。顔の輪郭がへこむほどに度が強めの黒縁眼鏡しかり、その奥の意志の強そうな瞳しかり、ニヒルに歪《ゆが》んだ口元しかり、迷いなく伸びた背筋しかり。シャッターが切られる一瞬とはいえ、この年頃でこんな佇まいを見せられる男子はそう多くない気がする。さらさらの黒髪は耳が隠れるくらいに長いし、全体的に色白で、線も細く、ぱっと見だと女の子と勘違いしてしまいそうだ。

——手元にあるのは、この二枚だけなんです。

思いがけない言葉に、えっ、と写真から顔をあげる。

——実は、六年ほど前に離婚していまして。

そう言って、肩をすくめてみせる梶原さん。なるほど、だからいまはここで一人暮らしをしているわけか。たぶん、僕が「ご家族は今夜どこに？」と疑問に思うことを見越して先回りしてくれたのだろう。離婚事由については、あえて訊《き》くまい。もし必要なら勝手に話してくれるはず……と思っていたら、早速その話題になる。

――恥ずかしながら、リストラにあいましてね。

そうして食《く》い扶持《ぶち》を失った彼は自暴自棄になり、酒やギャンブルに溺れるようになってしまったらしい。愛想を尽かした妻は息子を連れて出て行き、まもなく送られてきた離婚届――それに判を押し、当時住んでいた横浜の賃貸マンションを引き払い、いまはここ六本木で一人住まいなのだという。

――すみません、余計な話でした。

いえいえと頭を下げながら、あらためて室内を見回してみる。やはり暮らし向きは悪くない。それに、腐ってもここは東京・六本木。やや辺境に位置しているとはいえ、家賃だってそれなりだろう。一度そこまで落ちぶれたのに、よく持ち直したものだ。

そうやって思いを巡らせる僕をよそに、梶原さんの話はいよいよ核心へと迫っていく。

――親権は妻にあり、めったに会うことはないんですが。

先日、ひょんなことから知ったのだという。

息子の――梶原涼馬の下宿先のアパートが全焼したと。

そこから語られた経緯は、僕がオーナーに報告した通り。

ひとしきり説明を終えた梶原さんは、なにやら声を潜めると、探るような上目遣いを寄越した。

――いちおう、現時点ではただの失火となっていますが。

おそらく警察は他のセンも――もしかしたら殺人の可能性すら疑っているかもしれない。なぜって、失火させた張本人の元交際相手が遺体となって焼け跡から出てきたのだ。むしろ、事件性を疑うのが当然だろう。例えば……そう、痴情のもつれとか。僕の貧弱な想像力では、それくらいが限界だけど。

とはいえ、例の〝アパートへ突入した女〟という謎もある。これがもし事実なら――というか、それだけ目撃者がいるのなら事実なのだろうが、そうだとしたら、奇妙奇天烈《きてれつ》な自殺というセンも否定できまい。動機は見当もつかないけれど、でなければなぜ、自ら燃え盛る炎の中に飛び込むような真似をする必要があるというのだ。

――ですから、ぜひとも突き止めていただきたいんです。

これは不幸な事故なのか、はたまたなんらかの事件なのか。

――警察よりも先に。

そう言って再度上目遣いを寄越す梶原さんだったが、その瞳の奥に、一瞬だけ粘着質な光が宿ったのを僕は見逃さなかった。

――そうすれば、なんらかの対策を打てるかもしれないから。

なんらかの対策――仮に息子が犯罪行為に手を染めていたとしたら、なんらかの隠蔽工作を施すつもりなのだろうか。先の妖しげな光をそのように解釈してしまうのは、さすがに捻くれすぎだろうか。

――お願いします、愛する息子のために。

わからない。というか、それは僕が考えるべきことじゃない。

なんせ、僕はただの〝運び屋〟だ。こんな夜中に大盛りはよした方がいいのではと思っても、言われた通り、客の元へ牛丼を運ぶしかないのだ。そこに僕の価値判断が介在する余地はないし、させる必要もない。思考停止という名のどこか窮屈な自由。でも、それはそれで意外と居心地が良かったりする。

とにもかくにも、僕は明日、仰せつかった〝宿題〟へ取り組むことになる。

例の主婦とやらから、当時の話をあらためて聴取するのだ。日給五万円——ただの〝お使い〟が霞《かす》んで見えるくらいに実入りがいいので、気合が入らないわけがない。

溢れんばかりの熱気と、渦巻く欲望と、ある種の無常観。

官能的で、享楽的で、刹那的。

東京、六本木。

その片隅で、怪しげな〝裏稼業〟に勤《いそ》しむ特別な自分。

信号が青になる。

めいっぱいペダルを漕ぎ、高揚感と優越感——そして、もしかすると一抹の背徳感に背中を押されながら、僕は暗闇の中を明日に向かって駆けていく。

4

「なんというか、迷いはない感じだったわ」

そう言うと、目崎《めざき》さん——『メゾン・ド・カーム』の対面に住み、謎の女に関する証言をした例の主婦は、ずずず、と湯飲みの茶を啜《すす》った。濃いめの化粧とぐるんぐるんにカールした髪が年齢を感じさせない——いや、訂正しよう。それらがやや年齢不相応な、どこにでもいる話し好きの気のいいおばちゃんだ。

一夜明けた昼下がり、時刻は午後一時三十分を回ったところ。

オーナーの指示通り、僕はせっせと〝宿題〟に勤しんでいる。

「いくら呼びかけても、まったく聞く耳を持ってくれなかったし」

インターフォンに出た彼女は最初こそ不審そうだったが、僕が素性を——「先日の火事で亡くなった女性の友人なんです。実は、妙な噂を耳にしまして……ええ、そうです、その件です。でも、にわかには信じられなくて……だから、現場に居た方から直接お話を伺えないかなと思い」と説明すると、必死さが伝わったのか、快く家に上げてくれた。罰当たりすぎる嘘だが、ぎりぎり方便の範囲か。

目崎さんが語る話に、これまでの情報との齟齬《そご》はいっさいなかった。

火事の晩、彼女は寝間着のまま玄関を飛び出した。そこへ不意に姿を見せた女は、しばし燃え上がるアパートを見上げていたが、やがて「ざまあみろ」と呟くとそのまま外階段を昇り火の海に姿を消した。うん、どれも既に知っている。

「でも、ありえないわよねぇ。燃えている現場に自分から飛び込むなんて。そんなのただの自殺行為じゃない」

住民を助けようって感じでもなかったし、とみかんの皮を剝きながら独り言《ひとりご》ちる彼女をよそに、いまいちど事故現場についても思い返してみる。

目崎さんのお宅を訪ねる前に——というか、目崎さんのお宅の目の前なので当たり前だが、もちろん現場はこの目で確認している。

そこら一帯は、良く言えば〝昔ながらの下町情緒溢れる〟、悪く言えば〝ゴミゴミとした狭苦しい〟、ごくありふれた住宅街だった。死んでも空き地だけは作らんという決意表明のごとく密集した民家、軽自動車がやっとすれ違える程度の細い路地、無秩序に頭上で入り乱れる電線。周囲に飛び火しなかったのは不幸中の幸いだ。

火事のあった『メゾン・ド・カーム』は、思った以上にひどい有様だった。木造の二階建てで、各階とも四部屋ずつという実にこぢんまりした佇まいながら、全体の七割ほどが焼け落ちていると、やはり見るに堪《た》えないほど凄惨だ。辛《かろ》うじていまだ建物としての体は為《な》しているものの、二階──特に出火元となった角部屋の二〇四号室を中心に、黒焦げとなった壁はただれたように崩れ落ち、屋根は抜け、そうして筒抜けとなった建屋内からはなんの残骸とも知れぬ廃材が無秩序に顔を覗《のぞ》かせている。

ここで、諸見里優月は命を落とした。それも、自ら火の海に飛び込む形で。

自分の意思だったとはいえ、さぞや苦しかったことだろう。

両手を合わせ二十秒ほどの黙禱《もくとう》を捧げるが、その間も疑問は付きまとっていた。どういう意味だったんだ？　きみは、なにに対してそう思ったんだ？

ざまあみろ、ざまあみろ──

「聞き間違いということはないですか？」

堪《たま》らずそう尋ねてみると、目崎さんは「え？」と怪訝《けげん》そうに眉を寄せた。

「『ざまあみろ』と聞こえたけど、本当は別の言葉だったとか」

うーん、と皮を剝く手が止まり、すぐに逆質問を寄越される。

「すぐには思いつかないけど、例えば？」

おっしゃるとおりだ。僕がラッパーなら咄嗟《とっさ》に韻を踏んだ別の言葉も出ただろうが、あいにくヒップホップは友達ではない。

「マスクのせいで声はくぐもっていたけど、聞き間違いではないはずよ」

「マスク……ですか」まあ、特に不自然ということもない。

とはいえ外見にまつわる話になったので、その点についても掘り下げてみる。

「ちなみにその日の晩、彼女はどのような服装だったんでしょうか？」

「服装？　うーん、割とうろ覚えだけど……」

レディースっぽい緩めのワイドパンツにオーバーサイズのロングパーカー、白のスニーカー、そして目深にキャップを被っていたという。いちおう新情報ではあるが、特徴がなさすぎてなにかに繋がるものでもなさそうだ。

まずい。突破口がない。

そう焦りを感じ始めた瞬間、ふと、オーナーの妙な依頼を思い出した。

——その主婦に会ったら、こう確認して欲しいんだ。

——パンツ一丁で現れたのはこの男で間違いないか、と。

彼が差し出してきたのは、僕が梶原さんから貰った二枚の写真のうちの一枚——中学の入学式に撮影された家族写真だった。もちろん現物ではなく梶原さんが事前にコピーしていたものだが、それにしても不可解だ。なんせ、七年ちかく前の写真なのだから。

調べたところ、梶原涼馬はネットリテラシーが低いのか、それとも自己顕示欲が強いのか、フェイスブックやらインスタやらですぐに本人アカウントを特定できたし、そこには最近の写真がしこたま掲載されてもいた。相変わらずフェミニンな感じで、ファッションもユニセックスな感じで、無造作ヘアーもかなりイケてて、大学デビュー……かどうかは定かでないが、眼鏡からコンタクトに変わった目元はさらに涼やかで、全体的に流行りの韓流アイドルみたいで、要するに何が言いたいかというと、めちゃめちゃモテそうだから気に食わなかった。

そんな僕の勝手すぎる妬み嫉《そね》みはさておき、それらじゃダメなんですかと訊くと、オーナーは「うん」と頷いた。

――SNSのではなく、貰った写真で確認するんだ。

たしかに梶原涼馬は童顔だし、中学の入学式の写真でも問題なく同一人物だと認識はできるものの、だからといってなぜ？

とはいえ、指示通り「すみません、もう一点だけ」と例の入学式の写真を差し出す。

「パンツ一丁の男は、この彼で間違いないですか？」

「えーっと、どれどれ」すぐさま手に取り、眉間に皺《しわ》を寄せながら眺めていた目崎さんだったが、やがて「ええ」と頷いた。

「眼鏡のせいで一瞬わからなかったけど、この彼で間違いないわ」

「なるほど、そうですか」

ダメだ。収穫なし。

ついに音を上げ、そろそろお暇しようと決めかけたときだった。

「あ、そういえば、いま思い出したんだけど――」

なにやら中空に視線を泳がせる目崎さん――やがて僕の視線に気付くと、いや、大した話じゃないんだけどね、と断ったうえで次のように語ってみせた。

曰く、二階からパンツ一丁で駆け下りてきた梶原涼馬は、そのまま一階の住民を起こして回ると、最後は道へ出てきて力尽きたように膝から崩れ落ちたという。大変なことになってしまった、大変なことをしてしまったと、うわ言のように口走りながら。

しかし、次の瞬間。

「道の先に目を向けると、『あかね』って呟いたの」

視線を追って見てみると、二十メートルほど離れたところに立っていたのは、彼と同じくらいの年恰好《としかっこう》をした派手な女だった。彼女は燃え上がるアパートを見やりながら、ただただ呆然《ぼうぜん》と立ち尽くしていたのだとか。

「写真を見たら、ふと思い出して」

注目に値する新情報だ。

脳内メモに「あかね」と書きつける。

顔見知りか、もしかすると、現交際相手かもしれない。

「すみません、急に押しかけてしまって」

頭を下げ、土産にみかんを二つ貰って、目崎さんの家を後にする。

最後の最後に、ようやく収穫らしきものを手にできた。むろん、二つのみかんのことではない。

〝脳内メモ：あかね〟――次に頼るべきは、たぶんこれだろう。

5

「絶対〝復讐〟のためだよ」

あかねこと芹沢朱音《せりざわあかね》は、西日に目を細めながらそう吐き捨てた。

「復讐？」思いがけない言葉に首を傾げると、彼女は「そう」と頷いた。

「あの子、涼馬のこと逆恨みして、ストーカーみたいになってたから」

「え？」とんだ新事実ではないか。

「だから、火事になったのを見て思いついたんだよ。ここに飛び込んで死んだら、涼馬は自分のことを一生忘れないって。どれだけ忘れたくとも、忘れようとしても、絶対に――」

さらに一夜明けた夕刻、時刻は午後四時をちょっとすぎたところ。

いま僕がいるのは、京王線・明大前《めいだいまえ》駅からすぐの明央《めいおう》大学和泉《いずみ》キャンパス――その一角にあるテニスコートだ。

昨日、目崎さんから仕入れた情報をもとに、例によって梶原涼馬のインスタを巡回してみると、すぐにお目当ての人物は見つかった。

芹沢朱音。ご丁寧にもタグ付のうえ、三か月記念とか言ってツーショットが掲載されていたからだ。そのまま芹沢朱音のアカウントにも飛んでみたところ、二人は同じ大学の同じテニスサークル『タイブレイク』に所属する同級生だということがわかった。その『タイブレイク』とやらも公式HPがあり、曰く、月水金はキャンパス内のテニスコートで練習をしているとのことだったので、こうして突撃取材を敢行したわけだ。

コートに到着してすぐ、後輩らしき男子学生に「芹沢朱音さんと話がしたい」と伝えると、訝《いぶか》しみながらも彼女を呼び出してくれた。

――え、なに？　まず誰？

やって来たのは、上下ジャージ姿のどこにでもいる派手な女子学生だった。肩口ほどの髪は鮮やかな金色に染め上げられているが、根元はやや黒くなっている。これから運動をしようという人間とは思えないほどに化粧はばっちり決まっており、流行りの太眉、アイライン強めの大きな目、ぷるんと艶《あで》やかなリップと、絵に描いたような量産型ＪＤだ。

最初は警戒心丸出しの彼女だったが、梶原涼馬の家から焼死体が見つかった件について依頼を受けて調査をしている旨を告げたところ、やや興味を示してくれた。

――え、もしや探偵みたいな感じ？

――こんな、どこにでもいる大学生みたいな人が？

余計なお世話だ。

――てか、その依頼者ってまさか涼馬のお母さん？

――悪いけど、もしそうなら協力はできないから。

聞き捨てならない台詞《せりふ》だった。なにか折り合いでも悪いのだろうか。とはいえ、母親からの依頼ではないし、協力してもらえないのは純粋に困るので、正直に「お父さんからです」と答える。守秘義務違反という文言が脳裏をよぎったが、別にそういう類いの契約を交わした覚えはないし、正直知ったこっちゃない。

――ああ、お父さんね。なら、いいよ。

――離婚しても、やっぱり息子想いなんだね。

優しくて素敵なお父さんだわ、と一人勝手に頷く彼女だったが、その説明には多分に頷ける部分もあった。別の女に乗り換えた元彼への〝復讐〟――これなら、例の「ざまあみろ」発言も割と筋が通りそうだ。

人知れずほくそ笑む僕をよそに、彼女は立て板に水のごとく喋《しゃべ》り続ける。

「たしかに私は涼馬に彼女がいるって知っててアプローチしてたし、まあ、そういう意味では略奪みたいなもんだけどさ、でも、自由恋愛なわけじゃん？　さすがにストーカー化するのはお門違いだし、ヤバいでしょ」

自由とやりたい放題を履き違えた典型的なアホ学生とは思ったが、自分も人のこと言えたもんか怪しいので黙っておく。

「ストーカーというと、具体的にどんなふうに？」

そう水を向けると、よくぞ訊いてくれたと言わんばかりに彼女は捲《まく》し立て始めた。

「大学の正門で待ち伏せしてたり、一晩中アパートの呼び鈴を鳴らしたり、郵便受けに脅迫状まがいの手紙を放り込んだり。最初は涼馬だけだったんだけど、最近は私も同じような目に遭ってて、正直なにかされるんじゃないかってビビってたんだよね。前に一度、最寄り駅で待ち伏せされて、『お前を殺して私も死ぬ』って言われたし――」

「なるほど」思った以上に事態は切迫していたようだ。

余談だけどさ、と彼女の話は続く。

「お酒を飲むと、もう全然ダメなんだって。まったく手が付けられないっていうか。さっきの『お前を殺して私も』のときだって、明らかに酔ってる感じで。付き合ってた頃からそうだったらしいんだけど、情緒不安定になって、泣いたり喚《わめ》いたりして、もう大変なんだって。まあ、お酒に強いわけじゃないからすぐに寝ちゃって、勝手におとなしくなるらしいんだけど」

彼女になんら他意はないのだろうが、ここで登場した〝お酒〟というキーワードは、実は割と重要だった。というのも昨夜、目崎さんから得た情報を伝えるべく〝店〟を訪れた際、オーナーからこんな話を聞かされたからだ。

――死亡した諸見里優月について、とある筋に調べてもらったんだ。

曰く、彼女の死因は一酸化炭素中毒によるもので、それ以外――火災による火傷《やけど》・裂傷などを除き、不自然な外傷はなかったとのこと。

――倒れていたのはバストイレ兼用の浴室らしいが、ここで一つ重要な情報がある。

──火事の瞬間、おそらく彼女は下着しか身に着けていなかったようなんだ。

これに関しては皮膚に残留していた繊維などから、まず間違いないとのこと。だとしたら当然の疑問として「服はいずこ？」となるのだが、浴室前の廊下にそれらしき衣服の残骸が見つかっているらしい。

──さらに、どうやら彼女は酩酊《めいてい》状態だったとみられている。

血中アルコール濃度から推察するに、こちらもほぼ確実だという。飲みすぎて、吐き気を催しトイレに駆け込んだ──というのは、いちおう筋書きとして納得できる。が、はたしてその際に服を脱ぐだろうか？　お気に入りだから汚したくなかったとか？　でも、だからってさすがに脱がないよな。

どれも聞き捨てならない情報ではあるが、いったいぜんたい、その〝とある筋〟とは何者なんだ？　こんな情報、警察しか持っていないはず──と疑問に思ったので素直にそう尋ねてみると、

──世の中にギグワーカーは自分だけだとでも？

とのこと。

なるほど、そういうことを専門にしている〝手足〟が他にもいるわけか。話の腰を折ってすみませんでした。

──さらに、もう一つ。

──その日の夕方、彼女のスマホに公衆電話から着信があったそうで。

しかも、それは『メゾン・ド・カーム』から徒歩五十メートルほどの距離にある公衆電話だと既に特定済みとのこと。着信があった時刻、その公衆電話を何者かが利用していたという目撃証言は出てきていないらしいが──

——梶原涼馬が、彼女を呼び出した可能性は高い。

同感だ。というか、事情を知る者なら誰もがそう思うだろう。

彼女が東松原駅へやって来たのが、その日の午後九時二十二分。駅周辺の複数の防犯カメラがその姿を捉えていたという。

——ちなみに、そのときの彼女の服装は目崎女史の情報と一致している。

緩めのワイドパンツにオーバーサイズのロングパーカー、白のスニーカー、目深に被ったキャップ、そしてマスク。

——チェックメイトまで、あと一手ってところか。

オーナーは金魚鉢から顔をあげ、こちらを振り返った。

——ってなわけで芹沢朱音の件、よろしく頼むよ。

「ちなみにその日、芹沢さんは彼氏さんのお宅を訪ねたんですよね？」

よろしく頼まれているので、いよいよ本題へと切り込むことにする。

あの晩、芹沢朱音が現場に現れたのは偶然か、はたまた必然か——一瞬逡巡《しゅんじゅん》するようなそぶりをみせたものの、黙秘や虚偽報告は不利に働くと思い直したのだろう、彼女は「そうだね」と首を縦に振った。

「謝ろうと思ったから」

「謝る？」

「その日、大学でちょっと喧嘩《けんか》してさ」

続けて語られたのは、次のような内容だった。

曰く、学食で雑談していた二人はひょんなことから口論へと発展したという。

「きっかけは、私が『もっとちゃんとした格好で大学来てくんない？』って言ったこと」

「はあ」痴話げんかの火種は、いつだってこんなものだ。

「前までは割と気を遣ってくれてたんだけど、最近は結構手抜きでさ。髪なんてぼさぼさだし、コンタクトじゃなくて眼鏡だし、服装もジャージとかスウェットだし」

それをきっかけに始まった軽い言い争いは、徐々にヒートアップしていく。

「その勢いに任せていろいろ言っちゃったんだよね。布団の上では絶対にスナック菓子を食べないとか、ワックスとかコンタクトを付けたままでは絶対寝ないとか、そういうところは異常なほど神経質なくせして、大学来るときの見てくれには無頓着なのかよ——こんなのが彼氏だと思われるの正直恥ずかしいんですけど、とか、あの女と禍根を残すような別れ方したせいでこっちも迷惑してるんですけど、とか、さっさとあんなボロアパート引っ越したらどうなのとか、そういう余計なことまで。思ってたこと全部」

「まあ、ありがちなやつですね」

ありがちだが、それにしてもよく喋る子だ。たぶん、喧嘩の際はこの何倍もの一斉掃射になるのだろう。うん、自分なら無理だ。三分と耐えられない。

「アパートの件はさ、お母さんが厳しいんだって。甘やかすのはよくないとかで、仕送りの金額的にもあれくらいの部屋にしか住めないんだって。しかもそれだけじゃなくて、彼女は作るなとか、学生の本分は学業だとか、とにかく口うるさいの。それもあって、あの女のこと警察に言いたくないんだって。母親にバレるといろいろ面倒だから。バカみたいでしょ。いや、わかるよ？　わかるんだけど、ちょっと厳しすぎるというか、いまはそんな時代じゃないっていうか。家にはその前に一回だけ行ったことあったんだけど、隣の生活音とかめっちゃ聞こえるんだよ？　普通にそんなのムリでしょ」

なにが普通にムリなのかは、僕も大人だ、人知れず察することにしよう。

ただ、彼女が梶原涼馬の母親を敵視する理由はわかった気がした。がみがみと口うるさく子どもに干渉する、いわゆる教育ママ――その煽《あお》りを少なからず彼女自身も食らっていて、その顔色を窺っている（ように見える）彼の姿勢にも不満があるのだ。

とはいえ、彼の母親の気持ちもわからないではない。離婚し、女手一つ――かどうかは知らないが、いずれにせよ手塩にかけて育ててきた愛息なのだ。そりゃまあ、厳しくもなるだろう。

それでいったら、我が家だって同じだ。一人暮らしをしたいと言ったとき猛反発されたのは、詰まるところそういう理由なのだ。お金を出すのは簡単だが、それじゃあお前のためにならない。したいのなら、自力でなんとかしろ。別に意地悪で言っているわけじゃないし、そのことを子どもはきちんと理解もしている。〝親の心子知らず〟と言うが、この歳になるとより正確には〝親の心わかっちゃいるが子素直になれず〟なのだ。

だからこそ、その点を部外者に突かれるのは梶原涼馬としても我慢ならなかったのだろう。お前に口出しされる筋合いはない、外野は黙ってろ。同じ状況になったら、僕だってこんなふうに声を荒らげてしまうはずだ。

「で、夜になっても全然ラインが返ってこなくてさ。未読無視、ずっと。だからちょっと不安になったんだよね。言い過ぎたかな、とか、まさか浮気してないよね、とか」

「なるほど、だからアパートに」

「迷ったんだけど、ぎりぎり終電もあったから」

その瞬間、コートのほうから「あかねー、次だよ次」と呼ぶ声がして、その場はお開きになった。

「まあ、なにかわかったら教えてよ。探偵さん」

ひらひらと手を振り、仲間の元へ駆けていく芹沢朱音。言っておくが、僕は〝探偵〟じゃなく〝運び屋〟だ――と、どこかで聞いたことのある台詞を胸の内で呟きつつ、彼女の背中を見送る。

多少なりとも、彼らにまつわる諸々の事情は透けて見えてきた。

日中に交際相手と喧嘩になり、ある種の浮気心が芽生えて元交際相手を呼び出したというのは、ありえない話でもない。そうして逢瀬《おうせ》を果たし、梶原涼馬の家を後にした諸見里優月は、何らかの理由――忘れ物をしたとか、名残惜しくなったとか、とにかく何かしらの理由で現場に舞い戻り、燃え上がる二〇四号室を目撃する。そして、妖しく円舞する炎を前にふと思いついてしまうのだ。

――ここに飛び込んで死んだら、涼馬は自分のことを一生忘れないって。

――どれだけ忘れたくとも、忘れようとしても、絶対に。

いちおう、筋は通る。いくつか不可解な点は残るものの、想定される筋書きとしてはもっとも合理的な気もする。いや、さらに言えば彼女自身が放火したというセンもありえるだろう。久方ぶりに意中の梶原涼馬から呼び出され、これ幸いと〝常軌を逸した心中計画〟を決意した、とか？　問題は、それを如何に証明できるかだが――

「――お疲れ。これで全部揃《そろ》ったね」

その日の夜、このときの顚末《てんまつ》を報告するや否や、オーナーは表情一つ変えずにそう言ってのけたのだ。

「え？　マジですか？」

「うん、マジ」

呆然とする僕をよそに、オーナーは「てなわけで」とあくまで飄々《ひょうひょう》としている。

「商品ラインナップにも追加しておかないと」

いよいよ〝最後のステップ〟――依頼主への報告だ。

実は、このときのために、初回の往訪時に〝合言葉〟を決めることになっている。特になんでもいいのだが、梶原さんは「合言葉って言われてもねえ」と苦慮していたので、僕から「座右の銘などは？」と促してみたところ、

――〝転んでもただでは起きない〟とかかな？

とのこと。

そうしていま、夥しい店名の中の一つ――『汁物　まこと』という店の商品ラインナップに、その〝合言葉〟を冠したメニューが追加されようとしている。たぶん「転んでもただでは起きないコンソメスープ」とか「転んでもただでは起きないけんちん汁」とか、そんな類いの何かが。そして、その料金がそのまま本件の〝成功報酬〟となるわけだ。どれだけ高額であろうとも、それを注文しないと依頼主は解答を知ることができないので、アコギな商売であることこのうえない。

汁物まことと、つまり、真相を知る者だ。

「値段は、五十万ってところかな」

耳を疑い、目を見開く。過去最高額ではないか。

「そんな値段で……はたして注文しますかね？」

堪らずそう尋ねると、オーナーは「ああ」と当たり前のように頷いた。

「大丈夫。いくらだって、彼は知りたがるはずだよ」

「え、それはいったいどういう……」

しばしの沈黙。

聞こえてくるのは、ぐあんぐあんと唸る換気扇の音だけ。

やがてコック帽を被り直すと、オーナーは飄々とこう言った。

「それじゃあ、試食会を始めようか」

6

信号が赤に変わったのでブレーキを握り、シェアサイクルを停める。

キィーという甲高いタイヤの悲鳴は、走り始めた車の騒音に掻き消された。

右足を路面についてバランスを取りつつ、サイクルヘルメットのあご紐を締め直す。ガサガサとジャージが擦れ、〝例のアレ〟を積んだ配達バッグが背中で小さく揺れた。

あの日、ラインナップに追加された『転んでもただでは起きないふわ玉豆苗スープ』はすぐにオーダーされ、そのままラインナップから静かに姿を消した。そんなふざけた商品が一瞬とはいえメニューに並んでいたことを知る者は、この世にほとんどいない。

結局、それを梶原さんの元へ届けたのは、僕ではない他の誰かさんだった。残念だけど、誰が受注できるかはアプリのアルゴリズム次第なので仕方がない。

報告資料に目を通した梶原さんは、なにを思ったのだろう。

その後、彼らの身にはなにが起きたのだろう。

寒さに身を震わせながら、いま一度、僕はあの日の顚末を思い返す。

「それじゃあ、試食会を始めようか」

僕の対面に腰を下ろしたオーナーは、続けてこう断言してみせた。

「結論から言うと、なにもかも梶原涼馬の自作自演だ」

目を瞠《みは》りつつ、心のどこかで「やはりな」と頷く自分もいた。うっすらと、その可能性は頭の片隅にあったのだ。とはいえ、いくらなんでも異常すぎてありえないか——とも思っていたし、それを裏付ける肝心かなめの証拠がない。

「彼のやったことは、おそらく以下の通り」

公衆電話から諸見里優月に電話をかけ、アパートに呼び出す。理由はなんでもいい。久しぶりに会いたいでも、話したいことがあるでも。いずれにせよ、彼女に断る理由などなかったはずだ。

「そうして部屋に上がり、しこたま酒を酌み交わす」

すると、どうなるか。

お酒に強いわけじゃない彼女はすぐに寝てしまい、勝手におとなしくなるはずだ。

「その彼女を浴室まで運び、服を脱がせる」

そしてそれを着ると、梶原涼馬は自らの部屋に火を放ってから外へ出たのだ。

ここで思い出すべきは、彼はフェミニンな感じで、普段から服装もユニセックスなものばかりということ。当然、女物の服でも問題なく着ることができたはず。ましてや、その日の彼女の服装は緩めのワイドパンツにオーバーサイズのロングパーカーなのだ。中肉中背の一般男性なら、彼に限らず誰でも着こなせただろう。

「やがて火が燃え広がったタイミングを見計らい、彼は現場へ舞い戻った」

それが、目崎さんを含む近隣住民が目撃した〝謎の女〟——その正体は、女装した梶原涼馬だったわけだ。

「『ざまあみろ』と呟いたのは〝復讐〟だと誤認させるため」

その際、声でバレる可能性は小さいと踏んだのだろう。そもそも火事で騒然としている現場なうえ、マスクで声がくぐもるから。いずれにせよ、この証言が出てくれば〝女〟の正体は梶原涼馬に悪意を持っている者——つまり、焼死体として見つかった諸見里優月に間違いないとなるはず。その策略に、全員が見事嵌《は》まっていたわけだ。

「自室へと舞い戻った彼は即座に服を脱ぎ捨て、再び外へ出た。浴室に彼女を放置したまま」

これなら浴室前に脱ぎ捨てられていた衣服にも、彼がパンツ一丁で飛び出してきたことにも説明がつけられる。また、そもそも論として後者については誰も違和感を覚えるはずがなかった。冬場とはいえ、暖房などをつけていれば布団を被ってパンイチで寝ることはありえるし、なにより、自室が燃えているのだ——飛び起きた後、服なんて着ている暇はなかったはずだと、誰もが勝手に納得するだろう。

「そうして住民全員を避難させれば、今回の状況ができあがる」

すなわち、火災現場に自ら入っていった〝謎の女〟が焼死体となって発見されるというものだ。

なるほど。すべての状況に説明がつくし、もはやそうであるとしか思えなかったが、問題は「如何にしてそれを証明できるか」ということ。

すると、オーナーは「その点に関してだが」と顎を引いた。

「そもそもおかしいと思ったのは、女が現場に入っていったタイミング」

証言によると、女がアパートに入ってから間もなく、二階の住民と思しき面々が順番に外階段を駆け下りてきた。そして、最後に現れたのがパンツ一丁の梶原涼馬だったとのこと。つまり、彼が外階段を降りてくる前だ。

「おかしくないか？」

そう問われても、首を傾げるしかない。

察しが悪いなとでも言いたげに鼻を鳴らすと、オーナーは続けてこう明言した。

「だとしたら、梶原涼馬と出くわすだろ？」

あっ、と声を上げてしまう。

その通りだ、完全に見落としていた――と思ったら、オーナーはさらにその先を行っていた。

「が、これに関してはギリギリ言い逃れが可能」

なぜなら、アパートの住民を起こして回る際、彼は鍵のかかっていない部屋には問答無用で押し入っているから。だとしたらその隙にその部屋の前を通過し、彼と出くわすことなく二〇四号室まで辿り着いた可能性も、かなり苦しいがゼロとは言い切れない。また、さらに厳密には、彼が寝ている間に浴室へ忍び込むこともできた可能性はある。むろん、彼が玄関を施錠していなければ、という仮定の話ではあるが。

「とはいえ、この話を聞いた時点で、おや、とは思った」

しかし、とその瞳に鋭い光がよぎる。

「それ以上に、彼の証言にはおかしい点があるんだ」

しばし試すような沈黙が流れた後、オーナーは静かに結論を口にしてみせた。

「あの日の晩、梶原涼馬は寝ていない」

えっ、と意表を突かれ、そのまま言葉を失う。

どういうことだ？　たしか、梶原さんの話では「その日の晩、一人で晩酌を終えた彼はいつも通り寝支度を整え、床に就いた」とのことだったが――

「だとしたら、彼は眼鏡をしていたはずだろ？」

「へ、眼鏡？」

「だって、起きてからしばらくは自力で消火すべく奮闘していたんだから。ぼやけた視界のまま、そんなことができるだろうか？」

瞬間、脳裏をよぎる「写真」の中の彼——顔の輪郭がへこむほどに度の強い、牛乳瓶の底のような黒縁眼鏡。命の懸かっている場面とはいえ——いや、むしろそういう場面だからこそ、身の安全のためにも眼鏡は必須なはず。

それと同時に、次々と脳裏に甦《よみがえ》ってくる台詞があった。

——眼鏡のせいで一瞬わからなかったけど、この彼で間違いないわ。

そう言って頷いてみせた目崎さん。

——ワックスとかコンタクトを付けたままでは絶対寝ないとか、そういうところは異常なほど神経質なくせして、大学来るときの見てくれには無頓着なのかよ。

そう言って頰を膨らませていた芹沢朱音。

僕がすべてを察したと気付いたのだろう、オーナーは「その通り」と頷いた。

「いつも通り床に就いたなら、彼はコンタクトを外していたはず。しかし、道に出てきた彼は眼鏡をしていなかった」

眼鏡をしていたか、とダイレクトに尋ねられたら、ピンポイントすぎて思い出せないかもしれない。だから、あえて俯瞰《ふかん》的に——眼鏡をしている時代の写真を見せることで、目崎さんの〝そこはかとない違和感〟を喚起することにしたのだという。

「『何かがなかった』という証言を引き出すのは、思っている以上に大変なんだ」

だからこそ、SNSにあがっている最近の——裸眼の写真ではなく、七年ちかく前の家族写真を見せるよう指示を出したのだ。

なるほど、完璧だ。筋は通っている。

が、ここであえて反論を試みる。なぜって、彼が単に裸眼だったという可能性があるからだ。別に彼の肩を持ちたいわけじゃないし、眼鏡のせいで顔の輪郭がへこむほどに目の悪い人間がはたして裸眼のまま動き回れるだろうか、という疑問はあるものの、ここは指摘しておかねばならないだろう。

「いや、裸眼なはずがない」

しかし、これをあっさりと否定するオーナー。

「だって、彼は呼びかけたじゃないか」

なにに？

薄闇の中、二十メートルほど離れた位置にいる女に「あかね」と、だ。

「その視力で、判別できるはずがないんだよ」

たしかに、おっしゃるとおりだ。

「よって、普段通り床に就いたという彼の証言は、十中八九虚偽と考えて間違いない」

では、なぜそのような嘘をつく必要があったのか？

ここまできたら、答えは火を見るより明らかだった。

ふうっとため息をつき、椅子の背に身体を預ける。

瞬間、なぜだか笑いが込み上げてきた。

何者なんだ、この男は。どうしてこんな男が、これほどまでにニッチで隙間産業的なことに従事しているというのだ。

それと同時に、依頼主である梶原さんの顔が脳裏に浮かんでくる。

――ですから、ぜひとも突き止めていただきたいんです。

――お願いします、愛する息子のために。

この事実を知ったとき、彼は何を思うのだろう。なんてバカなことをと涙するのか。それとも、愛する息子のために「なんらかの対策」を打つべく奔走するのか。

「あんな良い親父さんなのに……」堪らずそう呟いた瞬間だった。

「は？」小首を傾げると、オーナーはテーブルに身を乗り出してくる。

「なにか誤解しているようだな」

僕を見据えていたのは、例の〝洞のような目〟だった。

「依頼主の梶原という男についても、例のとある筋に調べてもらったんだ。はっきり言って、碌《ろく》なもんじゃないぞ」

その後、彼の口から語られたのは、耳を疑うような新事実だった。

曰く、彼がリストラにあった理由は会社の金を着服していたことがバレたこと――しかし大事になるのを嫌った会社上層部はこれを刑事事件とせず、彼を懲戒解雇することで事を収めることにしたという。

「それ以来、やつは本性を現したそうだ」

酒やギャンブルに明け暮れ、夫婦が息子のために貯めてきた貯金に手を付け、それを窘《たしな》めてきた妻には手を出すようになり――そうして、離婚届を突きつけられた。

しかし、別れた後も彼はたびたび元妻のところへと押し掛けた。俺が悪かった、よりを戻そうと迫り続け、ついに元妻は「これっきりにして」と札束を突き出してしまう。

「それが、運の尽きだったわけだ」

それに味をしめた彼は、その後も折に触れては金を無心した。あるときは「これで最後だから」としおらしく、あるときは「もし渡さなければ」と脅迫まがいに。平穏な暮らしを壊されたくない彼女は、こんなのいけないと頭ではわかっていながら、その都度金を渡してしまった。そうして彼は、元妻に寄生虫のごとくとりついたのだ。

「それに、どうやらそうとう黒いことにも手を出しているみたいだぞ。例えば、大麻の栽培・密売とか――その甲斐あって、ずいぶんといい部屋に住んでいなかったか？」

その瞬間、鼻腔の奥であの日の記憶が燻《くすぶ》る。部屋に通されるなり、どこからともなく漂ってきた良い香り。ハーブというかスパイスというか、とにかくそんな感じの。あれはもしかして――

絶句するしかない僕だったが、オーナーはそこへさらなる追い打ちをかけてくる。

「おそらく、今回のこの件も強請《ゆすり》のネタにするんだろう」

は？　と全身が強張《こわば》った。

「だから、さっき言ったんだ。いくらだって、彼は知りたがるはずだよって」

愕然《がくぜん》として、目の前が真っ暗になる。

残念ながら、涼馬は人を殺した。ここに、確たる証拠もある。で、どうする？　もし黙っていて欲しければ――そうやって、元妻に迫ろうというのか。

「〝転んでもただでは起きない〟ってわけだ」

そんなことにこれを利用するなんて、それでも実の親か？

「そもそも手元に二枚しか写真が残っていない時点で、円満な夫婦関係の解消じゃないことまではそのうえ、と頰杖《ほおづえ》をつくオーナー。

「どうして、警察より先に真相を知る必要があるんだ」

「あっ」ぐらりと視界が揺れる。

「警察の出した結論に納得がいかないというのなら、依頼の趣旨としてまだわかる。でも、あの時点では表向きただの失火だとされていたんだろ？　問題ないじゃないか、それで。さらに言えば、仮に警察より先に真相へ辿り着いたとしても、火事から五日が経過したあの時点で打てる〝なんらかの対策〟なんてありゃしない」

　よって、とオーナーは椅子の背に倒れ込んだ。

「別の目的があると睨《にら》んだわけだ」

　もはや返す言葉もなかった。

「まあ、父親も父親なら、息子もたいがいだがな。〝転んでもただでは起きない〟どころか、目的のために〝わざと盛大に転んでみせる〟んだから」

　言いながら、オーナーが目を向けたのは棚の上の金魚鉢だった。特に意味はないのだろうが、その瞬間、僕の脳裏には一つのイメージが浮かんでくる。

　金魚鉢の水を替えようと運んでいた彼は、蹴躓《けつまず》いて盛大にすっ転び、その金魚鉢を壊してしまう。当然、金魚も死ぬ。それを見た人は「よそ見なんてしてるから」と叱責もするだろうが、たぶんそれ以上に「怪我はないか」と心配するだろう。でも、駆け付けた人々は気付かないのだ。彼の真の目的が金魚を殺すことだったとは。その真意を隠蔽するために〝わざと盛大に転んでみせた〟とは。

　つまるところ、彼がやったのはそういうことなのだ。

真相が明るみに出なければ、おそらく彼が問われる罪は失火罪のみ。死者が出ているとはいえ、自分から火の海に飛び込む人間が出てくるなんてことはとうてい予見不可能なので、おそらく過失致死にはならないだろう。殺人を隠蔽するためなら、失火罪に問われるのもやむなし。木を隠すなら森の中どころか、その森ごと自分で植樹したのだ。

「それに、もしかしたら家を燃やすこと自体にも意味があったのかもな」

思い出したのは、芹沢朱音のしかめ面だった。

——勢いに任せていろいろ言っちゃったんだよね。

——さっさとあんなボロアパート引っ越したらどうなのとか。

——アパートの件はさ、お母さんが厳しいんだって。

——仕送りの金額的にもあれくらいの部屋にしか住めないんだって。

もしかして、一石二鳥だとすら思っていたのだろうか。ストーカー行為を繰り返す元交際相手を厄介払いしたうえ、いまの家が燃えてなくなれば新居に移ることができると、そう期待していたのだろうか。だとしたら、あまりにふざけている。それなら配達員でもなんでもして、必死こいて引っ越し費用をためるのが筋ではないか。自分がそうだっただけに、その考えの甘さには反吐《へど》が出る思いだった。

「とはいえ、これがすべて真実だと確定したわけではない」

状況を見るに、梶原涼馬の自作自演というセンが限りなく濃厚なだけで、諸見里優月が自分の意思で飛び込んだ可能性も完全には否定されてはいない。

「ただ、客の要望には応えた。これで決着だ」

決着……決着?

はたしてそうなのだろうか。むしろ、何一つとして決着などついていないのではないか。この〝謎〟を解いてしまったがゆえに——というか、単に一つの〝解答例〟を示しただけだが、そうしてしまったがゆえに、さらなる悲劇の連鎖が生まれかねないのだとしたら、はたしてそれは決着と言えるのだろうか。

「おい、勘違いするなよ」

黙《だんま》りを決め込む僕に、オーナーはぴしゃりと釘を刺す。

やはり、この男は鋭い。人の仕草——それも〝動〟だけでなく〝静〟の仕草からも、相手の胸中に渦巻く様々な思いを読み解いてしまうのだから。

「うちは、ただのレストランなんだ。であれば、すべきことは一つ」

客の空《す》きっ腹《ぱら》を満たしてやる。

「ただ、それだけだ」

なに無責任なこと言っているんだ、と憤慨しかけたが、なるほどそういうことか、と少しして納得がいった。

——俺は〝探偵〟じゃなく、あくまでただの〝シェフ〟だ。

あれは、そういう意味だったのか。

なんらかの欲に飢えた人々の、その空きっ腹を満たしてやる。目撃証言や現場の状況など、客観的事実という名の〝素材の味〟を活《い》かしつつ、客の〝好み〟に合わせて調理・味付けをする。それこそが、この〝店〟の——一風変わった〝ゴーストレストラン〟の存在意義であり、価値なのだ。

調理の過程でどれほどの添加物や化学調味料、劇薬、毒物の類いが食事に混入しようと、それが客の望みであるのなら——それで腹が膨れるのなら、その後いくら身体に支障をきたそうが、それでいいのだ。

いや、それでいいのか？

わからない。というか、たぶんそれは僕が考えるべきことじゃない。

オーナーがただの〝シェフ〟であるのと同様に、僕はただの〝運び屋〟だ。その食事がいかに健康を害する可能性のあるものだったとしても、言われた通り、仰せのままに、客の元へ運ぶしかないのだ。それがギグワーカーのあるべき姿であり、矜持《きょうじ》なのだ。

信号が青になる。

背中の配達バッグには、今日もまた誰かが頼んだ〝例のアレ〟が入っている。これを欲する誰かさんは、いったいなにに飢えているのだろう。どんな〝味〟を望んでいるのだろう。その腹は満たされるべきなのか、それとも飢え死にさせるべきなのか。

わからないし、わかる必要もない。

だって、僕はただの〝運び屋〟なのだから。

そう言い聞かせながら、溢れんばかりの熱気と、渦巻く欲望と、ある種の無常観にまみれた街の片隅で、今宵もまたペダルを漕ぎ続ける。高揚感と優越感——そして、以前よりも少しばかり増した背徳感と一抹の疑念を胸に、ただひたすら黙々と。

THE GHOST RESTAURANT

おしどり夫婦のガリバタチキンスープ事件

「危ないっ！」という絶叫が聞こえたときにはもう、身体は重力から解放されていた。ふんわりと宙に舞い上がり、上下の概念が消失し、千切れ雲が漂う三月の空を正面に見ている。痛みはない。というより、ほとんどなんの感覚もない。

それでも、瞬間的に状況は理解できた。

車に撥《は》ねられたのだ。

――死ぬのだろうか。

そんな予感が胸をよぎりつつ、どこかホッとする自分がいるのも事実だった。

――まあ、それも悪くないか。

これでもう、全部終わるのだ。

やっと解放されるのだ。

安堵《あんど》とともに脳裏をかすめたのは、やはり〝彼女〟のことだった。笑うと消えてなくなる目、つんと澄ましたような唇、透明な白い肌に映える二つの泣きぼくろ――

叶うなら、もう一度だけ声を聴きたかった。もう一度だけその肌に触れたかった。そしてなにより、謝りたかった。

ごめんな、と。

いろいろ黙っていて、ごめん。そのせいで、もしかすると傷つけてしまったかもしれない。でも、自分は心から君を愛していたんだと、ただそれだけ伝えたかった。

〝彼女〟の残像を繋ぎとめておきたくて、眼前の青空へと手を伸ばす。無我夢中で、最期の力を振り絞って。たった三本しか指が残っていない左手を必死に――

ドンッという衝撃。

それと同時に、世界は暗転した。

1

「指無し死体です」

私がそう口にした瞬間、シンクで金魚鉢を洗っていた男の手が止まった。ここまでは何を言っても柳に風、暖簾《のれん》に腕押しでまったく手ごたえがなかったのだが、ようやく好奇心の網に搦《から》め捕られたようだ。

「死体に、指が無かったんです」

「首ではなく？」

即座に寄越される物騒な確認――まるで、首のほうがまだ理解できるかのような口ぶりだ。が、その表情を見るに冗談や軽口の類いでないのは明白だった。いやはや、まったくもってふざけたやり取りである。もし仮に私が探偵事務所の助手で、目の前の男がその事務所の主だとすれば――いや、だとしてもやっぱり異常なことに変わりはないのだが。

「指です」と念押ししながら、辺りを見回す。

向かって右手には普段なら金魚鉢が載っているはずの棚、左手奥の壁際には縦型の巨大な業務用冷凍・冷蔵庫、正面には四口コンロ・巨大な鉄板・二槽シンク・コールドテーブルなどが並ぶ広大な調理スペース、天井には飲食店の厨房などによくあるご立派な排煙・排気ダクト。

そう、ここはレストランなのだ。それも、ちょっとばかし……いや、そうとう変わり種で、もしかするとかなりグレーな商法の。

そして私はというと、ビーバーイーツの配達員としてこの〝店〟に頻繁に出入りする、ただのしがない中年男だ。

蛇口の水を止め、タオルで手を拭いながら、男は——白いコック帽に白いコック服、紺のチノパンという出で立ちのこの〝店〟のオーナーは、小さく首を傾けた。

「それはいささか妙だね」耳に心地よい澄み切った声で言い、そのまま歩み寄ってくると、私の対面に腰を下ろす。

「話を続けて」

事の概要はこうだ。

いまから一週間前、三月某日。時刻は午後二時過ぎ。埼玉県春日部《かすかべ》市の某所にて、指宿大志郎《いぶすきたいしろう》という男が車に撥ねられ死亡した。年齢は三十五歳、家族は妻が一人。とある大手ハウスメーカーの社員で、三年前から春日部支店に勤務。この日もリフォーム希望の個人宅へ訪問する予定だったという。そうして近くのコインパーキングに営業車を停め、横断歩道を渡っていたところ——

「信号無視の暴走車が突っ込んできたんです」

なんとも痛ましい事故ではあるが、これ自体に不可解な点は特にない。車を運転していたのは近所に住む八十代の男性で、信号が赤に変わっていることに気が付かなかったと供述しているとのこと。大志郎やその遺族には申し訳ないが、こればかりは誠に不運だったと言うほかないだろう。

問題はその先だった。

「今回の依頼者は、指宿大志郎の妻・頼子《よりこ》でして」

警察から連絡を受け、遺体と対面した彼女は、そこではたと気付いたのだという。夫の左手の指が――小指と薬指の二本が、根元の辺りから欠損していることに。事故のせいかと警察に尋ねてみたが、どうもそうではないらしい。見る限り、既に処置から半年程度が経過しており、元からこうだったとしか思えないのだとか。

「ストップ」とオーナーは続きを制する。

「つまり、彼女はそこで初めて指がないことに気付いたと？」

「そのようです」

「二人は別居していたわけでもない？」

「ええ」

やはり、違和感を覚える点は同じようだ。

彼女はそこで初めて気付いた。裏を返せば、それまでは気付いていなかったということになる。同じ屋根の下で一緒に暮らしていたにもかかわらず、だ。さすがにこれを聞かされたときは「そんな馬鹿な」と胸の内で笑ってしまった。夫の指が二本も欠けていることに、半年ちかく妻が気付かないなんて――

「そんなこと、ありえるでしょうか？」

依頼者本人が目の前にいるわけではないので、心置きなく鼻を鳴らす。そもそもどういう状況で欠損したのか？　病院から連絡はなかったのか？　なかったのだとしたら、それはなぜか？

疑問符の海で溺れかける私をよそに、オーナーは「ところで」と頬杖をつく。

「ご結婚は？」

質問の趣旨がよくわからなかった。

「それは、この私が、という意味ですか？」

「うん」

「まあ、してますけど……」

「奥さまなら、絶対に気付くはずだと？」

「もし私の指がなかったとして、ということですよね？」

「そしてそれをご自身から奥さまに伝えなかったとして」

「いやいや」

なにふざけたことを、と憤慨しかけて、はたと口を噤《つぐ》む。どうだろう、と急に自信がなくなったからだ。私の妻は――咲江《さきえ》は、はたして同じ状況だったとして私の指が欠けていることに気付くだろうか。日々の暮らしの中で顔を合わせる瞬間はほとんどなく、二人で食卓を囲むこともない。寝室も別々だし、もう何年も身体を重ねていないどころか、手を繋ぐことだって皆無だ。

「さすがに気付くかと思いますが」

いやどうだろう、とあらためて自問しながら、呆《あき》れたように肩をすくめてみせる。むろん、呆れたのは質問の荒唐無稽《こうとうむけい》さに対してではなく、その点に自信を持ちきれない自分の境遇についてではあるのだが。

「それは、幸せなことだ」

そう独り言ちると、オーナーはコック帽を脱ぎ、テーブルの上にとんと置いた。

櫛通《くしどお》りの良さそうなミディアムヘアーに、冷ややかで人工的な上がり眉、聡明さと気怠《けだる》さが同居する切れ長の目。いつ見ても溜め息が出るほどに完璧な造形をしているが、中でも異彩を放っているのはその瞳だった。無機質で無感情。すべてを見透かすようでありながら、こちらからは何の感情も窺い知ることができない。言うなれば、天然のマジックミラーだ。

そのマジックミラーが私を捉えて離さない。

自分に嘘をついていませんか、と無言の圧力をかけるかのように。

「いずれにせよ」と私は視線を逃がす。

「特に事件性があるわけでもないため、警察による捜査は行われていません」

「まあ、だろうね」

「とはいえ、やはり知りたいんだそうです」

夫の指が二本欠損していた、その真の理由を。

「なお、ご本人はこんなことを仰《おっしゃ》っていました」

闇金へと手を出した末に首が回らなくなり、ケジメや脅迫の一環として指を詰められたのではないか、と。

——まあ、ありえませんよね。

同時に、言ったそばから彼女はこう首を振っていた。

たしかに、いまどきヤクザがそんなことを——それも、仲間内ではなく堅気の人間に対して強要するとは思えないし、する必要もあるまい。なくなっていたのが腎臓ならまだわかるが、彼らにしたって「指なんかいらないからさっさと金返せ」だろう。

「ただ、彼女がそうした発想に至ったのには、いちおう理由があるんです」

というのも、遺品を整理している中で、名刺やら何やらから大志郎が頻繁にキャバクラへ出入りしていたことがわかったのだという。そして、どうやら特定の一人に少なくない額をつぎ込んでいたらしいということも。

「これです」と先ほど借り受けたばかりの名刺を卓上に差し出すと、手元に引き寄せたオーナーの片眉が「ほう」と上がった。

『Club LoveMaze』――直訳すれば〝愛の迷宮〟といったところか。なんとも小洒落《こじゃれ》た筆記体に眩《まばゆ》いホログラム加工、そして紙面の右半分にはやや斜めを向いた女性のバストショット。明るい金色の髪をハーフアップにし、挑発的な微笑を浮かべている。源氏名《げんじな》は「東堂凜々花《とうどうりりか》」というらしい。面白いのは、その顔の造りがどことなく妻の頼子に似ていることだった。派手さや垢抜《あかぬ》け具合は比べるまでもないが、色白の肌や意志の強さを感じさせる大きな瞳、いくらか腫れぼったい唇など、個々のパーツにはいくつか類似点が見いだせる。たぶん、こういう感じが大志郎の好みなのだろう。

「割と近くの店だ」顔の前に名刺を掲げたまま、オーナーは呟いた。

「そうなんです」

記載の住所は、たしかに港区《みなと》六本木となっている。

「で、この『東堂凜々花』とやらに入れ揚げていたらしいと？」

ええ、と頷きつつ、すかさず補足する。

「ですが、彼女が言うにはそれはそれで妙だということでして」

なぜなら、夫である大志郎には、そうした遊びに繰り出せるほどの金銭的な余裕はなかったはずだから。月の小遣いは三万円。それを差し引き、残った分の給与は全額家族の口座へ振り込んでいたという。

「給与明細や賞与明細までチェックしていたらしいので、へそくりを貯められるはずはないとのことです」

　となると、たしかに消費者金融などに頼っていた可能性はあるし、その限度額を超えたために違法な闇金へ手を出した可能性も、絶対にないとは言い切れない。

「とまあ、だいたいこんな感じです」

「なるほど」そのまま天井を仰ぎ、オーナーは瞼を閉じる。

　十秒、二十秒と時が過ぎ、やがて彼は「ちなみに」と口を開いた。

「欠損していたのは、左手で間違いない？」

「はい？」

「右手ではなく」

「ええ、左手で間違いありません」

「なるほど」ともう一度頷きながら、彼はやおら席を立った。

「え、もうお分かりに？」

「いや、さすがに」

　なので、とオーナーはコック帽を手に取り、被り直す。

「三日後、もう一度来てもらいたい」

　つまり〝宿題〟が課されるということだ。まあ、それはそれで報酬が増えるため、特に悪い話ではないのだが。

「時間は、夜の九時で」

「承知しました」

　瞬間、ぴろりん、と調理スペースに置かれたタブレット端末が鳴る。

「あっ」と私が目を向けたときには既に、彼は端末のほうへと向かっていた。

「注文ですか？」

「そのようだね」

「メニューは？」

「例のアレだよ」

調理スペースに立つと、オーナーはシンクに置き去りにしていた金魚鉢を取り上げ、タオルで乾《から》拭《ぶ》き始めた。

「さて、またどこかの誰かさんがお困りのようだ」

2

帰宅して玄関扉を開けると、既に室内は真っ暗だった。時刻は深夜零時三十分。当然ながら、妻の咲江はもう寝ている時間だ。やたらと前歯の大きいコミカルなビーバーが描かれた空っぽの配達バッグを脇に置くと、静かに靴を脱ぎ、部屋にあがる。

右手のリビングに入ると、手探りで電気のスイッチを押す。寝入りばなを起こされたかのようにパチパチチッと蛍光灯が明滅し、すぐさま見慣れたリビングが照らし出された。

十畳ほどのこぢんまりとした空間には、目を惹くような洒落た家具・家電はいっさいない。量販店で買った量産型のテレビに、ありきたりなスチールラック、どこにでもあるダイニングテーブル。その上にはラップのかかった皿が何枚か——当然ながら「お疲れさま♡」と書かれた置手紙など添えられていない。

しずしずとそれらの皿を手に取ると、キッチンへ向かい、電子レンジに放り込む。あたためのボタンを押すと、これまた「こんな遅くにかよ」と文句を垂れるかのごとく、ぶーんという稼働音が響き始めた。それ以外、家の中には物音一つしない。

これが、私の日常だ。

妻は日中パートに出ており、私はビーバーイーツの配達員としてこんな夜遅くまで――いや、今日はまだずいぶん早いほうだろう。下手したら、既に日が昇り始めた早朝に帰ることもある。とにかく、そうやって走り回っているため、家で顔を合わせる機会はほとんどない。私が寝ている間に妻は出て行き、妻が寝ている間に私は帰ってくる。唯一同じ家に住んでいると実感できるのは、こうして彼女が作り置きしてくれた夕食を電子レンジで温めている間だけ。

いつからだろう、とラップのかかった皿を眺めながら思う。どうしてこうなってしまったんだろう、とも。しかし、淡いオレンジの光に照らされた皿たちは「いや俺たちに訊かれたところで」とでも言いたげに、なんとも肩身が狭そうに、ただただ黙ってそこに鎮座しているだけだった。

結婚したのはおよそ二十年前。私が二十八歳、咲江が二十六歳のときだ。友人に紹介され、その流れで交際が始まり、なんとなく成り行きで一緒になっただけ。世に言うような大恋愛ではなかったかもしれないが、それでも当時の私たちはたぶん――いや、間違いなく愛し合っていた。愛し合い、互いを尊重していた。

取り立てて美人というわけではなかったが、第一印象はかなり良かった。話を聞くときはまっすぐに話者を見つめ、大袈裟《おおげさ》すぎず、かといって素っ気なくもない、適切な相槌《あいづち》を打つ。どんなときもしゃんと背筋が伸びていて、向日葵《ひまわり》みたいに姿勢がいい。そうした些細《ささい》な所作の一つひとつに、私は好感を持った。箸の持ち方もすこぶる綺麗で、端々から育ちの良さが窺えた。とある大手企業で受付事務をしているとのことだったが、仕事の愚痴など一つも言わず、一緒にいるときはいつも満面の笑みを振りまいてくれた。

だからこそ、結婚に躊躇《ためら》いなどあるはずがなかった。波瀾万丈《はらんばんじょう》で、野心や冒険に溢れた人生にはならないかもしれないが、彼女とならば地に足の着いた、身の丈にあった幸せを嚙みしめられそうだと思ったからだ。

結婚してからも、しばらくは順風満帆そのものだった。

週末は一緒にどこかへ出掛け、帰りに近くのスーパーで買い物をする。その間も腕を組み、手を繫ぎ、まさに絵に描いたようなおしどり夫婦だった。結婚を機に彼女は専業主婦となったが、週末は私が料理をすることもあった。得意料理の炒飯《チャーハン》だ。それを口にするたび、毎度のごとく彼女は「ちょっと味が濃い」と眉を顰《ひそ》めていたが、それでも残したことは一度たりともなかった。美容院で髪型を変えたことに私が気付かなくて不機嫌になったり、勝手にリモコンやらなにやらの置き場を変えたことで怒られたり、小さな喧嘩は数えきれないほどあったが、一緒に布団に入り、横に並ぶと、最終的にそのどれもが笑い話になった。

変わってしまったのは、いつからだろう。

なにか明確なきっかけがあったわけではない。気付いたら季節が夏から秋へと移り変わっているように、気付いたときにはもう、二人の間にはいまさら歩み寄れないほどの溝が生じていたのだ。

結婚とは、ある意味二つの〝国〟が統合されるようなもの——風土も、慣習も、何もかもが違う両国は、それでも更なる繁栄と幸福を求め一つになる。その過程では当然摩擦も生じるし、だからこそ幾度となく交渉のテーブルに着き、互いに折り合える条件を探る必要があるのだ。

でも、私たちはそれを怠った。

見かけ上は一つの国として成立していたが、内実は各地で紛争が起きていた。

いつしか会話は減り、これまでは笑い話で済んだはずの小さな諍《いさか》いが何日も尾を引くようになった。顔を合わせればその都度なんらかの火種が燻るので、私はだんだんと家に居つかなくなった。夜遅くまで仕事をし、終わったら同僚と飲みに行き、週末はゴルフに繰り出す。そうしてますます溝は深まり、もはや消し止められないほどに火種は成長し、いよいよどこから手を付けていいか二人ともわからなくなってしまったのだ。

明確なきっかけはないが、もしかすると子供ができなかったのは原因の一つかもしれない。子供のいる家庭というのは、いわば常に窓が開いた家みたいなものだ。そこからひっきりなしに厄介ごとが舞い込んでくるため、夫婦はその対応でてんてこ舞いになる。雨や枯葉が吹き込んで来たり、虫や小鳥が迷い込んで来たり。ああでもない、こうでもないと対処しているうちに、些細なすれ違いや喧嘩など二の次、三の次——とても息つく暇などないが、その代わり空気が澱《よど》むこともない。

しかし、私たちはそうじゃなかった。窓のない、すこぶる換気の悪い部屋に閉じ籠った二人は、濁り、滞留する空気の中で、まるで相手の呼気に触れたくないと言わんばかりに背中を向け合うようになってしまったのだ。

それでも、私には一つの自負があった。

——こうやって暮らせているのは、俺の稼ぎがあるからだろうが。

三田《みた》にマンションを買ったのは、結婚五年目のときのこと。いずれ子供が生まれた場合に備え、多少奮発して2LDKにしたのがいまとなっては懐かしい。三十五年のローンを思うとその果てしなさに眩暈《めまい》もしたが、それは同時に拠《よ》り所《どころ》でもあった。この家を支えているのは、他でもないこの俺だ。俺がいるから、いまの暮らしが成り立っているのだ。そうしてどんどん傲慢になり、家庭を顧みない自分を無理やり正当化していったのだ。

勤めていた会社が倒産したのは、いまから三年前のこと。

寝耳に水すぎて、もはや笑うしかなかった。

同時に一本の〝柱〟が引っこ抜かれた気がした。この家を支える〝屋台骨〟であり、私自身の〝脊椎〟が。

——どうするのよ、まだローンもあるのに。

灯りの消えたリビングで、咲江はそう言ってテーブルに肘をついて頭を抱えた。彼女が明確な泣き言を口にしたのは、これが初めてのことだった。

——そんなこと言ったって、なんとかするしかないだろ。

そう強がってみせた私は、求職活動と並行して、新天地が決まるまでの繋ぎとしてアルバイトを始めた。が、いまの時代、四十半ばの中年男を雇ってくれるところはそう簡単に見つからない。手元には「不採用」を告げるメールだけが増えていった。

アルバイト先では一回りも二回りも歳下の先輩にあれこれ教えを乞い、顎で使われ、ときに怒られ、結局どれも長続きしなかった。若造のくせに。ふざけるな。既に灰燼《かいじん》に帰したはずのプライドが、そうやって最後の抵抗を続けたのだ。

結果として流れ着いたのが、ビーバーイーツの配達員だった。

たしか、テレビでギグワーカーの特集を目にしたのがきっかけだと記憶している。リストラに遭い、いまは配達員として生計を立てる同世代らしき男——そのインタビューを見た瞬間、思わず「これだ!」と膝を打っていた。好きなタイミングで好きなだけ働けばよく、上司や先輩の顔色を窺う必要もない。また、戦略的に取り組めば月に二桁万円を稼ぐことも可能。まさに、うってつけと言えた。

——くれぐれも事故には気を付けてよ。

配達員を始めると伝えたとき、咲江が口にしたのはただこれだけだった。手放しの賛成も、明確な反対もなかった。

あえて遠くまで繰り出す理由もないので、必然的に三田・六本木界隈が私の縄張りになった。雨の日も風の日もシェアサイクルで駆け回り、日銭を稼ぐ。酒も煙草も止め、すべての稼ぎを妻に渡し、月二万円の小遣いでやり繰りする。そんな生活に何の不満もなかったというと嘘になるが、背に腹は代えられない。いまの自分にできることはそれしかないのだから。

とはいえ、年齢も年齢だ。二、三十代の頃とはやはり勝手が違う。長く自転車を漕げば膝は痛むし、ちょっと歩き回るだけでも息が上がる。いつまでもこんなふうに軋《きし》む身体へ鞭を打ち続けることはできないだろう。が、そうかといって再就職に向けて奮起する気力もいまいち湧いてこなかった。既に〝脊椎〟を抜かれた私は自然と腰が曲がり、俯《うつむ》き加減になり、どうせまたダメに違いない、と自暴自棄になっていたのだ。

そんな私があの〝店〟と出会ったのは、いまから九か月ほど前のこと。

ちょうどその頃、ビーバーイーツが二十四時間対応となり、深夜の配達は日中のそれより格段に報酬が良かったので、期待に胸を躍らせながら夜の六本木を流していたら、折よくオーダーが入ったのだ。

『餃子の飛車角』——その店名に聞き覚えはなかったが、聞き覚えがある店でなきゃまずい理由はない。とにもかくにもアプリに指示された場所まで行ってみると、待ち受けていたのは何の変哲もない雑居ビル、そして奇妙な立て看板だった。

『配達員のみなさま　以下のお店は、すべてこちらの3Fまでお越しください』

そこに並んだ夥しい店名の数々――『タイ料理専門店　ワットポー』『元祖串カツ　かつかわ』『カレー専門店　コリアンダー』『本格中華　珍満菜家』などなど。目当ての『餃子の飛車角』とやらも、たしかにそこに記載されている。

なるほど、とすぐに理解した。

これはいわゆる〝ゴーストレストラン〟というやつなのだろう。

エレベーターで三階に昇り、薄暗い廊下の先にある扉をくぐると、予想通り、眼前に現れたのは調理設備が併設された貸スタジオだった。

――少々お待ちを。

調理場に立つ男が、こちらを見ずに言う。そのまま冷凍餃子をフライパンに並べ、コンロの火を点《つ》ける。まさか、それをそのまま提供するつもりなのだろうか。

そんなふうに訝しんでいると、男はつと顔を向けてきた。

――あなた、新顔だね。

それはもう、惚《ほ》れ惚《ぼ》れするほどの美青年だった。顔のパーツも、発する声も、佇まいそのものも、すべてが完璧で調和がとれているのだ。見た感じ歳下なのは間違いないが、具体的な数字はまるで浮かんでこない。十代後半と言われても頷けるし、三十代後半と言われても納得できる。

――この〝店〟に辿り着いたのも、何かの縁だ。

若造のくせにタメ口なんてけしからん、とは思わなかった。むしろ、清々《すがすが》しさを感じたくらいだ。

それはたぶん、あまりにも〝人間味〟が欠けていたからだろう。いま相対しているのは精巧な蠟人形、あるいは同じ見た目のまま百年以上生き永らえている妖魔——そんなふうに錯覚したのだ。

あの、と私はつい口を開いていた。

——まさか、それをそのまま提供するのでしょうか？

配達員風情が余計なお世話だし、ともすれば口論に発展しかねない質問だったが、不思議と躊躇いはなかった。これもまた〝人間味の欠如〟のせいだ。目の前の男が眉を顰めたり不機嫌になったりする様が、まったくと言っていいほど想像できない。

——ええ。

当たり前みたいに頷くと、男はつかつかと歩み寄ってくる。

——スーパーで売っている惣菜《そうざい》があるでしょ。

その口ぶりは滑らかで、やたらと耳に心地よい。

——あれを容器に入れたまま食卓に並べたら、ちょっとげんなりするけれど。きちんと皿へ盛り、適度に見映えを整えれば、それなりに美味しそうに見える。

——それと同じことです。

なるほど、わかったような、わからないような、たぶん煙に巻かれたんだろうとは思いつつ、なぜかこの男が言うと無条件で「正しい」と信じ込まされてしまう。そういう類いの不思議な説得力がある。

——ところで、ちょっとお願いがあるんだけど。

目の前までやってきた男は、おもむろに右手を差し出してくる。眉を寄せつつ受け取ってみると、なんてことはない、ただのＵＳＢメモリだった。

——これを、いまから言う住所までついでに届けて欲しいんだよね。

——報酬は、即金で一万円。

信じられない申し出に、目を剝いてしまう。

たったそれだけで、一万円だと？

——もちろん、受領証をもらってここに戻ってくることが条件だけど。

どう考えても胡散臭すぎる。なんせ、普通の冷凍餃子を『餃子の飛車角』と銘打って提供するような店なのだ。絶対、なにか後ろ暗いことに決まっている。そう理性が囁《ささや》きかけてきたのは間違いないが、残念ながらすぐ目の前にぶら下げられた一万円は多分に魅力的すぎた。というのも、こちとら毎日の生活を懸けて必死にギグワーカーとして走り回っている身なのだ。一万円稼ぐのに、いったい何軒配達する必要があるだろう？　そんな計算をし始めてしまうと、もはや断る理由などあるはずがなかった。

——ちなみに、この話は絶対口外しないように。

——もし口外したら……

命はないと思って。

そう告げる男の瞳は、あまりにも冷たく、ただの〝虚空〟と化していた。

ぞくり、と背筋を悪寒が駆け抜ける。

「この話」というのは、冷凍餃子を素知らぬ顔で提供している件か、はたまたこの得体の知れない〝ミッション〟の件か——まあ、たぶんどっちもだろう。

とはいえ、きちんと言葉通りの報酬を貰えるなら、文句などあるはずがない。

それは、灰色にくすんだ毎日に彩りを添えてくれる予想外の〝珍事〟だった。

以来、私はこの〝店〟に入り浸るようになった。

課された〝ミッション〟をこなすたび、ただそれだけで即金ウン万円。正直、破格と言っていい。

一度踏み込んだら抜け出せない沼に近いかもしれない。

初めのうちこそ「後ろ暗い商売なのでは」と勘繰っていたものの、段々と全貌が見えてくるにつれ、真っ当な商売だと理解するようになった。むろん、これを「真っ当」と呼ぶべきか否かは議論の余地がありそうだが、少なくとも犯罪の片棒を担いでいたわけではないので、まあ受け入れるとしよう。

そんなこんなで、いまではそれなりの額を毎月コンスタントに稼げている。さすがに会社員時代とは比べ物にならないが、妻のパート収入も合わせると、それほど悪くない金額だ。逆に言うと、そのせいで結局沼に浸かり続けているわけだが——

ちん、と軽快な音がして、レンジが止まる。

けれども、いまだ私の意識はキッチンの宙にぽつんと浮かんでいた。

——どうして最近、こんなに稼ぎが増えてるわけ?

——朝まで全然帰ってこないし。

妻にこう尋ねられたのは、いつのことだったろうか。

それに対し、私は言葉に窮してしまった。

——ちなみに、この話は絶対口外しないように。

——もし口外したら……

馬鹿馬鹿しい、脅しにもなっていない。そう頭ではわかっていたのだが、あの日の〝洞のような目〟を思い出すにつけ、なぜだか無性に寒気がする。

——パチンコで勝ったんだよ。

だから、咄嗟に口を衝《つ》いてこう言っていた。どうしてこの説明で納得させられると思ったのか、いまだによくわからない。

——嘘ばっかり。パチンコなんてしたことないくせに。

——なんだっていいだろ、ちゃんと稼いできてるんだから。

そうつっけんどんに言い返すと、彼女はそれ以上口を開かず、ただ悲しそうな目で見てくるばかりだった。まさか危ないことに手を出しているわけじゃないでしょうね、と問い質《ただ》したかったのかもしれない。それでも私を信じて口を噤んでくれたのか、それとも、もはや言うべきことが見当たらないほど愛想を尽かしていたのか。

わからない。どちらでも構わない。

レンジの扉を開け、皿に手を伸ばす。予想していたほどは熱くない。素手でも問題なく持てるくらいだ。

自分たち夫婦みたいだなと、他人事のように思った。

3

「まずは、前提条件のおさらいから」

前回と同じく、私の対面に腰を下ろすと、オーナーはそう口を切った。

三日後の夜九時過ぎ。指示された通り、再び私は〝店〟を訪れている。

開店前のこの時間が指定されたのは、他の配達員に邪魔されないためだろう。意外にも——というのは失礼だが、普通のテイクアウト専門店としても、割合この〝店〟は繁盛している。ただ、考えてみれば当たり前の話かもしれない。そもそも深夜帯に営業している飲食店がそれほど多くないうえ、そのうち約三十軒分のオーダーがこの〝店〟に集結するのだから。むろん、注文者たちは冷凍餃子がそのまま提供されているなどとは夢にも思っていないだろうが。

そんな私をよそに、いつも通り淡々とオーナーは続ける。

「事故で死亡した指宿大志郎は三十五歳、某大手ハウスメーカーに勤めるごく一般的なサラリーマンで——」

事故そのものには不審な点はなく、唯一不可解なのは、その左手の指が二本欠損していたこと。

「欠損した時期は事故の半年ほど前と見られているが、その事実をなぜか妻の頼子は承知していなかった」

その点もいささか信じ難いが、もう一つ不自然なのは、その事実を大志郎のほうから妻に告げてもいないことだろう。まさか、一生隠し通すつもりだったわけでもあるまい。言い出すタイミングがなかったのか、あるいは言い出しづらい事情があったのか。

「妻の頼子は一つ下の三十四歳。八年前に結婚し、現在は専業主婦。出会いのきっかけは——」

——友人の紹介でした。

そう顔を俯けた彼女の姿を思い出す。

三日前、〝例のアレ〟を届けに行った時のことだ。

玄関に現れた指宿頼子は、見るからに憔悴《しょうすい》していた。ショートボブの髪は艶《つや》を失い、心なしか血色も悪い。目の周りは黒々と落ち窪《くぼ》み、頬もこけている。とはいえ、こればかりはやむをえないだろう。不慮の事故で夫を亡くしたうえ、奇妙な〝謎〟だけが遺《のこ》されてしまったのだから。

――そのまま流れで交際が始まり、結婚した感じです。

――で、それを機に私は仕事を辞めました。

訥々《とつとつ》と語る彼女を前に、うちと似ているな、と苦笑してしまった。出会いが友人の紹介だというのも、結婚を境に妻が家庭に入ったのも、小遣い制が敷かれているのも。

彼らは結婚して八年――同じ頃、はたして自分たちはどういう関係だっただろう。傍《はた》から見ればまだおしどり夫婦と言っても通用したのか、それとも、既に見るに堪えないレベルで冷え切っていたのか。

やめろ、過ぎたことだ。

感傷を振り払い、オーナーの説明に集中する。

「指宿家があるのは、住所で言うと渋谷《しぶや》区広尾《ひろお》」

閑静な住宅街の一角に佇む、五階建ての、いわゆる低層マンションだ。彼らの住まいは四階の四〇二号室。２ＬＤＫで、玄関を入ってすぐのところにリビングがあり、奥にベランダへと通じる掃き出し窓、左手に二部屋という造りだった。その二部屋は、手前が大志郎の書斎、奥が夫婦の寝室とのこと。内装はかなり綺麗だったが、割合に築年数は経っており、今年で二十五年になるという。

――広尾に住むっていうのが、私の夢だったんです。

家を決めた経緯について、彼女はこう語っていた。

――我儘《わがまま》です、私の。

――ただ、会社から家賃補助が出るとはいえ、主人の給料だと割とカツカツで。

それもあり、大志郎の小遣いは月三万円と厳格に決められていたとのこと。

その話を聞いたとき、私の胸に広がったのはある種の同情だった。広尾から春日部まで電車で片道およそ八十分。異動してからのこの三年間、それだけの労力を毎日の通勤にかけながら、稼いだ給料のうち自分が自由にできるのは月三万円まで。もっと地価の安い町なら、もう少し余裕があったのに――と大志郎が歯痒《はがゆ》さを覚えていた可能性はある。

「ここまでが、先日聴取してきてもらった内容のおさらい。ここからは、この三日のうちにとある筋から得た情報だ」

背筋を正し、ごくり、と唾を呑む。

「指宿大志郎が指を切断したのは、警察の所見通り、およそ半年前のこと」

正確には、九月十六日の金曜日でほぼ間違いないという。

「処置をしたのは広尾にある宮坂《みやさか》記念病院で、時刻は夜の十時すぎ――つまり、救急外来ということになる」

「なるほど」

おそらく、最寄りの病院へ駆け込んだということだろう。いずれにせよ、ここまでに特に不自然な点はない。強いて挙げるなら「その〝とある筋〟とやらは何者なんだ」ということだけだが、あえて尋ねはしない。変に詮索したら「命はない」かもしれないし、いつものことなので棚に上げておく。

「切断の理由は『ベランダの窓に指を挟んだから』と本人は語っているとのこと」

「窓に挟んだ、ですか」

まあ、ありえない話でもない……と言うべきか。根元から二本も指を持っていかれるほどの勢いで窓を閉める姿などにわかに想像できないが、あえて嘘をつかねばならない理由も思いつかない。それこそ、ヤクザに詰められたとかでもない限り。

「なお、妻の頼子に連絡が行かなかったのは、彼自身がそう頼んだからだそうだ」

——大学時代の友人たちと、沖縄に行っているんです。

——こんなこと伝えたら、せっかくの楽しい旅行が台無しだ。

とも哀願したらしい。一見すると妻想いの良き旦那とも思えるのだが、問題は、その後彼自身の口から妻に指を切断したことを告げておらず、また、彼女もその事実を関知していなかったこと。その点に、奇妙な捻《ね》じれというか、そこはかとない不穏さを嗅ぎ取ってしまう。

「ちなみに、会社の同僚たちは彼についてこう語っている」

勤務態度はいたって真面目で、営業成績も優秀。やや押しが弱いところもあるが、上司や部下、顧客からの信頼も厚い。ただ、時たま驚くほどにやつれた顔で出社することもあり、中でも指を切断した直後はひときわ沈んで見えた、と。

「だからこそ、訃報を聞いたときは、自殺のセンも一瞬よぎったそうだ」

結果的に単なる事故ではあったものの、同僚たちにそう勘繰られるほど、彼が追い詰められていたのは事実なのだろう。

さて、とオーナーの目に意味深な光が宿る。

「ここで重要なのは、以下の二点」

来るぞ、といくぶん前のめりになる。

「一つは、彼が病院に持参したのは財布と携帯だけ、ということ」

身構えていただけに、いささか肩透かしを食ってしまう。はあ……だから？　というのが率直な感想だった。むしろそれが普通では、と思えるのだが。

「もう一つは、彼は病院までタクシーで乗り付けているらしい、ということ」

「え？　タクシーですか？」

「少なくとも、救急車が要請されたわけではない」

「まさか」と思わず漏らしてしまったのは、こちらについては明確に違和感を覚えたからだ。もし自分が同じ状況になったら、確実に救急車を呼ぶはずだが――

いやしかし、と思い直す。

彼らのマンションは大通りに面していたので、夜でも車の往来は多いほうだろう。おそらく、すぐにタクシーくらいは捕まるはずだ。となると、救急車を要請して到着を待つより、そのまま飛び出してタクシーを拾ったほうが結果的に早く処置ができるのではないか――そう考えた可能性はある。ましてや、そうとう焦っている状況なのだ。冷静な判断ができなかったとしても、そこまで不自然ではない気もしてくる。

が、続くオーナーの発言は、こちらの予想を遥かに上回るものだった。

「まあ、この時点でだいたい全貌は見えているわけだが」

耳を疑った。

この時点で全貌は見えている、だと？

まだ、指を切断した日時と状況がわかっただけなのに？

「というわけで、外堀を埋めるために確認してもらいたいことが何点か」

まず一つは、九月十六日の動向について。

「これに関しては妻の頼子、そして東堂凜々花の両名から聴取してもらいたい」

「は、はあ」

「妻の頼子に関しては旅行中だったと思われるが、それははたしていつからいつまでだったのか」

そんなことを確認してどうするんだと首を傾げつつ、「はい」と顎を引く。

それから、とオーナーは天井を仰いだ。

「加えて東堂凜々花には、二人はいつからどのような関係だったのかを」

「それはつまり」

「どれほど深い仲だったのか」

単なる太客にすぎないのか、それとも、もっと踏み込んだ関係にあったのか。

「また、妻の頼子からは、夫の給与明細を出してもらうように」

「給与明細？」

「そこに、ヒントがあるはずだから」

「ヒント？」

「指宿家の、リアルな夫婦関係にまつわる」

やはり、オーナーはそこに問題があったと睨んでいるのだ。

これに関しては、先日の〝事情聴取〟の段階で私にも思う部分がなかったわけではない。なにより強烈に覚えているのは、大志郎の部屋に足を踏み入れた時の一幕だ。

――どうぞ、こちらです。

依頼内容を聴き、去り際に大志郎の部屋を見たいと申し出た私は、彼の書斎に通されることになった。そしてその際、ある一点が妙に引っかかったのだ。

――ああ、あれですか？

部屋の隅に置かれたガラス棚――コレクションケースとでも言うべきだろうか。とにかく、一目見てそれが〝あるべき姿でない〟ことはわかった。

なぜかって？　空っぽだったからだ。

堪らず尋ねてみると、妻の頼子は涙ながらにその経緯を語ってくれた。

――前に、カッとなって捨ててしまったんです。

なんでも、以前そこにはプラモデルがいくつも並んでいたという。スポーツカーに戦闘機、軍艦、そして彼女曰く「ガンダムっぽいもの」などが。

――あの人の趣味でした。

――でも、家計の件で言い合いになって、つい頭に血がのぼって。

こんなものに使うなら、小遣いはもっと減らそうかしら。いや、小遣いをなにに使おうがこっちの勝手だろ――みたいな感じだろうか。実際に聞いたわけではないが、その様子はありありと想像できる。

そうしてその翌日、彼女は大志郎が出社している間に、そのすべてをゴミに出したという。

――いまとなっては、後悔しています。

何も知らずに帰宅した彼は、呆然と魂が抜かれたように立ち尽くすばかりで、もはや激怒する気力もないようだったらしい。そして、そんな夫に彼女はさらなる追い打ちをかけてしまう。どう、これでわかったでしょ？　私に逆らうとどうなるか――

もし同じ状況に置かれたら、自分はどうしただろう。ふざけるなと殴り掛からんばかりの勢いで詰め寄ったのか、それとも、やはり彼のように立ち尽くすしかなかったのか。

わからない。

わからないけれど。

――あんなこと、しなければよかった。

ガラス棚を見つめながら洟《はな》をすする彼女を前に、そのとき私は思ったのだ。

自分たちはまだマシかもしれないな、と。

むろん、関係は冷え切り、ほぼ国交は断絶状態にある。北半球と南半球くらいに生活リズムは異なるし、唯一の交易はラップのかかった皿だけ。

でも、少なくとも、咲江はこういう侵略行為には及ばない。

――くれぐれも事故には気を付けてよ。

配達員を始めると伝えたときに言われたひと言。

――どうして最近、こんなに稼ぎが増えてるわけ？

――朝まで全然帰ってこないし。

いつだったか投げかけられた疑念。

でも、それだけだった。信頼によるものか、あるいはかけるべき言葉もなかったのか――その点は判然としないが、少なくとも、それ以上の干渉はなかった。

しかし、指宿家はどうだろう。

給与明細や賞与明細の提出を求め、厳格な小遣い制を貫き、怒りに任せて趣味のプラモデルを捨て、夫が汗水たらして働いている間に友人と沖縄旅行へ行く。そこには、なにかしらの不平等条約が締結されていたのではないか。大志郎という国家に主権というものは存在せず、半ば植民地と化していたのではないか。

だったら離婚すればいいじゃない、と外野から言うのは簡単だ。どう妻に切り出すべきか、切り出したとして冷静に話し合えるのか、両家の親族への説明は、結婚式でスピーチをしてくれた上司への報告は、財産分与は——考えることは山積みで、かなりの気力と体力が削《そ》がれることは想像に難くない。結果、現実を直視するのを止め、泣く泣く現状に甘んじる道を選ぶというのは充分に理解できる。

「あと、細かな確認事項がもう少々ある」

オーナーの言葉をどこか遠くに聞きながら、このときもまた、私の意識はぽつんと宙に浮かんでいた。

指宿家のこと。

我が家のこと。

それぞれの家に、それぞれの形で成立している夫婦関係。

自分たちはもう、昔のようにはなれないのだろうか。

自分たちは、特別におかしな夫婦なのだろうか。

「あの、聞いてる?」

我に返ると、黒目がちな二つの目が私の顔を覗き込んでいた。相変わらず、そこからはなんの感情も窺い知れない。

「聞いてます」

「じゃ、そういうことで、よろしく頼むよ」

そうしてあっさり、今後の動きが決まった。

まずは明日、向かうべきは依頼人である指宿頼子の元だ。

4

「九月十六日ですか？　ちょっと待ってくださいね……」

そう言うと指宿頼子は卓上の手帳を手に取り、ページを捲《めく》り始めた。

一夜明けた昼下がり、時刻は午後一時を回ったところ。

——あ、この前の。

インターフォンを鳴らし、追加でいくつかお伺いしたい点があると告げたところ、彼女はすんなりと家に上げてくれた。そうしていま、先日と同じくダイニングテーブルに着き、彼女と向かい合っている。

「ええ、たしかに沖縄旅行の最中でした」

「それはいつからいつまででしょうか？」

「十三日から十七日までの四泊五日です」

「なるほど」つまり、大志郎が指を切断したのはその最後の夜ということになる。だからどうしたと聞かれると困るのだが。

「おそらく、ご主人が指を切断されたのは十六日の夜らしいとのことでして——」

話の流れで「旅行中なので妻には言わないでくれ」と哀願した件も伝えると、彼女は左手の薬指をぎゅっと右手で握りながら、顔を俯けた。

「そうだったんですね……」

その様子に胸を痛めつつ、ちなみに、と私は重い口を開く。やや彼女を責める感じになりかねないが、ここはあらためて確認しておかねばならない。

「ご主人の指がないことに気付かれなかったのはどうしてでしょうか？」

彼女は瞼を閉じ、唇を真一文字《まいちもんじ》に引き結んだ。

「旅行から戻られた際、ご主人の様子になにかおかしな点などはなかったですか？」

リビングに降りる重苦しい沈黙――五秒、十秒と時が過ぎ、やがて意を決したように深呼吸すると、彼女はこう答えた。

「おかしな点は……あったのかもしれません」

でも、私は気付きませんでした。

そう絞り出すと、彼女は小さくかぶりを振った。

「指がないのに気付かなかったのは、ほとんど暮らしの中で顔を合わせるタイミングがなかったから――」

夫の出社時間にはまだ寝ていて、帰ってきてからも一緒に食卓を囲むことはない。自分は基本的にテレビを観ているか、寝支度をしているか――

「ちょうどその頃、オンラインのヨガにはまっていて、そのことで頭が一杯で――でも、これはたぶん言い訳ですよね」

「我が家も似たようなものです」

えっ、と彼女は顔を上げると、すぐに弱々しく笑ってみせた。

「だとしても、さすがに酷《ひど》いなと思いました。それほどまでに、私はあの人のことを見ていなかったんだって……」

「私の妻も、たぶんそうです」

そうでないといいな、と思いつつ、ここは話を合わせる。

再び小さく微笑《ほほえ》むと、彼女は窓の外へ視線を向け、遠くを見るように目を細めた。

「私は、主人を縛り付けるばかりで——小遣いはいくらまでだとか、プラモデルにお金をかけすぎじゃないかとか、そんなことばかりに目くじらを立てて、時に怒鳴って、罵倒するだけでした。いえ、なにもお金のことだけじゃありません。会社の飲み会があると言われたら『どこで、何人で』としつこく尋ねたり、高校の同窓会がある日も『二次会までで絶対帰ってくるように』と釘を刺したり……自分は主人の稼いだお金で旅行に行っていたくせに、そうやってすべてを管理しないと気が済みませんでした。最低ですよね」

鬼嫁、あるいは「毒妻」——そんな言葉が頭をかすめる。

「どうしてでしょうね、出会ったときはそんなんじゃなかったのに」

わかります、と胸の内で首肯する。

明確なきっかけなんてない。ないのだけど、気付いたときにはもう、手が付けられないところまで来てしまっている。夫婦というのは、概してそういうものなのかもしれない。

彼女の視線を追うように、私も窓へと目を向ける。

と、ここでオーナーからの指示の一つを思い出す。

——指宿家に行ったら、まずはベランダの造りを見てきて欲しい。

——具体的には手摺《てすり》の付き方と、排水口の位置を。

すみません、と口を開く。

「ベランダを拝見させていただいてもよろしいですか?」

そう申し出ると、彼女は一瞬眉を顰めつつ、すぐに「どうぞ」と頷いた。

席を立ち、ベランダへと通じる掃き出し窓に歩み寄る。当然ながら、一目見てわかるような血痕などは残っていない。

問題のベランダもこぢんまりとした普通の造りで、室外機が置かれている以外、特に目を惹くものはない。指示のあった手摺も見てみるが、やはりと言うべきか、これといった特徴はなし。外壁の上にバーが付いているタイプで、我が家もこれと同じだ。排水口はすぐに見当たらなかったが、左手の奥――隣のベランダとの仕切りの辺りに、それらしきものが確認できた。

「ありがとうございます」

頭を下げて、ダイニングテーブルへと戻る。

それがいったいどうしたんですか――と問いたげに頼子は眉を寄せ続けていたが、私も意味はわからない。というわけで、すかさずもう一つの依頼を口にする。

「ご主人の給与明細を見せていただくことは可能ですか？」

今度こそ、彼女は明確に眉間の皺を深くした。

「可能ですが……なぜ？」

「ちょっと、思うところがありまして」

それはむろん、大志郎の金回りに関することだ。

――給与明細を見たら、すぐにこれと比較して欲しい。

昨夜、そう言ってオーナーが目の前に掲げたのは、大志郎の会社の給与明細――その実物だった。例の〝とある筋〟経由で入手したのだという。名前の部分は黒塗りになっていたが、それにしてもとんでもない機動力だ。

「これです」ガサガサと大志郎の書斎を漁《あさ》った後、頼子が差し出してきた明細――それを手にした私は、すぐさま確信した。

「やはり、偽物ですね」

たぶん、エクセルなどで自作したものなのだろう。フォーマットは限りなく似ているが、彼女が持ってきたのはただのコピー用紙に印刷されたもの。対する〝実物〟は、ハガキのような厚めの紙が使用されている。

「偽物？」

「給与や賞与を、過少申告していたのでしょう」

その指摘に、頼子はたまげたように目を丸くした。

給与から小遣いを差し引いた残り全額を家族の口座に振り込む、というのが指宿家のルール。つまり、実際の給与より低い額を提示すれば、手元には三万円以上の金額が残ることになるのだ。

「そういうことだったんですね」

そう漏らすと、頼子は脱力したように項垂《うなだ》れた。

これこそが指宿家の〝リアルな夫婦関係〟――圧政を敷く妻の目を掻い潜《くぐ》り、夫はささやかな抵抗を続けていたのだ。何か月も、何年も。仮に毎月五万円過少申告していたとしたら、年間で六十万。賞与を含めれば、さらにその額は膨れ上がる。となると当然、キャバクラに通う金銭的余裕はあったとみるべきだろう。

いずれにせよ、これで〝例の説〟は完全に否定された。

「闇金に手を出していたわけでも、そのせいで指詰めされたわけでもありません」

そう告げると、頼子は急に真顔になり、なにやら壁の一点を見つめ始めた。

なんだろう、と首を傾げていると、彼女はゆっくりと私の対面に腰を下ろし、やがてこう口を開いた。

「そう言われて、もう一つの可能性に思い至りました」

その厳粛かつ冷ややかな口ぶりに、思わず背筋を正してしまう。

「実は、ずっと気になっていたんです」

彼女は薬指の指輪を外し、テーブルに置いた。

「結婚指輪はどこに行ったんだろうって」

やはりな、と顎を引く。

前回の〝事情聴取〟の段階で私は引っ掛かりを覚えたし、たぶん、オーナーも気付いているに違いない。

——欠損していたのは、左手で間違いない？

だからこそ、ああして念押しされたのだ。

「遺品を整理する中でも、最後まで見つかりませんでした」

欠損していたのは、左手の小指と薬指。

つまり、指と一緒に失われた可能性があるのではないか。

「結婚してすぐの頃、主人が会社に結婚指輪を着けずに行ったことがあるんです」

家に置き去りになっていた指輪を見つけた彼女は、夫が帰宅するなり凄《すさ》まじい剣幕で詰め寄った。

どうして着けないんだ、なにかやましいことでもしているのか、と。

「以来、主人は指輪を外さなくなりました」

——これで、いいだろ？

そう弱々しく笑っていたという。

そんなに言わなくてもいいじゃないか、たった一回忘れただけなのに。内心ではそう反論したかったのかもしれない。それでも、大志郎はぐっと呑み込んだ。呑み込まざるをえなかった。妻を恐れるあまり。降りかかる火の粉がこれ以上勢いを増さないように。

「あの女が、切り取ったんじゃないでしょうか？」

「まさか！」と堪らず声を張り上げてしまう。

が、少なくともヤクザの指詰めよりはありえそうに思えたのも事実だった。

――加えて東堂凜々花には、二人はいつからどのような関係だったのかを。

――どれほど深い仲だったのか。

もし仮に、二人が客と嬢という以上の関係にあったとしたら。そしてもし仮に、大志郎が「もうすぐ離婚するから一緒になろう」というようなことを言っていたとしたら。しかし、いつまでもその日が訪れず、彼女が――東堂凜々花が業を煮やしたとしたら。

――口先ばっかりなのね。

――これが、そんなに大事なの？

寝ている隙にか、あるいは拘束したのか――それはわからない。いずれにせよ、嫉妬や執着、もしくは妻への対抗心から、夫婦の愛のシンボルともいえる薬指を指輪もろとも切断した可能性が、はたしてゼロであると言い切れるだろうか。にわかには信じ難いが、そういう歪《いびつ》な所有欲がこの世に存在することは知っている。なにより、そういう事情なら大志郎が妻に伝えなかったことも――伝えづらかったであろうことも、割とすんなり腹落ちする気がした。

「取り返してください」

刃物のように鋭い頼子の声で、私は我に返る。

「もしあの女の元に指輪と指があるんだとしたら、許せない」

見てください、と彼女は結婚指輪を渡してきた。

「二人の名前が刻まれているんです」

受け取って眺めてみると、たしかにリングの内側に「Taishiro & Yoriko」と二人の名前が刻印されている。

「これがあの女の手元にあるなんて、私は耐えられません。絶対に、取り返して欲しいんです」

その声色には、頑として突き放すような決意が秘められていた。

「指がないことに気付かないような妻が、いまさら何をって感じでしょうが、私にも女としてのプライドがあります」

その気持ちは、もちろん理解できる。

でも、そんなことありえるだろうか？

本当に、東堂凜々花が切断して持ち去ったのだろうか？

頼子に指輪を返しながら、私の脳裏に浮かんできたのは、名刺に写る東堂凜々花の笑みだった。

こちらを挑発するかのようなあの蠱惑《こわく》的な微笑の裏に、はたしてそんな狂気じみた素顔が隠されているのだろうか。

5

「指宿大志郎さんの件なのですが」

そう私が切り出すと、目の前の女——東堂凜々花は、怪訝そうに首を傾げた。

さらに一夜が明けた翌日、時刻は夜の九時過ぎ。私は『Club LoveMaze』のバックルームに通されている。

壁際に並んだ鏡やら、その周囲に溢れ返るメイク用品やら、むんむんと立ち込める甘ったるい香水の匂いやら煙草の煙やら、どうにも落ち着かない。本来、私のような冴《さ》えない中年男が足を踏み入れられる場所ではないのだろうが——

——話はつけておいたから。

——受付に行って「東堂凜々花の件」と伝えれば、大丈夫かと。

一昨日、オーナーは飄々とこう言っていた。

本当だろうかと気後れしつつ、指示された通りに伝えると、受付の黒服は「畏《かしこ》まりました」と大仰に腰を折り、すんなりバックルームへと通してくれた。顔が広いというか、手回しが良いというか。やはり、あの男は底が知れない。

「すみませんが、店の都合で十五分までとさせてください」

なんでも、東堂凜々花はこの店のナンバーワンらしい。売上を考えたら長時間外すわけにもいかないのだろう。その代わり、その間は他の嬢が入ってこないように手筈《てはず》を整えてくれるとのこと。この好待遇もまた、オーナーの威光によるものだろうか。

「指宿大志郎、さん？」

「ご存じないですか？」

「もしかして、たいちゃんのことですか？」

そう言うと、東堂凜々花は探るような上目遣いを寄越してきた。肩までざっくり開いた深紅のドレスに、ハーフアップの金髪セミロング。大きな瞳に、つんと澄ましたようなあひる口。そして、透明感のある白い肌。歳は、おそらく二十代半ばから後半。結婚前の指宿頼子がキャバ嬢になっていたらたぶんこんな感じなんだろうな、と思わせるほどによく似ている。

それはさておき、どうやら大志郎は本名を告げていなかったらしい。

年恰好や職業などを伝えると、ようやく彼女は得心がいったようだった。

「ああ、間違いなくたいちゃんのことですね」

「実は、交通事故でお亡くなりになったとのことで」

間を置かずに言うと、彼女は「えっ」と目を見開き、両手で口を覆った。

「ただ、その際、ちょっと不審な点がありまして――」

そのまま必要最低限の情報を伝える。事故自体に不自然な点はないこと、しかし遺体の左手から指が二本消えていたこと、おそらく切断したのは半年前と思われること、自分はその謎を解明すべく調査の一翼を担っていること。

黙って聴いていた彼女だったが、やがて一つ、こんな質問を寄越してきた。

「ちなみに、誰からの依頼でそれを調べているんですか？」

途端に、ぴん、と緊張の糸が部屋に張られる。

どう答えるべきか、その意図はなにか。

「奥さまです」

「もしかして、ヨリコさん？」

「あ、ご存じなんですか？」

そう切り返すと、いや、と彼女は慌てたように首を振った。

「いつだったか、そんな名前を口にしていたような気がして」

でも、と彼女は得心がいったように寂しげな微笑を浮かべる。

「やっぱり、結婚していたんですね」

含みのある言い方だった。ここを逃すわけにはいかない。

「ご存じなかったんですか？」

「そうなんだろうな、とは思っていました。なんとなく、女の勘ですが」

仮にこの発言が〝真〟だとしたら、彼女は大志郎が既婚者であることを明確には知らなかったことになる。

「ちなみに、大志郎さんとはどういったご関係で？」

彼女から返事はない。

「もちろん、ここで聴いた話はこの場限り――奥さまには伝えませんので」

そう念を押す。それでも口を割るかは五分五分だったが、仮にもこちらは強面《こわもて》の黒服がＶＩＰとも言える待遇で出迎えた相手なのだ。バックに〝何か〟がついていると察し、喋ってくれる可能性は高い気もした。

沈黙を守り続ける彼女だったが、やがて肩の力を抜くと、ぽつりぽつり語り始めた。

「出会いは、私がまだ春日部でキャバをしていた時です」

会社の同僚と付き合いでやってきた大志郎に付いたのが、彼女だったという。

「彼は私をすごく気に入ってくれて、それで、私がこっちに移籍してからも足繁《あししげ》く通ってくれていたんです」

その遊び方は、いたって慎《つつ》ましいものだった。ばかすかとシャンパンを空けることもなく、基本的には数杯程度のウイスキーの水割りを飲むだけ。その意味では、必ずしも彼女の売上に貢献したわけではない。

「でも、なんというんでしょう。彼は、私を必要としてくれました」

「必要としてくれた？」

「多くのお客さんが私を所有、もしくは独占しようとする中、たいちゃんだけは私を必要としてくれていたんです。似ているようで、これは大きな違いです」

なるほど、わからないでもない。

そして、と彼女は遠くを見るように目を細める。

「ときおり、すごく寂しそうに笑うんです。私が『どうしたの』って尋ねても、彼は『いろいろあってさ』と肩をすくめるだけで――」

口数は少なく、自分のことについて多くは語らなかったが、何かを抱えているのは明白だったという。理不尽がまかり通る世の中だ、もうやっていられない、俺がそんなに悪いのかと、時折堰《せき》を切ったようにこぼしていたのだとか。仕事にまつわることのようにも思えるし、あるいは――

「でも、そうやって愚痴られても、不思議と嫌な気はしませんでした」

それはたぶん、その言葉の端々に少なからぬ悲哀と諦念が宿っていたからだと彼女は言う。別に、彼は悪態をぶちまけてストレスを発散したいわけでも、悲劇の主人公を気取りたいわけでもない。縁ギリギリまで注がれたコップの水が、ふと気を抜いた拍子に溢れ出してしまったような――そんな禁欲的な雰囲気で、いつも我に返ったように口を噤むと、申し訳なさそうに「いけない、いけない」「つまらない話を聞かせてごめん」と肩をすくめるのがお決まりだったという。

「そんなところがなんだか無性に愛《いと》おしくて、意地らしくて、それで私は」

いつしかプライベートでも会うようになった。キャバのシフトがある日はさすがに難しいので、会うのは決まってオフの日の夜。会社帰りの大志郎と一、二時間ほど六本木で飲み、語り、笑い合う。彼女は六本木に住んでいたので、特に電車の時間を気にする必要はなかったが、それでも必ず終電の何本か前には切り上げた。それもまた、彼女には好印象だったそうだ。

「本当に、いろんな話をしました。いえ、話をしたというか、私のことを聞いてもらっていただけですが――」

そろそろキャバ嬢を辞めようと思っていること。資格を取るために一年前から火木土の週三日はオフにして専門学校に通い始めたこと。そういったプライベートな話を彼女がし、それを聞きながら大志郎は「そうかそうか」「頑張れ」「応援してるよ」と嬉しそうに口角を上げていたという。

「身体の関係とかはありません。ただ、そうやって一緒に過ごすだけです」

でも、と彼女はひと呼吸つく。

「好きだったと思います。人として、男性として。私は彼に惹かれていました」

いまだ彼女は視線を逸《そ》らしていたが、私が見る限り、嘘をついているようには見えなかった。まあ、私の見る目にどれだけ信頼が置けるかは、やや疑わしいところだが。

「九月十六日は、どうでした?」

「はい?」

「その日、お会いしていませんでしたか?」

記憶を辿るように、彼女は中空へ視線を泳がせ始める。

「大志郎さんが指を切断し病院へ駆け込んだのは、その日なんです」

もはや「お前が関係しているんだろ」と突きつけたも同然だったが、十五分しか猶予がないので迂遠《うえん》に攻めている場合ではない。

彼女は目を剝きつつも、すぐに毅然《きぜん》とした声音でこう答えた。

「そんな前のこと、さすがに覚えてません」

「いや、たとえばラインのやり取りとかを見返せば——」

「消したんで、わかりません」

「消した？」

どういうことだろう。キャバ嬢事情に明るくないのでわからないが、普通は客の連絡先といったものは消さずに残しておくのではなかろうか。

「どうして？」

「なんとなくです」

そんなはずないだろ——と胸の内で反論してしまうが、その口ぶりには「これ以上踏み込ませまい」という、ただならぬ決意がみなぎっているような気がした。

「そろそろ、お時間です」

瞬間、ノックの音と共に黒服が入ってくる。

ありがとうございました、と頭を下げるが、彼女はそれには応じず、身を硬くしながらどこか一点を睨むばかりだった。その瞳は、ぼんやりと思いを馳《は》せているというより、明確に〝ある光景〟を見ているようにも思えたが——不完全燃焼のまま、『Club LoveMaze』を後にする。

結論から言うと、充分に聴取できたのは二人の関係性だけだ。もちろん、百パーセント鵜《う》呑みにはできないが、おおむね事実とみていいだろう。いっぽうで肝心の「九月十六日」の動向についてはまるで不明。その雰囲気からして、彼女が〝何か〟を隠しているのはほぼ間違いない気がするものの——

「──お疲れ。これで全部揃ったね」

その足で〝店〟まで報告しに行くと、オーナーは表情一つ変えずにそう言ってのけたのだ。

「は？　揃った？」

驚きのあまり、目を白黒させるしかなかった。なぜだ？　どうしてだ？　なにか、そんなに重要な話があっただろうか？

「てなわけで、商品ラインナップにも追加しておかないと」

なんにせよ、いよいよ〝最後のステップ〟──依頼者への報告だ。

実は、このときのために、初回往訪時に〝合言葉〟を決めることになっている。特になんでもいいのだが、指宿頼子は「合言葉、ですか……」と苦慮していたので、私から「例えば、ご主人との関係でなにかありませんか？」と促してみたところ、

──〝おしどり夫婦〟などで、どうでしょう。

──皮肉ですが、自戒の意味も込めて。

とのこと。

そうしていま、夥しい店名の中の一つ──『汁物　まこと』という店の商品ラインナップに、その〝合言葉〟を冠したメニューが追加されようとしている。たぶん「おしどり夫婦のコーンポタージュ」とか「おしどり夫婦のミネストローネ」とか、そんな類いの何かが。そして、その料金がそのまま本件の〝成功報酬〟となるわけだ。依頼者が解答を知るには、それを注文する以外に手はない。たとえ、それがいかに法外な値段であったとしても。

汁物まこと、つまり、真相を知るものだ。

「指輪を取り返す手間賃も込みで、ざっと三十万円かな」

耳を疑い、目を見開く。三十万円という値段もさることながら、いま、たしかにオーナーはこう言ったのだ。

指輪を取り返す、と。

「どういう意味ですか？」

しばしの沈黙。

聞こえてくるのは、ぐあんぐあんと唸る換気扇の音だけ。

やがてコック帽を被り直すと、オーナーは飄々とこう言った。

「それじゃあ、試食会を始めようか」

6

ちん、と軽快な音がしてレンジが止まる。

扉を開け、不用意に手を伸ばすが——

「熱っ」とすかさずひっこめる。先日素手でも触ることができたのは、単にレンジの気まぐれだったらしい。

布巾で包むようにして持つと、リビングへ戻る。ダイニングテーブルの上には大皿に盛られた炒飯と、向かい合うように並んだ麦茶のグラス、スプーン、箸——そこに、いましがた温めたばかりの惣菜の皿を追加する。

時刻は、夕方の五時半過ぎ。

この時間に私が家に居るのは久方ぶりのことだ。

手持無沙汰になったのでとりあえずテーブルに着き、妻の帰りを待つ。

あの日、ラインナップに追加された『おしどり夫婦のガリバタチキンスープ』はすぐにオーダーされ、そのままラインナップから静かに姿を消した。そんなふざけた商品が一瞬とはいえメニューに並んでいたことを知る者は、この世にほとんどいない。

結局、それを指宿頼子の元へ届けたのは、私ではなく他の配達員だった。できれば自分が馳せ参じたかったところだけれど、誰が受注できるかはアプリのアルゴリズム次第なので、これぱかりは如何《いかん》ともしがたい。

報告資料に目を通した彼女は、なにを思っただろう。

その後、彼女たちの身にはなにが起こったのだろう。

テーブルに頬杖をつきながら、いま一度、私はあの日の顚末を思い返す。


「それじゃあ、試食会を始めようか」

私の対面に腰を下ろしたオーナーは、続けてこう断言してみせた。

「結論から言うと、指を切断したのは指宿大志郎本人だ」

「えっ？」

自分自身で切断した、だと？　それはつまり、彼が病院で告げた通り「窓に挟んだ」という意味だろうか？

堪らずそう口を挟むが——

「いや、そうじゃない。不慮の事故ではなく、自らの意思で切断したんだ」

そんな、バカな。ありえない。

呆然とする私のことなどどこ吹く風といった様子で、飄々とオーナーはその推理を展開する。

「おそらく、指宿大志郎は指輪を紛失してしまった。それはつまり、どこかのタイミングで外したってことだ」

瞬間、脳裏をよぎったのはあの日の指宿頼子のしかめ面だった。

――結婚してすぐの頃、主人が会社に結婚指輪を着けずに行ったことがあるんです。

家に置き去りになっていた指輪を見つけた彼女は、夫が帰宅するなり凄まじい剣幕で詰め寄った。どうして着けないんだ、なにかやましいことでもしているのか、と。

――以来、主人は指輪を外さなくなりました。

そうして、その一件はなんとか事なきを得たわけだが。

「そんな妻に、指輪を失《な》くしたと告げたらどうなると思う？」

手が付けられないほどの――もはや死んだほうがマシだと思えるくらいの、血で血を洗うような修羅場となっていたのではないか。なんせ、夫がいない隙を見て趣味のプラモデルをすべてゴミに出すような鬼嫁なのだ。生き地獄のごとく罵倒され、下手したらクッションやコップや皿が飛んでくるかもしれない。どうして外したのよ、やっぱりやましいことがあるのね、今日という今日はただじゃおかないから――

「焦りに焦り、追い詰められた大志郎はそれを回避すべく、土壇場で常軌を逸したシナリオを描いてしまった」

指を切断したせいで、指輪も一緒に失くした。木を隠すなら森の中の逆――一本だけ切り倒された木を隠すために、森ごと伐採したというのか。

「順に検証しよう」

言葉を失う私をよそに、あくまで淡々とオーナーは語を継ぐ。

「まず、彼の言う〝窓に挟んで指を切断した可能性〟について。これには、明確におかしな点があるんだ」

「おかしな点？」

ああ、と顎を引くと、オーナーはこう続けた。

「だとしたら、どうして彼は切断した指を病院へ持ち込まなかったんだ？」

あっ、と脳内にランプが灯《とも》る。

――ここで重要なのは、以下の二点。

――一つは、彼が病院に持参したのは財布と携帯だけ、ということ。

その通りだ。どうして気付かなかったのだろう。

「元通りになるかはわからないとしても、不慮の事故だったとしたら、普通は縫合してもらうべく持って行くだろ？」

だが、彼の指は根元から切り落とされたまま処置されていた。

「さて、ここで考えられる言い訳は、切断した指を失くしたというもの」

しかし、とオーナーは腕を組む。

「ベランダの窓に挟んだなら、指は室内か、もしくはベランダに落ちたはず」

落ちたのが室内であれば、さすがに紛失することもないだろう。

問題は、ベランダ側に落ちたパターンだが――

「どれほどの勢いだったとしても、さすがに何メートルも飛ぶようなものじゃない」

よって、階下に落ちたとは考えにくい。なぜなら、手摺は外壁の上にバーが付いているタイプで、隙間を通り抜けられるような構造になっていないから。また、掃き出し窓から排水口までも距離があるため、そこまで転がって行って失われた可能性も低い。

「つまり、切り落とされた指はすぐその場で拾えたはずなんだ」

なるほど。あの不可解な指示は、それを確認するためだったというのか。

素直に感心する私に対し、そして、とオーナーはやや身を乗り出す。

「救急車を呼ばなかったのは、それが理由だ」

「ああ……」ここまで聞けば、さすがの私も納得がいった。

もし救急車を呼んでいたら、おそらくその場で隊員にこう言われていただろう。

――ちなみに、切断された指はいまどこに？

――縫合できる可能性があるので、持ってきていただいたほうが良いかと。

焦って指を持ってこなかったというシナリオは、こうなると通用しない。

「それを回避するために呼ばなかったと考えれば、筋が通る」

これにはひたすら唸るしかなかったし、だからこそ先日、オーナーは淡々と言ってのけたのだ。

――まあ、この時点でだいたい全貌は見えているわけだが。

不慮の事故にもかかわらず指を持参していないこと、加えて、救急車を呼ばずに病院へ急行したこと。たったこの二つの事実から、大志郎の意図を見抜いたのだ。その察しの良さには、さすがに舌を巻くほかない。

「では、なぜ指輪を失くしたか」

オーナーの瞳に鋭い光が差す。

「東堂凜々花が盗んだんだ」

「はい!?」

「二人で会っている間に——例えば、大志郎がトイレなどで席を外している間に」

もともと彼女は、大志郎が既婚者である気配を嗅ぎ取っていた。でも、実際のところどうなんだろう。そんな好奇心に突き動かされた彼女は、彼が席を外している隙にテーブルだかカウンターだかに置き去りにされた財布を漁ってみることにした。するとはたして、指輪が仕舞われているではないか。そしてそれを見つけた彼女は、自嘲気味に思うのだ。ああ、やっぱり既婚者だったんだ。それを隠しながら自分と会っていたんだ。

——好きだったと思います。人として、男性として。

——私は彼に惹かれていました。

「そして、魔が差してそれを盗んだ」

ちょっと困らせようと思っただけかもしれない。もしくは、明確に悪意があったのかもしれない。その胸中は正確にはわからないが、いずれにせよ、そこで彼女はその指輪を自分の懐へ忍ばせることにした。

「東堂凜々花の反応を信じるなら、彼女は指宿大志郎が既婚者であるという確信は持っていなかったと思われる」

——やっぱり、結婚していたんですね。

——そうなんだろうな、とは思っていました。なんとなく、女の勘ですが。

会う時も結婚指輪をしていたのであれば、確証が持てたはずだ。翻って考えるに、やはり彼は逢瀬に際して指輪を外していたのだろう。となると当然、その指輪はどこかに隠していたことになる。ポケットの中とか、あるいはオーナーの言う通り、財布の中とか。まさか漁られるとは夢にも思うまいし、その筋書きに特段の無理があるわけではない。事実、かつての同僚にも何人かそういうやつはいた。とはいえ、さすがに彼女が盗んだというのは飛躍している気もするのだが――

「いや、まず間違いない」

「なぜ？」

「だって、冒頭こういうやり取りがあったんだろ？」

――ちなみに、誰からの依頼でそれを調べているんですか？

――奥さまです。

――もしかして、ヨリコさん？

――あ、ご存じなんですか？

――いつだったか、そんな名前を口にしていたような気がして。

「逢瀬の際に指輪を外すような男が、妻の名前をどこかで口走るだろうか？」

「まあ、それはそうですね……」

「ましてや、自分のフルネームすら告げていなかったんだ。おそらく家庭を持っているがゆえの危機管理だと思われるが、だとしたら、なおのこと妻の名前をどこかで口走るとは考えづらい」

これもまた、その通りだろう。

「だとしたら、彼女はどこでその名前を知ったのか？」

「あっ」

瞬間、思い出したのはあの日の指宿頼子の思い詰めた表情だった。

――実は、ずっと気になっていたんです。

――結婚指輪はどこに行ったんだろうって。

その後、差し出された指輪の内側には刻印があったではないか。

「Taishiro & Yoriko」と。

「おそらく、それを見たんだろう」

もちろん、厳密に言えばそれが結婚指輪である保証はない。ただのペアリングであるかもしれないからだ。でも、そうであるからこそ東堂凜々花の反応も筋が通っている。十中八九既婚者だろうとは思いつつ、最後まで確証はなかった。だからこそ、あの場で私の「奥さまです」に対し「ヨリコさん？」とすかさず尋ね返し、確信を得たのだ。

いやはや、ぐうの音も出ない。

そう恐れ入ったのは事実だが、それでもまだ、この筋書きで確定したわけではない。なぜなら、指宿頼子が指摘した通り、東堂凜々花がなんらかの方法で大志郎の指を切断した可能性があるからだ。苦し紛れにそう反論してみるも、オーナーはあっさりと首を振った。

「いや、その可能性はほぼない」

「どうして？」

「だとしたら、小指まで切断するのはやりすぎだから」

「ああ」とこれにも納得するしかなかった。

欠損していたのは小指と薬指の二本――もし切断したのが彼女だったとしたら、その対象は薬指だけでよかったはずなのだ。

「にもかかわらず、現実には外側の二本が持っていかれていた」

普通に暮らしていて薬指だけを欠損する状況は考え難い。だからこそ、できるだけ自然に見えるよう小指まで切断したとしたら……そんな発想に至るのは、切断したのが本人だったからに他ならない。

「極め付きは、彼が病院へ駆け込んだ日時」

例のとある筋によると、それは九月十六日金曜日とのこと。

「東堂凜々花の話によれば、彼らが逢瀬を重ねていたのは『彼女がオフの日』だった」

「つまり？」

「指が切断されたのは半年前のこと。対して、東堂凜々花が専門学校に通い始めたのは一年前から。よって、火木土のいずれかしかありえない」

「あっ――」

たしかに彼女は言っていた。いつしかプライベートでも会うようになったが、シフトがある日はさすがに難しいので、会うのは決まってオフの日の夜だと。彼女がオフだったのは火木土――資格を取るために通っていた専門学校のある日だ。

「仮に、その逢瀬の際にホテルなり彼女の家なりを使い、そこで彼女が指を切断したんだとしたら、彼は少なくとも一日以上病院へ行かず放置したことになる」

が、さすがにそんなことをする理由がない。ましてや、その状態で金曜日に出社できるわけがないのだ。

「つまり、切断したのは金曜日。帰社後で間違いない」

そして、とオーナーは天井を仰いだ。

「おそらく、それが指輪を見つけるタイムリミットだったんだろうな」

なぜなら、翌日には妻の頼子が沖縄旅行から帰ってきてしまうから。

「もちろん、彼は東堂凜々花にも探りを入れたはずだ」

会う直前、指輪を外したのは覚えている。だが、どこを探してもいっこうに見つからない。知らぬ間に落とした可能性も捨てきれないが、もう一つ想定されるシナリオがある気はする――

「もしかして、息抜きであり安息の地であったはずの東堂凜々花が突如として牙を剝いたのではないか」

そう思い至った大志郎は、おそらく彼女に連絡を入れたことだろう。

指輪を盗んだのか――と直截《ちょくせつ》に尋ねたかどうかは知る由もないが、少なくとも、そんな疑念を胸に秘めて。

――消したんで、わかりません。

――どうして？

――なんとなくです。

詳細なやり取りはもはや闇の中だが、その過程で話が拗《こじ》れた可能性はある。結果として、彼女は大志郎の連絡先を消したのではないか。裏切られたという思いと、それ以上に大きな自責の念に苛《さいな》まれつつ、だけどいまさら後に引けず、半ば自棄《やけ》を起こしながら。

「そうして追い詰められた彼は、ほとんど錯乱状態の中、自ら指を切り落とすという暴挙に出た」

実行した場所が自宅だったかどうかは不明――もしかしたら、病院の近くにある公園などだったのかもしれない。いずれにせよ、彼は妻を恐れるあまり、自らの身体を欠損させるという異常な判断を下したのだ。

「しかし、そこまでしたのに旅行から帰ってきた妻は、あろうことか自分の指が欠けていることに気付かなかった」

そのときの大志郎の心中など、とても想像なんてできやしないし、自分ならおそらく正気を保てないだろう。そうして言い出すタイミングを失い、半年という月日が流れてしまったわけだ。

とはいえ、とオーナーはコック帽を脱ぐ。

「もちろん、東堂凜々花が切断した可能性も否定はされていない。それどころか、やはり本人の言う通り窓に挟んだだけなのかもしれない」

でも、と髪を掻き上げるオーナー。

「ここまでの情報を勘案すると、もっともありえるのは、指宿大志郎本人が自身の指を切り落としたという筋書きなんだ」

なるほど、たしかにそれはそうだろう。百パーセント確定ではないが、すべての状況にもっとも齟齬が生じないのはこのシナリオだ。

ふうっとため息をつき、椅子の背に身体を預ける。それと同時に、そこはかとないやるせなさが込み上げてきた。異常な自傷行為に及んだ大志郎のこと、そこまで夫を追い詰めてしまっていた頼子のこと、悲劇の引《ひ》き鉄《がね》を引いたかもしれない東堂凜々花のこと。

これを知らされたとき、妻の頼子は何を思うのだろう。

——いまとなっては、後悔しています。

——あんなこと、しなければよかった。

たしかに、彼女の鬼嫁ぶりには狂気じみたものがあった。でも、なぜだろう、これ以上追い打ちをかけるのは酷な気もする。

そう思った瞬間だった。

「ただし、妻の頼子には、東堂凜々花が切断したストーリーを伝える」

驚きを通り越して、無様に口を開けるしかなかった。

いったい、なぜ？

そう私が疑問に思うことを見越してだろう、オーナーは当たり前みたいな顔をしてこう言ってのけた。

「だって、彼女はそうだと信じているんだろ？」

いや、むしろそう信じたいのかもしれない、とも。

「なんにせよ、自分を恐れるあまり夫が自ら指を切り落としたなんて、彼女は知りたくないはずだ。彼女が提示した〝合言葉〟は〝おしどり夫婦〟――そう呼ぶにふさわしい関係だったかはさておき、現に大志郎も、妻を傷つけまい、怒らせまい、という思いから指を切断したと推察される。傍から見ればどれほど馬鹿げた行為だったとしても、その覚悟に報いる意味でも、俺たちがすべきことはただ一つ」

「それは、つまり」

東堂凜々花を悪者に仕立て上げ、何食わぬ顔で指輪を返すだけ。

「指輪を回収するのは、彼女の勤める『Club LoveMaze』に働きかければどうってことない。彼女だって、窃盗で逮捕されたくはないはずだし――」

東堂凜々花に取引を持ち掛ける。もっと言うと、脅しをかけるということか。お前が指輪を盗んだのはわかっている。プライベートの場とはいえ、客から私物を盗むような嬢を店がこのまま置いておくかな？　そうでなくとも、当然に窃盗罪なのだ。事を荒立てたくなければ――

「まあ、後のことはこっちに任せてくれ。依頼者には全て返しておくから」

その後、実際にどのような処理がなされたのかは聞かされていない。むろん、わざわざ確認しようとも思わない。が、やっぱり「全て」という言い回しが妙に気になってしまう。額面通りに受け取るなら、指輪だけでなく指ごと返却するように思えてならないのだが——

「さすがに、そんなのムリだよな」

そう鼻で笑った瞬間、ガチャッと玄関扉が開く。

妻の——咲江のお戻りだ。

我に返り、心臓がどくどくと脈打ち始める。額に、腋《わき》に、手のひらに、じんわりと冷や汗が滲《にじ》み出す。ただ妻を出迎えるだけなのに——それなのにこんな緊張するなんて、情けない限りだ。

「え、どうしたの、それ？」

リビングに入ってくるなり、テーブルに並んだ皿の数々に視線を這わせながら、怪訝そうに咲江は足を止めた。

「たまには、こういうのもいいかなと思って」

からからに渇いた喉から、上ずった声を絞り出す。

とはいえ、自分で作ったのは得意の炒飯だけ。その他の惣菜は、さきほどスーパーで買ってきたものにすぎない。

だけど。

——スーパーで売っている惣菜があるでしょ。

——あれを容器に入れたまま食卓に並べたら、ちょっとげんなりするけれど。

きちんと皿へ盛り、適度に見映えを整えれば、それなりに美味しそうに見える。

——それと同じことです。

そう、そのひと手間が肝心なのだ。

「なによ、急に」

「いや、別に、なんとなくだけど」

妻を恐れて指を切断した夫の事件に関わったから、とはもちろん言わない。そしてそれは、別にいつかのオーナーの〝洞のような目〟を恐れたからでもない。まさか危ないことに手を出しているわけじゃないでしょうね――そう心配をかけたくなかったからだ。

でも、事実としてこの一件がきっかけだった。

本来、他の家と比べるようなものではないのかもしれない。それぞれの家に、それぞれの形で成立している夫婦の形。そこに、優劣なんてないのだろう。

だけど、それでも、私はあらためて実感したのだ。

たぶん――いや絶対、まだ手遅れではないと。むしろ、いまからでもやり直さなければいけないと。指宿家の〝惨状〟と比べたら、まだまだうちは大丈夫だと。都合良すぎると思われるかもしれない。こんなことで元通りになると信じてるわけ、と呆れられるかもしれない。それならそれで構わない。

でも、そうだとしても、いまの自分にできるただ一つのことをしようじゃないか。

向かい合わせにテーブルに着く。

しげしげと並んだ皿たちを眺めつつ、「いただきます」と手を合わせ、彼女は炒飯のスプーンを口へ運ぶ。恐る恐る「どう?」と尋ねると、彼女は私のほうを見やりながら「えっ」と訝しげに眉を寄せた。

「それ、どうしたの?」

「なにが?」

「指」

ああ、その件か。

「ちょっとさっき、野菜切るとき包丁で」

絆創膏《ばんそうこう》の巻かれた左手の薬指――その先を、照れたように掲げてみせる。

「慣れないことするから」

「だよな」

「気を付けてよ」

そのときだった。

胸の奥がほのかに熱を帯びる。

腹の底から安堵にも似た〝何か〟が込み上げてくる。

なぜかって？　決まっている。

――奥さまなら、絶対に気付くはずだと？

――もし私の指がなかったとして、ということですよね？

――そしてそれをご自身から奥さまに伝えなかったとして。

あの日、私は曖昧に頷くことしかできなかった。憤慨しかけながらも、その点に自信を持ちきれない自分に幻滅するばかりだった。

でも、いまなら胸を張って答えられる。

咲江は絶対に気付いてくれる、と。

――それは、幸せなことだ。

「あとさ」と咲江は引き続き眉を顰めている。

「あと?」

「やっぱり、ちょっと味が濃い」

ああ、と拍子抜けして頬が緩んでしまう。

「次から気を付けるよ」

だけど、そうは言いつつも、彼女は残さず食べきってくれるだろう。

瞬間、たしかに我が家の〝窓〟が開いた気がした。

ほんの少しだけど、間違いなく。

「まあでも、美味しいよ」

「なら、よかった」

そこから流れ込んできたそよ風に、彼女の一輪の微笑が、ふんわりと揺れたように見えたから。

THE GHOST RESTAURANT

ままならぬ世のオニオントマトスープ事件

取るに足らない案件だと思っていた。

築四十年の木造で、玄関の鍵は旧式のディスクシリンダー型。全八室のうち、ほとんどが空室。表の通りからはブロック塀で見えづらく、そもそも人の往来も皆無に近い。むろん、防犯カメラの類いもない。物件情報に『空き巣大歓迎』と書かれていてもいいくらいの脇の甘さだ。手抜かりもなければ、万に一つの失敗もありえない。

そう思っていたはずなのに。

埃《ほこり》っぽい室内へ一歩踏み込んだ瞬間から、本能が違和感を嗅ぎ取っていた。雑然と脱ぎ散らかされた衣類、隅のほうで無造作に積み上げられたゲーム雑誌の山、ローテーブルに放置された空き缶・プラスチック容器の数々。

「まさかな」

早鐘を打つ心臓に急《せ》かされつつ、スマホを取り出す。

そのままツイッターのアプリを開き、目的のアカウントへ飛んでみると——

「やっぱりそうか」

やがて現れた一枚の写真。

フィットネスウェアで胡坐《あぐら》をかく〝彼女〟と、『宅トレなう♪』の六文字。

思った通りだ。

出直しだ。

そう結論付けた瞬間だった。

「誰だ！」という怒声——玄関からだ。と同時に、激しく脳幹が揺さぶられ、スマホが手を離れ、くの字に折れ曲がった身体から「げふっ」と吐息が漏れる。タックルを食らったのだろう。誰に？わからない。わかるはずがない。

あっけなく組み伏せられながら、床に落ちたスマホの画面を恨めしげに睨みつける。

「嵌められた……」

そこには、いまだ〝彼女〟の不敵な微笑が映し出されているはずだった。

1

「空き巣未遂事件です」

私がそう口にした瞬間、軽快なリズムで野菜を刻む男の手が止まった。ここまでは何を言っても独り言として天井に消えていくばかりで、フォロワー〇人のアカウントから延々とツイートしているかのごとく張り合いがなかったのだけれど、ようやく一つ目の「いいね」が付いたようだ。

「部屋に侵入していた男を、住人の兄が取り押さえたんです」

「それはよかった。一件落着だ」

そっけなく言い、再び手元に視線を落とすと、男はまた野菜を刻み始める。

たしかに、これを聞かされたときは私もそう思った。空き巣事件ではなく、空き巣未遂事件。犯行へと及ぶ前に——いや、部屋に侵入した時点で既に犯行には及んでいるのだけど、結果的に何も盗まれることなく取り押さえることができた。本来なら拍手喝采、万歳三唱となるべき話だ。

「問題はここからなんです」

もったいぶるように言う。

「なんと、現場で犯人は不審な行動を取っていたらしく」

言いながら、自嘲にもよく似た可笑しさが込み上げてくる。いったいぜんたい、私は何をしているのだろう。小学三年生になったばかりの息子を家に一人置いたまま、どうしてこんな事件へと首を突っ込んでいるのだろう。もし仮に私が探偵事務所の助手で、目の前の男がその事務所の主だとすれば――いや、だとしてもやっぱり珍妙すぎる状況には違いないのだけど。

苦笑を噛み殺しつつ、辺りを見回す。

向かって右手には金魚鉢が載った棚、左手奥の壁際には縦型の巨大な業務用冷凍・冷蔵庫、正面には四口コンロ・巨大な鉄板・二槽シンク・コールドテーブルなどが並ぶ広大な調理スペース、天井には飲食店の厨房などによくあるご立派な排煙・排気ダクト。

そう、ここはレストランなのだ。それも、ちょっとばかし……いや、そうとう変わり種で、もしかするとかなりグレーな商法の。

そして私はというと、ビーバーイーツの配達員としてこの〝店〟に頻繁に出入りする、ただのしがないシンママだ。

ようやく包丁を置き、すこぶる面倒くさそうにタオルで両手を拭いながら、男は――白いコック帽に白いコック服、紺のチノパンという出で立ちのこの〝店〟のオーナーは、小さく首を傾げた。

「不審な行動？」

「スマホを見ながら『まさかな』とか『やっぱりそうか』とか口走っていたんです」

「はあ」

「しかも、見ていたのは『丸《まる》の縁《ふち》ＯＬ・マルミちゃん』のツイッターだったみたいで」

「はあ？」

当然の反応だ。私だって真面目な顔で話しているのが馬鹿らしく思えてくる。が、自己判断で勝手に聴取内容を省くわけにもいかない。

「そのうえ、取り押さえられた直後、こう漏らしたんだそうです」

嵌められた、と。

瞬間、オーナーの纏う気配が変わった。自由気ままに——揺蕩《たゆた》うように流れていた室内の空気はきゅっと引き締まり、部屋の隅々にまで緊張の糸が張り巡らされる。ようやく臨戦態勢に入ってくれたようだ。

「それはいささか妙だね」耳に心地よい澄み切った声で言い、そのまま歩み寄ってくると、私の対面に腰を下ろす。

「話を続けて」

事の概要はこうだ。

いまから二週間前、三月某日。土曜日の午後三時半過ぎ。江東《こうとう》区南砂町《みなみすなまち》の『コーポ成沢《なるさわ》』という集合住宅一階の一室に、空き巣目的の男が侵入した。白昼堂々、しかも玄関の鍵を破るという小細工なしの正面突破だった。幸いにも部屋の住人である守屋琴美《もりやことみ》は外出中だったが、たまたま同時刻に現場を訪れた兄が室内で犯人と遭遇。学生時代にラグビー部で鍛えた持ち前のタックルを炸裂《さくれつ》させ、犯人はあえなく御用。そのまま警察に身柄は引き渡されることとなった。

「今回の依頼者はその兄、俊平《しゅんぺい》さんでして」

なんでもその日、彼は妹にお小言を言いに行くつもりだったという。

――「そろそろ働きに出たらどうだ」とか、「両親も心配してるぞ」とか。

こうぼやきながら、兄・俊平はバツが悪そうに肩をすくめていた。

三十一歳・独身。某外資系投資銀行に勤める超エリートで、港区芝公園《しばこうえん》のタワーマンション住まい。筋骨隆々の逞《たくま》しい体軀に凜々《りり》しい太い眉、聡明さを湛《たた》えた瞳。すべてを手にした正真正銘、完全無欠の勝ち組であるからこそ、身内の恥を晒《さら》すことにいくらかの抵抗があったのだろう。

曰く、妹の琴美は大学卒業後、ずっと引き籠り状態なのだという。

「そんなわけで、いきなり妹さんの家を訪ねることにしたそうです」

あえて不意打ちにしたのは、回避行動を取られないため――事前に訪問を予告すると居留守を使われたり、それに合わせて外出したりしてしまう可能性があるからだ。

が、そうしていざ訪ねてみると、いつもなら玄関前に停めてあるはずの自転車が見当たらなかった。行き違いになってしまったのだろうか。なんとも間の悪い話だ。こんなことなら事前に一報くらい入れておくべきだった。

そう後悔しかけた、次の瞬間。

「なにやら家の中から人の気配がしたそうです」

胸騒ぎを覚えた彼は、よくない行為だと自覚しつつも、ドアノブを捻ってみることにした。鍵はかかっていない。外出しているのならいささか不用心だ。友人、あるいは彼氏だろうか。そう勘繰りながら、音を立てぬよう扉を開けてみると――

「部屋のど真ん中に男が一人、立ち尽くしていたんです」

その男は、どこからどう見ても友人や彼氏の類いではなかった。なぜって、目出し帽のようなものを被り、手元のスマホに指を這わせながら「まさかな」「やっぱりそうか」と意味不明なことを口走っていたからだ。

——無事に犯人を確保できたのはよかったのですが。

そう語る兄・俊平の表情は浮かなかった。

——実は、この一件以来、妹はさらに塞ぎ込んでしまいまして。

聞けば、捕まった男は空き巣の常習犯で、下着泥棒を働く予定だったと供述しているとのこと。

なるほど、最悪だ。同じ女として、こんな蛮行は絶対に許せないと思う。が、かといって殊更に珍しい事件という感じもしない。言い方は悪いけど、割とよくある話だという気がしてしまう。

しかし、琴美の認識はそうじゃなかった。

なぜ住人が女性だと割れていたのか。なぜ狙われたのが自分だったのか。もし仮に外出しておらず、その場で鉢合わせしていたら。なにより、なぜ犯人は現場でそんな意味不明なことを口走っていたのか。疑心暗鬼にかられた彼女はすぐさま転居すると、以前にも増して外界を遮断し、塞ぎ込んでしまったという。まるで、周りの人間全員が敵であると信じて疑わないかのように。

——でもまあ、当然の対応かなとも思います。

それはむろん、先の妙な言動の数々があるからだ。中でも気になるのは、最後の「嵌められた」という発言。もしや、本件にはまだ他の関係者がいるのではないか。まだ見ぬその誰かさんが裏で糸を引いているのではないか。そう勘繰ってしまうのも頷けるし、これに関しては妹の琴美を責めるわけにいかないだろう。

——もちろん、この話は警察にも伝えています。

しかし、犯人は一貫して「単独犯での物盗《ものと》り」と供述しているらしく、また、本当に犯人が現場でそう口走ったという証拠があるわけでもない。となると、このままよくある空き巣事件の一つとして処理されてしまうかもしれない。

――でも、そうやってうやむやになって欲しくないんです。

――だって、たしかにこの耳で聞いたんですから。

――だから、ぜひ全貌を明らかにしてください。

――いまだ怯《おび》え続けている、うちの妹のために。

「とまあ、だいたいこんな感じです」

機関銃のごとく捲し立て、語るだけ語り、話を締め括《くく》る。

「なるほど」素っ気なく呟くと、コック帽を脱ぎ、オーナーはテーブルに頬杖をついた。

言葉の接ぎ穂を失った私の視線は、自然と目の前に座る男の元へ向かう。

毛先まで艶やかなミディアムヘアーに、トラブルとは無縁そうな白い肌、さぞかし化粧映えするであろう切れ長の目。加工アプリのような小細工は必要ない。店のインスタを開設し、そのままこの顔を晒すだけで我先にと女性配達員が殺到するはず――と思えるくらい現実離れした容姿なのは事実だが、中でも異彩を放っているのはその瞳だった。無機質で無感情。すべてを見透かすようでありながら、こちらからは何の感情も窺い知ることができない。言うなれば、天然のマジックミラーだ。

そのマジックミラー越しに、彼はじっと探している。

私の目には映らない、ほんの些細で、ほんの僅かな〝痕跡〟を。

しばしの沈黙の末、ところで、とオーナーは頬杖を崩した。

「その『マルミちゃん』というのは？」

「あっ」そうだ、その話がまだだった。

スマホを取り出し、ツイッターのアプリを立ち上げる。検索バーに『丸の』と打ち込むと、すぐに問題のアカウントが現れた。「これです」と差し出す。

プロフィール画像は、さんざん見飽きたバストショットだ。毛先にかけて竜巻のごとくカールしたロングの茶髪に、不自然なほど大きな目（加工アプリの賜物だろう）、零《こぼ》れ落ちそうな涙袋（これもそう）、未来人のように尖《とが》った顎（以下略）、そして身体のライン丸出しのサマーニット。出るとこがきちんと出ていて、体形維持のために涙ぐましい努力をしているのは明らかだけど、やたら胸元を強調したセクシーな服装然《しか》り、顎に手を添えたお決まりのポーズ然り、自分の魅力に自覚的すぎて鼻につく。わざとらしく両目を見開き、くいっと口角を上げ、やや斜に構えたこの微笑がキメ顔なのだろう。コピペでもしたかのように、どの写真も同じ角度、同じ表情が維持されている。

「いま流行りの、いわゆるインフルエンサーです」

〝丸の縁〟というのは、おそらく〝丸の内〟をもじったもの——内側ではなく外縁なんです、という自虐風自慢に違いない。うっせーよ、って感じだ。こちとら毎日〝丸の外〟でチャリを漕いでるんだぞ、こら。

「知りませんか？」

「知らないな」

スマホの画面に指を走らせつつ、オーナーは言った。即答だった。

「そうですか……」

知らないってさ、ざまあみろ——なんて間違っても口にしないけど、でも、この胸の高鳴りはそういうことなのだろう。いやはや、最低だ。別に、彼女から何をされたわけでもないというのに。

「とはいえ、事件に関係あるとも思えなくないですか?」

惨めったらしい自分を振り払うべく、話を前に進める。

が、これもまた嘘偽らざる本心ではあった。

俊平曰く、犯人が取り落としたスマホの画面には『マルミちゃん』のツイッターが表示されていたとのこと。たしかに奇妙ではあるけれど、かといって重要な手掛かりだとも思えない。へえ、そうですか、と相槌を打ちつつ、適当に聞き流すべき話のような気もする。

しかし、オーナーはというと、黙々と画面をスワイプし続けるばかり。それはもう熱心にと言っていいほどに。

なんとも居心地の悪い沈黙が続く。

一分、二分、そして——

不意にオーナーの指が止まった。

例によって、その表情にいっさい変化はない。相変わらず朝靄《あさもや》のように摑《つか》みどころがなく、夕凪《ゆうなぎ》のように静かだ。

「何かわかったんですか?」

「うん、まあ」とだけ言い、スマホを突き返される。

受け取りつつ画面に視線を落としてみるも、既にツイッターは閉じられ、息子とのツーショットを背景にした普段のホーム画面が表示されているだけだった。

ちなみに、とオーナーは続ける。

「男が『やっぱりそうか』と口にしたのは、スマホを確認した後で間違いない?」

「は?」

「いいから」

「えーっと」記憶を辿る。「それで間違いないです」

俊平は言っていた。部屋の中央に立ち尽くす男は、まず「まさかな」と口にし、スマホを弄《いじ》った後、「やっぱりそうか」と呟いた、と。

そう告げると、彼は「なるほど」と独り言ち、やおら席を立った。

「え、これにて解決ですか？」

「いや、あと少し」

なので、とオーナーはコック帽を手に取り、被り直す。

「二日後にまた来て欲しい」

つまり〝宿題〟が課されるということだ。まあ、それはそれで報酬が増えるため、特に悪い話でもないのだけど。

「時間は、夜の九時で」

「夜の九時、ですね」

「問題ない？」

「問題？」

意表を突く投げかけだった。こんなこと、これまでに一度も訊かれたことなどなかったはずだ。

意味を図りかねて首を傾げていると、オーナーは私の手元のスマホを顎でしゃくり、こう付け加えた。

「お子さんが寂しがらないか、という意味」

——ああ、そういうことね。

ようやく納得がいった。と同時に、その観察眼の鋭さには舌を巻くしかなかった。たぶん、先ほどのホーム画面を見てピンときたのだろう。母子二人だけのツーショット——子供だけでもなければ、夫が写り込んでいるわけでもない。たったそれだけのことから、この男は見抜いたのだ。

私がシングルマザーだということを。

「大丈夫です。たぶん、慣れっこなので」

「そう」

瞬間、ぴろりん、と調理スペースに置かれたタブレット端末が鳴る。

「あっ」と私が目を向けたときには既に、彼は端末のほうへと向かっていた。

「注文ですか？」

「そのようだね」

「メニューは？」

「例のアレだよ」

調理スペースに立つと、オーナーは飄々とコック帽を被り直した。

「さて、またどこかの誰かさんがお困りのようだ」

2

笹塚《ささづか》のアパートに帰り着くと、時刻は既に深夜一時半を回っていた。六本木から青山《あおやま》霊園を抜け、表参道《おもてさんどう》、原宿《はらじゅく》、代々木《よよぎ》公園を経由すること四十分。電動アシスト付きの自転車は、とっくにバッテリーが切れている。太腿《ふともも》もふくらはぎもパンパンにはち切れそうだけど、かといってタクシーに甘えるわけにはいかない。とにもかくにも〝節約第一〟——それが我が家の家訓だからだ。

駐輪場のいつもの位置に自転車を停め、ふと右手に目をやると、公園の桜が満開を迎えていた。こうして慌ただしく生きていると見過ごしがちだけど、暦の上ではもう四月。素知らぬ顔で季節はきちんと巡っているのだ。すかさずスマホを掲げ、ナイトモードにしたカメラを向ける。が、予想通りと言うべきか、画面越しだと美しさも迫力も伝わらない。なんともちんけで、褪《あ》せていて、みすぼらしい。それでも一枚だけ撮影し、そのままツイッターを開く。

『配達終了!　マジ疲れたー。でも家の前の桜が満開でちょっぴりハッピー』

撮りたてほやほやの写真に若干の色調補正を施すと、ろくに吟味せずツイートする。この時間だと見ている人も限られそうだが、別に大バズ狙いの〝肝いり〟でもない。送信完了のアナウンスと同時に画面を消し、スマホをパンツの尻ポケットに突っ込む。

外階段を昇り、二階の二〇二号室へ。

鍵穴に鍵を挿し込み、ただいまー、と囁きながら扉を開ける。呼応してくれるのはドアが軋む音だけ。出迎えもなければ、灯りもない。息子の大翔《はると》はとっくに寝ている時間だ。やたらと前歯の大きいコミカルなビーバーが描かれた空っぽの配達バッグを玄関の框《かまち》に置くと、静かにスニーカーを脱ぎ、抜き足差し足で部屋に上がる。

ダイニングキッチンの灯りを点けると、まっさきに向かったのは奥の洋室だった。音を立てないように引き戸を開け、こっそり中を窺ってみる。

二つ並んだ敷布団の右側で、大翔は大の字になって寝息を立てていた。パジャマがめくれて丸出しになったお腹。寝相が悪いのは昔からだ。風邪を引くような気候でもないがめくれたパジャマを直して、おやすみー、と小声で唱えつつ引き戸を閉める。

飲み物を求めてキッチンへ向かうと、流しの前に置かれた踏み台スツールに目が留まった。この位置に移動しているということは——視線を移してみると、案の定、水切りかごに皿とコップが並んでいた。大翔だ。仕事帰りのママの手を煩わせまいと、夕食後に洗っておいてくれたのだろう。最近どんどん生意気になり、顔を合わせれば言い合いばかりしているけれど、根は優しい子なのだ。ほろりときそうになりながら、この光景もまた、迷わずスマホのカメラに収める。こういう〝健気《けなげ》な息子系〟はウケがいい。余裕のあるとき、どこかのタイミングでツイートしよう。

冷蔵庫からペットボトルのルイボスティーを取り出す。コップに注ごうか一瞬だけ迷った末に、面倒なのでそのまま口をつける。ほんのりとした甘みと清涼感が、疲労困憊《こんぱい》の身体に染み渡っていくのがわかった。

——今日も一日、お疲れさま。

築三十五年、２ＤＫ、家賃六万五千円。母と子の二人暮らし。ささやかだけど、ようやく手にした幸せ。それはわかってる。わかってるんだけど。

ペットボトルを冷蔵庫に戻し、テーブルに着くと、再びツイッターを起動する。見れば、画面下部のベルのアイコンに「①」という数字が乗っているではないか。胸を弾ませながらタップしてみると、「でこっぱちママさんと他8人があなたのツイートをいいねしました」との通知。この時間帯にしては、まずまずの出足と言っていい。

その流れで虫眼鏡のアイコンをタップする。「最近の検索」という表示の下に、文字通り、最近検索したアカウントが並んでいる。目当てはもちろん『丸の縁ＯＬ・マルミちゃん』だ。

彼女のトップページへ飛ぶ。フォロー約五百人に対し、フォロワー約六万人。圧巻だ。これが彼女の〝戦闘力〟であり〝価値〟なのだ。直近のツイートは四時間前。添付された写真を見るに、どうやら高級フレンチにでも行ったらしい。リプライ112件、リツイート318件、いいね921件。その数字は、現在進行形で更新され続けている。

——さすがですこと。

いつも通り、順番にリプライと引用リツイートを確認していく。我ながら異常な執着だけど、もはやルーティンと化しているのだから仕方がない。

『今日も美しい』『素敵なレストランですね』『大好き♡』など好意的なものが八割、『承認欲求モンスター』『整形乙』などクソリプの類いが二割。平常運転だ。特にこれといった面白い関連ツイートもない……と思いきや、

——あれ？

引っ掛かることが一つだけあった。

『アバズレくん』の姿が見当たらないのだ。やたらと『マルミちゃん』に粘着し、投稿があるたび引用リツイートで絡みにかかる名物アンチ。総ツイート数五十万件超えという、いわゆる〝ツイ廃〟だ。その存在は界隈でもかなり知られており、密《ひそ》かに〝彼〟の活躍を期待しているファンは多い。何を隠そう、私もその一人である。ひたすら口汚く罵倒するのではなく、ちょっと冷めた目でユーモアたっぷりにおちょくるスタイルなのが人気の理由かもしれない。しかも、その一つひとつが妙に的を射ているので、読んでいて痛快なのだ。ゆえに、その姿がないとどこか物足りなく感じてしまう。ねえ、今日もいつもみたいに私たちを笑わせてよ。もっともっと、私たちの思いを代弁してよ——

ふっ、と自虐的な笑いが鼻を抜けていく。

——馬鹿みたい。

見ず知らずの相手を勝手に目の敵《かたき》にし、見ず知らずの相手を勝手に応援している。

なにをやっているんだろう、本当に。

画面を消し、テーブルにスマホを置くと、天井を振り仰ぐ。じじじ、と最後の抵抗のごとく唸る蛍光灯。そろそろ替え時だなぁとかなんとか、すこぶる平凡で面白みに欠けることを考えつつ、どっと虚無感が押し寄せてくるのを感じた。

これが、私の日常だ。

昨日も今日も、きっと明日も。

私の人生の最高到達点にして、終着駅。悪くないと思う。昔の自分からしたら、割と上出来な部類だろう。そんなことはわかってる。わかってはいるんだけど——

なぜだろう。

この世界から、ポツンと取り残されたような気がしてならないのだ。


はっきり言って、私の半生はろくなもんじゃなかった。

物心ついたときから父親は存在せず、母親は存在していたけど私に無関心で、ひたすら男に夢中だった。入れ代わり立ち代わり恋人を木更津《きさらづ》の団地に呼び寄せ、そうかと思えば、私を置き去りにしたまま何日も帰らない。そんなことの繰り返しだった。冷蔵庫にある賞味期限切れの食材で飢えをしのぎ、箪笥の陰に見つけた小銭を握り締め近くのコンビニまで走り、家にやって来た男たちの舐《な》めまわすような視線から逃れるべく夜の町を徘徊《はいかい》する。もちろん新しい服を買ってもらったことなんてなく、着ているのはいつも襟ぐりと袖口がよれよれになったTシャツばかり。そういう生活を小学校低学年の頃から送っていたし、そんな暮らしぶりが噂になっていたのだろう、まともな同級生たちは私に近寄ろうとはしなかった。たぶん、親から「関わっちゃダメ」とかなんとか言われていたに違いない。

当時の私は、そうした自分を取り巻く環境すべてにひたすら苛立《いらだ》っていた。どいつもこいつもクズばっかりだと、毎日のように憤っていた。でも、それはある種の防衛本能だったようにも思う。ねえ、お母さん。もっと私を気にかけてよ。ねえ、みんな。家庭環境とかそういうのは抜きにして、もっと私という人間を見てよ。本当はそうやって縋《すが》りつきたかったのに、縋りつく先が見当たらなくて、誰を頼っていいのかもわからなくて、結局は〝剝き出しの敵意〟という鎧《よろい》で自分を守るしかなかったのだ。

伝手《つて》を辿り、東京へ出たのが十七歳。高校を中退してすぐのことだった。新宿《しんじゅく》で夜の仕事をしている女の先輩――中学時代によくしてもらっていた不良仲間の一人が、必死で頼み込んだ末に居候を許してくれたのだ。

それからは適当にアルバイトをしつつ、夜な夜なネオン煌めく歌舞伎町《かぶきちょう》の片隅へ繰り出す――そんな毎日になった。危ない目には幾度となく遭ったし、警察から慌てて逃げた経験はとても両手に収まりきらないはずだ。腐ったような毎日であることに変わりはなかったけど、それでも、当時の私は〝自由〟を謳歌《おうか》していたように思う。あの薄暗く汚らわしい団地の一室が、夜の淫靡《いんび》な新宿の街へと場所を移し、広がっただけ――だとしても、私にとっては充分すぎるほどの〝進歩〟だったのだ。

十九歳のとき、原宿で芸能事務所からスカウトを受けた。寝耳に水どころの騒ぎじゃなかったけれど、そのままあれよあれよという間に話は進み、ファッションモデルとしてデビューが決まった。嘘でしょ、と何度も鏡の向こうの自分に自問し、それと同時に、生まれて初めて母親に感謝した。

母は人並み外れた美人で、私は彼女の生き写しのごとく瓜二《うりふた》つだったのだ。

モデルの仕事はすこぶる順調だった。SNSのフォロワー数はぐんぐん伸び、ファッションショーではランウェイを我が物顔で闊歩《かっぽ》し、いくつかティーン向け雑誌で表紙も飾った。特に同世代の女子からの人気がずば抜けていて、曰く「アンニュイな雰囲気が他の子たちと違う」のだという。なるほど、たしかにそうかもしれない。他の同業者たちがチューリップやバラだとしたら、私は夜桜だ。滅びゆくものが纏う、脆くて儚《はかな》い美。そうした空気を纏ってしまったのは、言うまでもなくあの生い立ちのせいだろう。ざまあみろ、と思った。あの頃の私を取り巻いていたすべてに対して。お前たちのお陰で、いまのこの私があるんだ――

妊娠が発覚したのは、二十二歳のときのこと。相手は、当時交際していた「経営者」を自称する胡散臭い男だった。

白状すれば、最初は産むつもりなどなかったし、それは別に、モデルの仕事に支障が出るとかそういう理由からでもなかった。

単に、愛せる自信がなかったのだ。

だって、私はあの憎き母親と瓜二つなのだから。

――子供ができた。

努めて軽い口調で伝えると、相手は同じような調子で「そう」と言った。続けて「じゃあ結婚するか」とも。じゃあってなんだよ――と憤りつつ、特に迷惑がられなかったことに安堵する自分もいた。モデルの仕事だっていつまで続けられるかわからない。というか、既に先細りの気配すら見え隠れしている。おそらく旬が過ぎてしまったのだろう。この業界は次々と若い芽が出てきて、ごく一部の例外を除き、古株は間引かれる運命にある。むろん、私は後者だ。だとしたら、いっそこのタイミングで普通の主婦になるのもありなんじゃないか――

そうして結婚し、無事に大翔を出産した。

その日のことは、いまでも鮮明に覚えている。六月十三日。前日までの梅雨空が嘘のような、カラッと晴れた真夏日だった。

生まれたばかりの大翔と対面した私は、自然と涙していた。まだ目鼻立ちすら覚束《おぼつか》ないくしゃくしゃな顔も、精いっぱい存在を誇示しようと紡がれる泣き声も、柔らかな丸みを帯びた小さな手足も、何もかもが愛おしいと思えたからだ。大丈夫、私はちゃんとこの子を愛せる。たくさん愛して、私のように惨めな思いは絶対させない。私は、あの母親とは違う――

離婚したのは、そのわずか一年後のこと。

決め手となったのは、ある日の昼下がりの一件だった。

その日、部屋で掃除機をかけていた私は、たまたま目にしてしまったのだ。いくらあやしても泣き止まない大翔を、そのままベビーベッドに放り投げ、「うぜえな」と呟くあの男の姿を。

――何してるの!!

掃除機のハンドルを投げ捨て、男を突き飛ばすと、私は大翔を抱き上げながら絶叫した。出てって！　早く、いますぐ出てって――

あっけなく、つつがなく離婚は成立し、それを機にいまの笹塚のアパートへと引っ越すことにした。別にどこでもよかったのだけど、土地鑑のある新宿に近いほうがなんとなく安心感があったからだ。

口座に養育費が振り込まれなくなったのは、それから二年後のこと。資金繰りに窮したのか、あるいは新しく家族ができたのか。まあ、どっちでもいい。ふざけんなとは思ったけど、どこかでそうなることを予感している自分もいた。なんせ、泣き止まない息子を躊躇いなく放り出せる人間なのだ。どうせまた、面倒になってほっぽりだすに決まっている。そうとわかってはいたのに、法律の知識も何もない私は、ただただ黙ってそれを受け入れるしかなかったのだ。

さて、どうしたもんか——と途方に暮れた。

別に自分一人だけならどうとでもなるのだが、今の私には大翔がいる。近所の保育園はどこも満杯で、大翔を預けられるほど気の知れた知人もいない。かといって、あの母親にだけは死んでも頼りたくない。そこだけは絶対に譲れない。

となると、残された選択肢は一つ。

そう、大翔と一緒に働くのだ。

そこで目を付けたのが、ビーバーイーツの配達員だった。好きなタイミングで好きなだけ働けばよく、戦略的に取り組めば月に二桁万円を稼ぐことも可能。しかも、その間ずっと大翔と離れないで済む。その意味でも、まさにうってつけだったのだ。

以来、息子を自転車の前に乗せ、巨大な配達バッグを背負い、来る日も来る日も町中を駆けずり回った。サンバイザーやアームカバー、日焼け止めで紫外線をケアし、大量のペットボトルの水を持参し、どうせ汗で崩れるからと化粧も最低限。疲れたら図書館や区役所などの施設で休み、無料の麦茶や水を飲む。そんな私たち母子は、当然ながら道行く人たちの注目を浴びた。ある者は憐《あわれ》みの目で、またある者は好奇の目で私たち二人を見送っていた。でも、知ったことか。なりふりなど構っている場合ではない。もし事故に遭ったら——という懸念は片時も頭を離れなかったけれど、稼がなければ飢え死にするだけなのだ。ここはもう腹を括るしかない。

そうした苦労を知るはずもない大翔は、無邪気で、純粋に楽しそうだった。

――ママ、今日はどこにお出かけするの？

そう言って、爛々《らんらん》と目を輝かせていた。その笑顔だけが私の唯一の支えだった。

その大翔も無事、小学生になった。いまから二年前のことだ。

ようやく日中に時間ができた私は、近所のスーパーでレジ打ちを始めた。それでも生活はカツカツなので、シフトは基本的に夕方まで。その後いったん家に帰り、大翔の夕食を作り置きすると、今度は配達員としてまた外に繰り出すという、なんとも忙《せわ》しない毎日を送っている。


そんな私があの〝店〟と出会ったのは、いまから九か月ほど前のこと。

ちょうどその頃、ビーバーイーツが二十四時間対応となり、深夜の配達は日中のそれより格段に報酬が良かったので、期待に胸を躍らせながら走り回っているうちに、気付いたら六本木界隈まで出張っていたのだ。いけない、ちょっと遠くまで来すぎた――と後悔しつつ、アプリを落とそうとした瞬間、追加のオーダーが飛び込んできた。時間も時間だし拒否してもよかったのだけど、あまり拒否を連発するとアカウントが停止されるという噂もある。どうせ大翔は寝ているし、ここまで来たら大差ないかと納得し、受注することにした。

それが、すべての始まりだった。

『本格中華　珍満菜家』――こんな時間に中華かよ、というのはさておき、とにもかくにもアプリに指示された住所まで行ってみると、待ち受けていたのは何の変哲もない雑居ビル、そして奇妙な立て看板だった。

『配達員のみなさま　以下のお店は、すべてこちらの３Ｆまでお越しください』

そこに並んだ夥しい店名の数々――『タイ料理専門店　ワットポー』『元祖串カツ　かつかわ』

『カレー専門店　コリアンダー』『餃子の飛車角』などなど。目当ての『珍満』なんちゃらも、たしかにそこに記載されている。

そういうことね、とすぐに察した。

これまでにも、似たような営業形態の店をいくつか訪ねたことがある。

いわゆる〝ゴーストレストラン〟というやつだ。

エレベーターで三階に昇り、薄暗い廊下の先にある扉をくぐると、予想通り、眼前に現れたのは調理設備が併設された貸スタジオだった。

——あなた、新顔だね。

調理場に立つ男が、こちらを一瞥すると言った。

それはもう、桃色吐息が漏れるほどの美青年だった。顔のパーツも、発する声も、佇まいそのものも、すべてが完璧かつ調和がとれていて、ただそこにいるだけで絵になってしまう。年齢は——いくつだろう。老賢者のような静謐さもあるし、虫取り少年のような瑞々《みずみず》しさもある。かつての仕事柄モデルと呼ばれる人種には飽きるほどお目に掛かってきたけれど、彼の纏っている空気はその誰よりも厳かで、孤高だった。

——注文の品ならできてるから。

見ると、目の前のテーブルの上に白色無地のポリ袋が一つ。おそらく、これのことだろう。そそくさと配達バッグに格納しつつ、『受け取りに行ったら超絶イケメン発見！』という文言とともにＳＮＳへ写真を上げたらめちゃくちゃバズるはず——などと勝手な妄想を繰り広げていると、不意に男は持ち場を離れ、こちらに歩み寄って来た。

——あと、お願いがあるんだけど。

身構える間もなく、やおら右手を差し出される。小首を傾げつつ受け取ってみると、なんてことはない、ただのUSBメモリだった。

——これを、いまから言う住所までついでに届けて欲しいんだよね。

——報酬は、即金で一万円。

驚きのあまり、USBメモリを取り落としそうになる。

は？　たったそれだけで一万円？　マジで言ってんの？

——もちろん、受領証をもらってここに戻ってくることが条件だけど。

やります、と即答していた。それどころか、お願いします、と頭を下げていた。多分に怪しすぎるとは思ったけれど、道で拾った一万円とは訳が違う。こちとら、正式な〝報酬〟なのだ。それを固辞できるほど、いまの生活に余裕などない。

——ちなみに、この話は絶対口外しないように。

——もし口外したら……

命はないと思って。

またまたご冗談を——と言いかけて、はたと口を噤んだ。むしろ「絶対この店にまつわるツイートはご法度だぞ」と自らに釘を刺した。なぜかって？　そう告げる男の瞳が、あまりにも冷たく、ただの〝虚空〟と化していたからだ。

ぞくり、と背筋に怖気が走る。

とはいえ、きちんと言葉通りの報酬を貰えるのなら、ありがたく頂戴するまでだ。

それは、私たち母子にふと差し出された、願ってもない〝救いの糸〟だった。

以来、私はこの〝店〟に入り浸るようになった。

課された〝ミッション〟をこなすたび、ただそれだけで即金ウン万円。当然のように暮らしの余裕は増し、少しずつ口座の残高も積み上がり始めた。最初のうちこそ「ヤバい商売なのでは」と訝しんでいたけれど、段々と全体の仕組みがわかるにつれ、その不安も解消されていった。それどころか、もはやこの〝店〟の存在を前提に家計をやりくりするようになっていた。喩《たと》えるなら、人の味を覚えた熊みたいなものだ。一度知ってしまったらもう、かつての暮らしには戻れない。

そんなこんなで、いまではそれなりの額を毎月コンスタントに稼げている。万全の備えとまでは言えないけれど、急な出費を迫られても何とかなるはずだ。金銭的な理由から大翔の将来を閉ざしてしまうようなことも、いまのところないと思う。

だけど――

気付いたら、禁断症状のごとくまたツイッターを開いている。

大翔が小学生に上がった頃から、ツイッターに、インスタに、個人ブログに、私は母子二人の暮らしぶりを赤裸々に開示するようになった。もちろん〝店〟のことにはいっさい触れないけれど、配達員として駆けずり回る毎日と、その苦労をあけすけに綴るようになったのだ。『大翔がセミの抜け殻を集めてる。ちょっとキモい笑』『今日も配達。見てこのエントランス。家賃いくらだよ！』『大翔が学校から工作を持ち帰ってきました。こんなの作れるようになったんだ！　ホント子供って成長するの早いなあ』『配達途中に休憩がてらパシャリ。夕焼けがエモい』などなど。

それがちょっとした評判になり、少しばかり気をよくした私は、やがて自らの半生すらも晒すようになった。むろん、すべてはバズるためだ。閉店セールと見紛《みまが》うほどのプライベートの安売りが功を奏し、いまではツイッターとインスタのフォロワーも合計で二万人に達している。

そうしたことに気を回せるくらい心にゆとりが生じたのは、きっと喜ばしいことなのだろう。かつての自分にはそんな余裕などなかったので、これはこれで、たしかな〝進歩〟なのだと思う。が、余裕とは同時に隙でもある。

そして、その隙に這い寄ってきたのは、そこはかとない〝満たされなさ〟だった。

〝飢え〟や〝渇き〟と言い換えてもいいかもしれない。

すべてを憎んでいた幼少期、家を飛び出し無我夢中だった思春期、モデルとして活躍した日々、結婚に出産、離婚、女手一つでの育児——

死に物狂いで生きてきた。

たぶん、これからも死に物狂いで生きていくと思う。

でも、だからこそ認めて欲しいのだ。自分で自分を労《ねぎら》うだけではなく、誰かに——誰でもいいから褒めて欲しいのだ。よく頑張ったね、と。ここまでよく頑張った、これからも応援しているよ、と。そうやって、誰かの目に留まっているという実感が欲しいのだ。

もちろん、SNSに寄せられる反応は全部が全部、好意的ではない。子供の顔を晒すのは危ないとか、承認欲求のお化けだとか、心無い言葉は容赦なく飛んでくる。

でも、それ以上に寄り添い、伴走してくれる〝みんな〟がいる。単なる応援コメントもあれば、もっと実用的なアドバイスもある。同じシンママたちの生活の知恵だったり、あるいは母子手当のような制度的なことだったり。無学と言っていい私に対し、SNSの住人たちはいろいろなものを施し、授けてくれる。それらは恵みの雨として、渇き切った私の心に浸透していく。

だからこそ、疎ましくて仕方なかった。何不自由なく煌びやかな生活を送り、この世の春を絶賛謳歌する『マルミちゃん』みたいな存在が。彼女が自分に何をしたわけでもないのに、とにかく目障りで堪らなかった。

ねえ、もっとこっちを見て。

そんな女より、もっと私に注目して。

ねえ、ねえ、ねえ――

だけど、やっぱり埋まらない。

いっこうに〝飢え〟も〝渇き〟もなくならない。

なくならないと知っているのに、先ほどからさらに増えた「いいね」の数を、明滅する蛍光灯の下でポツンと一人、今宵も私は指折り数え続けている。

3

「まずは、前提条件のおさらいから」

前回と同じく、私の対面に腰を下ろすと、オーナーはそう口を切った。

二日後の夜九時過ぎ。指示された通り、再び私は〝店〟を訪れている。

――問題ない？

――お子さんが寂しがらないか、という意味。

先日のこのやりとりは、いまだ脳裏にこびりついている。大翔の将来のための〝必要な犠牲〟なのだ――と必死に言い訳をこさえ、拭い去ろうとはしているものの、ふと考えてしまうのも事実だった。もしや同じなんじゃないか、と。結局のところ、私がしていることはあの憎き母親と大差ないのではないか、と。

そんな私をよそに、澱みなくオーナーは続ける。

「空き巣被害に遭いかけた守屋琴美は、現在二十六歳。都内の某私立女子校で中高生活を送り、同じく都内の某私立大学の経済学部へ進学。しかし、大学卒業後からずっと引き籠りの状態にあり、現在までほぼ無職。生活費は不定期のアルバイトと、ゲームの実況配信に対する視聴者からの投げ銭で賄っていた」

――凄い時代ですよね。

――昔からゲームは好きだったみたいですが、まさかこんな風に役立つとは。

――まあ、さすがに顔出しとかし始めたら絶対やめろと言いますけど。

先日の〝事情聴取〟の場で、兄・俊平はこう言って渋面を浮かべていた。たしかに、投げ銭で生活を維持できているのだとしたら、それはそれで凄いことだと思う。一種の才能と言ってもいいかもしれない。が、もっと安定した仕事に就いて欲しいと願う家族の気持ちもまた、わからないわけじゃない。自分だって、もし大翔がそう言い始めたら手放しで応援はできないだろう。

「とはいえ、完全に社会から孤立しているわけでもなく、中高大の友人が時たま家を訪ねてくることはあった」

――昔は、もっと普通の女の子だったんです。

――天真爛漫で、クラスの人気者に近かったかもしれません。

――でも、就活に失敗して……。

以来、人が変わったように塞ぎ込んでしまったという。

そして、その責任の一端は両親にもある、と俊平は語っていた。昔からなにかと兄妹で比較され、事あるごとに「お兄ちゃんは優秀なのに、あんたときたら……」と言われ続けてきた。それが家族内での妹・琴美の立ち位置だった。決して彼女が凡庸だったわけではない。ただ、すぐ隣にいる兄が偉大すぎたのだ。大学受験まではなんとか親の期待にギリギリ応え続けてきたものの、就活であえなく失敗。そこでついに、ぷつんと糸が切れてしまったのだろう。もう、どうでもよくなっちゃった。私は私で、好き勝手に生きていってやる——

「大学卒業後、琴美は一貫して江東区南砂町にある『コーポ成沢』という集合住宅に住み続けていた。築四十年の木造で、防犯設備の類いは皆無。空き巣に入るにはもってこいとしか言いようがないものの——」

警察が調べたところ、表札や玄関ドア、郵便受け、電気メーターなどに、空き巣犯特有のマーキング——家族構成や留守の時間を示す隠語・暗号の類いはいっさい見つからなかった。それに、そもそも琴美の生活リズムには一貫性がないため、空き巣に入るにはあまり都合のいい家とも言い難い。事件の日に彼女が不在だったのも、言ってしまえばただの偶然にすぎないのだ。

さて、とオーナーの瞳に鋭い光が差す。

「以上を踏まえ、本題はここからだ」

背筋を正し、ごくり、と唾を呑む。

「まず、兄の俊平が目撃した犯人の行動だが、最初に『まさかな』と独り言ち、スマホを確認すると、やがて『やっぱりそうか』と呟いた。この順番で間違いないな？」

「はい」と頷く。

「まず『まさかな』について検討しよう。辞書的には、この言葉の後に続くのは『まさか○○ではあるまい』という〝打消しの推量〟である可能性が高い」

「はあ」言わんとしていることはわかる。わかるけれど、この話の着地点はまったくと言っていいほど見えてこない。まさか国語の授業でもあるまいし。

つまり、とオーナーは腕を組む。

「犯人はそのとき、何らかの可能性を推し量っていた」

「何らかの可能性？」

「そして、その可能性はスマホを見たことにより確信へと変わった」

なるほど、たしかにそういうことになる。だからこそ、犯人はその直後に「やっぱりそうか」と口にしたのだ。そして、そのとき犯人がスマホで見ていたものと言えば――

その通り、とオーナーは顎を引く。

「『マルミちゃん』のツイッターだ」

これもまた、話の流れとして特に違和感はない。ないのだが、だからなんだよ、以外の言葉も出てこない。現場で犯人が推し量った可能性とは。それがなぜ『マルミちゃん』のツイッターを見たことで確信に変わるのか。それら一連の行動の裏に、どんな思惑とカラクリが隠されているというのか。

さらに、とオーナーは身を乗り出してくる。

「この二日のうちに、とある筋から得た情報がある」

「情報？」来たぞ、と身構える。

「それによると、守屋琴美と『マルミちゃん』は中高時代の同級生とのこと」

「はい!?」

点と点が繋がった――と言うべきなのだろうか。いまだ全体像は見通せないし、むしろ余計な繋がりができてしまったせいで、さらに謎が膨らんだような気もするけれど。

それどころか、とオーナーは続ける。

「同じ陸上部の所属で、高二・高三と同じクラス、出席番号も一つ違いとのこと」

「えっ!!」

「証拠――になるかはわからないが、とにかくこれを見て欲しい」

オーナーが卓上に広げたのは、卒業アルバムのコピーだった。これもまた、その〝とある筋〟とやらから入手したのだという。

名前順なので、守屋琴美はすぐに見つけることができた。出席番号四十番。ちょっと照れた感じの笑顔と二本のおさげ髪が印象的な、可愛《かわい》らしい少女だ。

いっぽうの『マルミちゃん』は――

「これだ」とオーナーが示した写真を見て、先ほどの妙な言い回しの理由がわかった。なるほど、たしかに〝二人が同級生だった証拠〟にはなっていない。なぜって、あまりに別人なのだから。

出席番号三十九番。宮原楓子《みやはらふうこ》というのが『マルミちゃん』の本名らしい。野暮ったい目元、小ぶりな鼻、ややエラが張った顎周り。説明されなきゃ、絶対に同一人物だとは思わないだろう。月とすっぽんどころか、海王星とミジンコだ。先日の『整形乙』というクソリプが、一瞬だけ脳裏にちらついた。

「当時の同級生たち曰く、二人はかなりの仲良しだったとのことだが――」

そこには歴然とした差もあったという。勉強でも運動でも学校行事でも人一倍目立つ守屋琴美と、蜃気楼《しんきろう》のように存在感がぼやけた宮原楓子。それがいまや、この大逆転劇ときている。人生とはわからないものだ。

「というわけで、確認してもらいたいことはただ一つ」

そうして授けられた〝たった一つの宿題〟に、私は目を白黒させるしかなかった。

なんだ、その確認内容は。

たったそれだけで、今回の事件の全容が明らかになるというのか。

「以上、質問は？」

むろん、訊きたいことは山ほどある。

が、おそらく尋ねたところではぐらかされるだけだろう。

「いえ、特に……」

「じゃあ、よろしく頼むよ」

そそくさと席を立つオーナーの背を、私は黙って見つめるしかなかった。

4

玄関のチャイムを鳴らすと、どたどたと足音がし、ガチャリと解錠された。

「お待たせしました。ビーバー……」

最後まで言い切る前に、薄く開いた扉の奥から伸びてきた手が、ポリ袋をひったくるようにして奪っていく。そのままバタンと扉は閉ざされ、お前はもう用済みだ、と言わんばかりに施錠されてしまう。始めたばかりの頃は「は？　それが血の通った人間の態度なわけ？」と逐一憤っていたけれど、最近はもう慣れっこだ。

しばし豪奢《ごうしゃ》な内廊下に佇んだ後、エレベーターホールに向かう。

明くる日の夜八時過ぎ。相も変わらず、私は配達に明け暮れている。

いま訪れているのは、西新宿のとある高級マンションだった。煌びやかで清潔感溢れるエントランス、奥ゆかしい笑みで「こんばんは」と挨拶してくれるコンシェルジュさん、何度も何度も部屋番号をコールしないと目的地まで辿り着けない鉄壁の防犯設備――いやはや、まるで住んでいる世界が違う。

一階まで降り、エントランスから外へ出ると、生温《なまぬる》い風が頬を撫《な》でていった。ひらひらと鼻先をかすめる一枚の花弁。ふと右手を見やると、敷地内の桜がここでも満開を迎えていた。その下を、おそらくマンションの住人だろう、手を繋いだ一組のカップル風情が悠々と、桜に一瞥もくれることなく歩いている。

やっぱり似てるな、と思った。滅びゆくものが纏う、脆くて儚い美。でも、誰も目に留めてくれやしない。風景の一部としてやり過ごされてしまう。配達バッグを背負ったいまの私も、同じくこの街のありふれた背景の一つでしかない。

自転車に跨《またが》り、ビーバーイーツのアプリを開くと、今日ここまでに配達してきた四軒のうち二軒からチップが届いていた。二百円と五百円の計七百円。アレのお陰だな、と力なく微笑む。配達員を始めて早五年。その間に、いろいろ自分なりの稼げる手法を編み出していた。その一つが〝ちょっとしたひと言〟を付箋で添えるというもの――『今日もお疲れさまです』とできるだけ女っぽい丸文字で記し、容器の蓋などに貼るという小細工だった。こうすることで、もし注文者が男性だった場合――いや、女性の場合も含むけど、アプリ経由で貰えるチップが増える傾向にあるのだ。羽振りがいい人だと、一度の配達で千円になることも珍しくない。これだけで、何日分かの食費が丸儲けだ。

疲労のせいかすぐに漕ぎ出す気になれず、いつものようにツイッターを開いてみる。画面下部のベルマークには、数字の「④」が乗っていた。たぶん、先ほどの投稿へのリアクションだろう。はたしてその通りだった。

『凄い！　はるくん偉い！』『これは泣けますね』『うちのチビは絶対こんなことしてくれません』『嘘松発見。自演だろ』『健気に食器洗いをしている姿を想像して、うわーってなった。胸きゅんすぎる』『素敵な親子関係なのが写真からわかります』などなど。

一つひとつにリプライをする余裕はないため、そのすべてに——批判的な投稿だけスルーしていると思われるのも癪《しゃく》なので、先の『嘘松』云々《うんぬん》のやつも含め、全部に「いいね」を付け返す。何の変哲もない夜桜が多くの人の目に留まっていると、そう実感させてくれる瞬間。でも、あくまで画面越しにすぎない。画面越しだから、きっとその迫力も生々しさもほとんど伝わっていない。けど、それで構わない。

ようやく漕ぎ出そうとした瞬間、スマホに通知が届いた。

次の配達オファーだ。

「さて、と」

迷わず受注し、ぐっと脚に力を入れると、ひと思いにペダルを踏み込んだ。

——というわけで、確認してもらいたいことはただ一つ。

夜の大通りをひた走りながら、やはり思い出すのは、昨夜のオーナーとのやりとりだった。あの場で授けられた〝たった一つの宿題〟——それは、今年の二月七日以前に『マルミちゃん』が琴美の家を訪ねたことはないか確認せよ、というものだった。

意味不明すぎて絶句するしかなかったものの、ひとまずは言われた通り、守屋俊平に照会のラインを送っている。

——仕事柄、家を空けていることも多く。

——何度もお越しいただくのは面倒でしょうし。

そう言われ、前回の訪問時に連絡先を交換していたのだ。もし事件解決と見るや頻繁に誘いが来るようになったら——と思わないこともなかったが、そのときは問答無用でブロックすればいい。

そんなことより、まずは〝宿題〟が最優先だ。

とはいえ、ただオーナーの指示通りに思考停止で動くのも癪なので、昨晩、家に帰ってから自分なりにいろいろ調べてはみた。なにをって、二月七日以前の『マルミちゃん』のツイートを、だ。

あえて「二月七日」という具体的な日付まで出してきたということは、謎を解くカギはそこにあるとみて間違いないだろう。

しかし、そんな期待の芽は実際の投稿を見るや否や、みるみるうちに萎《しお》れていった。

『マルミちゃん』の二月七日のツイートは二件だけ。

『見て！　スカイツリーがめっちゃ綺麗！　あんまり見たことない色！』これが夜の十時過ぎ。全体的にピンクがかったスカイツリーの写真が添付されている。

『ヤバい。ちょっと気が向いたからビーバーで置き配頼んだんだけど、こんな手紙が付いてきたw優しい人だw』これがその一時間後、夜の十一時過ぎ。配達員が好意で添えたと思われる手紙の写真が添付されている。

なんてことはない——むしろ、彼女にしては慎ましいとすら思えてしまうツイートなのだが、後者については見覚えがあった。あ、自分と同じようなことをしている人がいるんだ、というのもあるけど、一番は、例の『アバズレくん』の引用リツイートに笑ってしまった記憶があるからだ。

当然ながら、その引用リツイートはまだ残っていた。

『で、で、でたー！　ここにきて突然の庶民派アピール！　私もデリバリーサービスユーザーなんですってか？　この手紙もたぶん自分で書いたものでしょう。筆跡鑑定班、急いで！　こっちですこっち！』

一言一句同じことを思っていたので、声に出して笑ってしまった。が、いずれにせよ、いつも通りのやりとりが繰り広げられているだけで、特にこれといって注目すべきポイントはなさそうに思える。となると、他のツイートなのだろうか。

しかし、その前後のツイートにも特段の見所はなかった。普段通り、ちょっとしたコメントとともに、自身のソロショットが添付されているだけ。

『凡庸な中流家庭で育った私には、こういうお店でどう振舞えばいいかの引き出しがまったくない件について』二月六日、夜の九時二十一分。雰囲気で腹を膨らませろ、と言わんばかりのさぞお高そうなレストランの写真とともに。

『先週末の写真。日頃の疲れは温泉で癒すに限る♡』二月五日、昼の二時十五分。一年前から予約が埋まっていそうな情緒あふれる温泉宿の写真とともに。

『百万ドルの夜景なう。みんなにもお裾分け』二月四日、夜の十一時八分。レインボーブリッジに程近い、おそらくホテルのスイートルームからと思しき写真とともに。

二月八日以降も同様だ。

『明日は仕事終わったらアフターファイブでディズニー行くよ！』『今週末は長野でグランピング！』『平日は毎朝七時半に家を出て、くたくた。というわけで、いつもの隠れ家バーにきちゃいました』などなど。

余談だが、これらにも常に『アバズレくん』は反応している。

『※なお、この写真を撮影しているのはパトロン的な腹の出たおっさんです』『このあとめちゃくちゃS〇X……おっと、誰か来たようだ』『今月の投稿、全部自腹だと計算すると最低でも月収八十万は必要なんだが……』

要するに。

「全然わかんない」

赤信号に行く手を阻まれると同時に、思わずそんな呟きが漏れた。

ハンドルに据え付けたスマホに指を伸ばし、この隙にまたツイッターを開く。

例の〝踏み台スツール〟のツイートはさらに伸びていた。

『かまってちゃんだな』

『自分の親がこんなんだったらと思うと』

『親ガチャ失敗w』

『この人のインスタも見たことあるけど、こういう時代だし、子供の顔を晒すのはマジでやめた方が良いと思う。変な事件とかあるし。※個人の感想です』

意味不明な〝宿題〟が胸の奥で燻っているせいか、はたまた、先ほどの配達先で受けた仕打ちのせいか、批判的なコメントにばかり目が行ってしまう。うっせーよ、バーカ。なーにが「個人の感想です」だ。ツイッターってそういうもんだろ。誰もお前の呟きを「組織を代表したものだ」なんて思ってねえよ。こっちがどんな思いで生きてきたのかも知らないくせに、勝手なこと抜かすなボケ——と胸の内で罵倒しつつ、こんなにも苛立ってしまうのはその自覚があるからだ、ともわかっている。

むしゃくしゃついでに、守屋俊平とのラインを開く。

『わかりました。確認してみます。少々お時間ください』

『お願いします』既読
それ以来、特に動きはない。

たったそれだけのことなのに、なぜだかすべてが八方塞がりな気がしてくる。

信号が青になる。

すべてをかなぐり捨てるように――かなぐり捨てられやしないのに、それでもまた、私はめいっぱいペダルを踏み込んでいた。

5

さらにその翌日、時刻は夜の九時半過ぎ。

玄関のチャイムを鳴らすと、とてとてと軽やかな足音がし、ガチャリと解錠された。

「お待たせしました。ビーバー……」

最後まで言い切る前に、私の視線は釘付けになっていた。

ドアの向こうに現れたのは、パジャマ姿の少年だった。年恰好は――おそらく未就学児だろう。

つぶらで眠たげな二つの目が、下から私を見上げている。

東中野《ひがしなかの》の、ごく普通のアパートが今回の配達先だった。

こんな遅くまでこんな年頃の子が起きているのか――と訝しんでいると、奥から母親らしき人物が現れる。華やかだが化粧っ気はなく、どこか疲れと諦念が滲む佇まい。一目見て、夜の仕事をしているとわかった。「ほら、もう寝なさいよ」とぼやきつつ、彼女の目が玄関に立つ私を捉える。

と、次の瞬間。

「えー、嘘！」

その目が見開かれ、パッと顔が綻ぶ。

え、なに――と訝しむ私をよそに、すごーい、と彼女は勝手にはしゃいでおり、少年はというと、なんだかよくわからないといった感じで目を瞬《しばたた》かせている。

私も私で、ポリ袋を掲げたまま固まるしかなかった。知り合い――ではない。それなのにこの歓待はなんだろう。

私の困惑を悟ったのか、彼女は「あ、すいません」と頭を下げた。

「いや、有名人だーと思って」

「ああ……」そういうことか。

おそらく、私のSNSを見たことがあるのだろう。投稿している写真は基本的に風景や大翔だけを写したものとはいえ、そこには当然、母子二人で写り込んだものもある。かつてモデルをしていたことも公言しているし、その気になれば当時の写真だっていくつか見つかるはずだ。むろん、現在は配達員をしていることも開示しているので、いま目の前にいる女がいつもSNSで見ているあの女と同一人物だと気付かれたとしても、特におかしな話ではない。

事実、彼女は顔を上気させながら、こう目尻を下げた。

「いつも見てます。応援してます」

「あ、それはどうも……ありがとうございます」

「うちもシングルなんで、なんか親近感が湧くんですよね」

「そうでしたか……」

曖昧に頷きつつ、再び私の視線は目の前の少年へと向く。

その理由を察したのだろう、彼女は肩をすくめながら、こう続けた。

「小腹が空いたんで夜食を頼もうとしたら、この子が起きちゃって——」

「なるほど」

「でも、お会いできて嬉しいです」

本来なら、諸手を挙げて喜んでいるはずの場面だった。え、見てくれてるんですか、ありがとうございます、と満面の笑みを振りまいていたに違いない。

でも、このとき私は、なんとも歯切れの悪い塩対応しか返せなかった。

というのも今日の朝、朝食の席で大翔にこう尋ねられたからだ。

——ママって、芸能人気取りなの？

不意のことに、思わず配膳の手が止まった。

どうしたの急に、とぎこちない笑みで尋ね返すと、大翔はテーブルの一点を見つめたまま続けた。

——亮介《りょうすけ》に、昨日言われた。

亮介というのは小学校の同級生だ。何度か名前を聞いたことがあるので、たぶん仲良しの一人なのだろう。

——「大翔のママは芸能人気取りなんだ」って。

それってどういう意味なの——と訊きたいふうではない。が、かといって小学三年生が当たり前に口にする語彙でもない。

おそらく、亮介の親が言っているのだろう。私のSNSを見ていて、かつてモデルをしていたという事実も相俟《あいま》って、いまだ芸能人を気取っているとかなんとか息子の前でこぼしたに違いない。そしてそれを、亮介は大翔にそのまま伝えた。悪意があったのかはわからない。むしろ、その言葉が微細な悪意を纏っていることすら、正しく認識していないかもしれない。

けど、たぶん大翔は、なんとなく察したのだ。

だから、こうして尋ねてきたのだ。

——なに言ってるのよ。

からからに渇いた喉から、なんとか返事を捻り出す。

——別に、ママは芸能人じゃないでしょ。

正しい返答だったとは思わない。問われているのは「芸能人気取りか否か」なので、そもそも芸能人じゃないことが大前提——「ママは芸能人じゃないでしょ」という回答は、ほぼ何も言っていないに等しい。でも、そんな稚拙な反論をしてしまうくらい、心の余裕が失われていたのも事実だった。やや険のある口調で返したせいか、それとも他の理由があるのか、たちまち大翔の瞳は潤み始める。

——ママはさ、いっつも俺を置いてどっか行く。

銃弾だった。

私の急所を正確に撃ち抜く、一発の銃弾。

それはあなたのためを思って——と言うべき場面じゃないことくらい、さすがの私でもわかった。

——俺といても、いっつも写真ばっか撮ってる。

大翔の頬を一筋の涙が伝う。

その小さな身体が小刻みに震えている。

意を決したというのは、まさにこういう姿を指すのだろう。

同じだ——と確信した。結局、私はあの憎き母親と同じことをしていたのだ。形は違えど、同じような疎外感を自分の息子に与えてしまっていたのだ。

——俺のこと、嫌いなんでしょ？

——俺なんかいないほうが、本当はよかったんでしょ？

そんな一件があったので、今日はいつもみたいに夕食を作り置きにせず、外遊びから帰って来た大翔と一緒に食卓を囲んだ。それから一緒にテレビを観て、一緒にお風呂に入って、大翔が寝入るまで寄り添った。

しかし、その間も大翔はずっとムスッとしていた。これで埋め合わせたつもりか——とでも言いたげに唇を尖らせ、声をかけても無視を決め込んでいた。

——どうせ、俺が寝たらまた出掛けるんでしょ。

ようやく口を開いたかと思えば、飛び出してきたのは容赦ないこんなひと言だった。布団に入り、まさに電気を消そうという瞬間だった。

図星だった。

なぜなら、その少し前に守屋俊平から返事があったからだ。

『本人に確認が取れました』

『おっしゃる通り、二月七日に家に来たそうです』

この事実を、オーナーに伝えに行く必要がある。

伝えに行って、その場で〝宿題〟に対する報酬を受け取る必要がある。

家計のために、大翔の将来のために。

でも、そんなまだ見ぬ将来とやらにかまけて、いまこの瞬間、目の前の大翔をないがしろにしているると本人に思われているのだとしたら、それは、はたして——

——早く寝なさい。

質問に答えず、そう言って頭を撫でる自分が、このうえなく卑怯《ひきょう》に思えた。

そうして大翔の言う通り、彼が寝静まったタイミングに家を出て、〝店〟が開くまでの時間を無駄にしないよう、心を殺しながら配達に勤しんでいるわけだ。

「頑張ってくださいね、応援してるんで」

「ありがとうございます」

ファンからの声援も、どこか空虚に聞こえてしまう。

頭を下げ、鉛のように重たい身体を引き摺《ず》りつつアパートを後にする。いまから六本木に向かえば、ちょうど〝店〟が開いて少し経った頃に到着するだろう。

前の道に停めておいた自転車へと跨り、ふうっとひと息つく。

——なにやってるんだろう、本当に。

そうして一路、ため息交じりに六本木へ向かったのだが——

「——お疲れ。これで全部揃ったね」

くたくたの身体から振り絞るように〝宿題〟の結果を伝えるや否や、オーナーは表情一つ変えずにそう言ってのけたのだ。

「ならよかったです」

にわかには信じ難いが、彼がそう言うのならそうなのだろう。

「てなわけで、商品ラインナップにも追加しておかないと」

なんにせよ、いよいよ〝最後のステップ〟——依頼者への報告だ。

実は、このときのために、初回往訪時に〝合言葉〟を決めることになっている。特になんでもいいのだが、守屋俊平は「合言葉、ねえ……」と苦慮していたので、私から「なにか今回の事件で思うところがあれば」と促してみたところ、

——〝ままならぬ世〟とかでどうでしょう。

——いや、常々思うんですよ。うまくいかないなって。

——どうして妹ばっかりこんな目に遭うんだろうって。

——何もしてやれない自分が、ひたすら腹立たしくて。

とのこと。

そうしていま、夥しい店名の中の一つ——『汁物　まこと』という店の商品ラインナップに、その〝合言葉〟を冠したメニューが追加されようとしている。たぶん「ままならぬ世のクラムチャウダー」とか「ままならぬ世のグラタンスープ」とか、そんな類いの何かが。そして、その料金がそのまま本件の〝成功報酬〟となるわけだ。依頼者が解答を知るには、それを注文する以外に手はない。それがいかに法外な値段であったとしても。

汁物まこと、つまり、真相を知るものだ。

「妹の琴美はたしかに気の毒だったが、身から出た錆な部分もある」

「はい？」予想外の言葉に——そして、なんとも意味深な口ぶりに、たちまち疲れが吹き飛ぶ。身から出た錆、だと？　どういう意味だ？

「それに、どうせ支払いをするのは琴美本人ではなく、裕福な兄なんだろ？　なら、値段は二十万

円ってところかな。勉強料だと思ってもらおう」

血も涙もないとは、まさにこのことだが――

勉強料とは？

「どういう意味ですか？」

しばしの沈黙。

聞こえてくるのは、ぐあんぐあんと唸る換気扇の音だけ。

やがてコック帽を被り直すと、オーナーは飄々とこう言った。

「それじゃあ、試食会を始めようか」

6

するすると遠慮がちに引き戸が開き、その向こうから大翔が顔を覗かせる。

「ママ、大丈夫？」

「うん、なんとか」

「そう……」

それでも不安そうに眉を寄せ、布団で寝込む私の傍にすり寄ってくる。その手には、水の注がれたコップが一つ。例の踏み台スツールを動かし、せっせと蛇口から汲《く》んでくれたのだろう。やっぱり、なんだかんだ根は優しい子なのだ。

「感染《うつ》るといけないよ」

そう笑ってみせつつ、冷却シートを貼った頭を氷枕に預ける。発熱したのはいつぶりだろう。すぐには思い出せない。が、無理をしていたのも間違いない。家事をこなして、レジ打ちに出て、自転車で走り回る。むしろ、いまのいままで体調を崩さなかったのが奇跡みたいなものだ。

枕元のスマホを手に取り、時刻を確認する。夕方の五時十五分。夕食の支度をしなくちゃいけないが、さすがにちょっと厳しそうだ。

「ビーバーイーツでも頼もうか」

そう提案すると、大翔は「うん」と頷いた。

すかさずスマホのアプリを立ち上げ、大翔に差し出す。

「これで、好きなもの頼みなさい」

「え、いいの？」

「いいよ」〝節約第一〟より〝健康第一〟――そして、〝息子第一〟だ。

ぺたんと枕元に座り込み、コップを脇に置くと、一心不乱に大翔は画面へ指を走らせ始める。その様子を見守りながら、いまだぼんやりとした頭に私は思い描いていた。これまでの目の回るような半生を、そして、あの日の一件を。

あの日、ラインナップに追加された『ままならぬ世のオニオントマトスープ』はすぐにオーダーされ、そのままラインナップから静かに姿を消した。そんなふざけた商品が一瞬とはいえメニューに並んでいたことを知る者は、この世にほとんどいない。

結局、それを守屋俊平の元へ届けたのは、私ではなく他の配達員だった。できれば最後まで自分の手で全《まっと》うしたかったけれど、誰が受注できるかはアプリのアルゴリズム次第なので、これぱかりは諦めるしかない。

報告資料に目を通した彼は、なにを思ったのだろう。

その後、彼女らの関係性は、どう変わったのだろう。

画面に指を走らせる大翔を眺めつつ、いま一度、私はあの日の顚末を思い返す。

「それじゃあ、試食会を始めようか」

私の対面に腰を下ろすと、オーナーは続けざまにこう断言してみせた。

「結論から言うと、人違いだ」

「はい？」

「例の空き巣犯は、そこを『マルミちゃん』の自宅だと思っていたんだ」

「は？」意味がわからない。どうしてそんな拗れた事態が起こるというのだ。そして、どうしてそのような事実をあの質問一つから見抜けるというのだ。

そんな私をよそに、あくまで飄々とオーナーは続ける。

「そこを『マルミちゃん』の自宅だと思っていた犯人は、部屋に踏み込んだ瞬間、おそらく部屋の装いからそこが別人の家である可能性に思い至った。そんなバカな、話が違う。そうして例の一言を呟いてしまった。つまり、懸案の『まさかな』に続くべきは『まさか他人の家ではあるまい』という言葉だったんだ」

——犯人はそのとき、何らかの可能性を推し量っていた。

——そして、その可能性はスマホを見たことにより確信へと変わった。

あの日のやり取りが脳裏に甦る。

「では、なぜ『マルミちゃん』のツイッターを見ることで、それが確信に変わるのか」

ここまで言われれば、私にも大方の予想はついた。

むろん、彼女がツイッターに上げていた画像からだろう。

事実、オーナーは「宅トレなう」とおよそ似つかわしくないことを言う。

「彼女のアカウントに飛び、その言葉で過去のツイートを検索して欲しい」

スマホを取り出し、言われた通りに操作してみると、はたして三か月ほど前のツイートが現れた。

『宅トレなう♪』のひと言とともに、フィットネスウェアで胡坐をかく彼女の写真が添付されている。高い天井に、清潔感溢れる白い壁、ピカピカのフローリングに敷かれたヨガマット。『コーポ成沢』の内装も、守屋琴美の実際の住環境も知らないけれど、これが築四十年、木造、防犯設備なしの家だとはさすがに思えない。

「それを見て気付いたんだ。いま自分がいる部屋と彼女の実際の住まいが、まったくの別物だということに」

だからこそ、犯人はスマホを確認した後に、「やっぱりそうか」と呟いた。

なるほど、たしかに理屈はわかるし、それなら犯人がタックルを食らう直前まで『マルミちゃん』のアカウントを調べていたことも頷ける。

が、根本的な疑問はまだ置き去りのままだ。

「でも、どうしてそんな誤解を？」

そう尋ねると、オーナーは「二月七日」と例の日付を口にした。

「その日に、二人は琴美の家で落ち合った。そして、その際にフードデリバリーサービスを注文したんだろう」

瞬間、ぱっと脳内にランプが灯った。

「まさか――」

「そのまさかだ。おそらく、届いた注文の品には手紙が添えてあったに違いない。そして、それを『マルミちゃん』が写真に撮りツイートした」

思い出すべきは、もちろんあの投稿だ。

『ヤバい。ちょっと気が向いたからビーバーで置き配頼んだんだけど、こんな手紙が付いてきたw優しい人だw』――これはそもそも、守屋琴美の家に配達されたものだったということか。そしてそれを、あたかも自分の家に届いたかのように――バズるのを見越して『マルミちゃん』がツイッターに上げたのだ。

「結果、そのアカウントの主と、配達先の住所が紐づいてしまう――『コーポ成沢』に住んでいるのはかの有名な『マルミちゃん』だと、配達員に誤解されたわけだ」

ちなみに、とオーナーは天井を仰ぐ。

「小耳に挟んだことがあるんだが、おそらくギグワーカーを利用した組織的な犯罪グループの仕業だろう。手法はいま説明した通り、配達に際して配達員は手紙を添える。そして、その手紙は配達先ごとに微妙に文言などを変えておく。そうすることで、もしそのどれかがSNSに上がった場合、アカウントと配達先の住所が一対一で紐づけられるというわけだ」

「なるほど……」

蓋を開けてみれば、しごく単純な――そして、現代ならではの手法だ。

ギグワーカーを使役し、SNSのアカウントとリアルの住所を紐づけ、投稿内容から生活パターンなどを把握した後に、空き巣を働く。なるほど、よく考えられている。おそらく、犯人が一貫して「単独犯」と主張しているのは、バックにある組織を庇うため――あるいは、報復を恐れてのことだろう。また、金品ではなく端《はな》から下着狙いだったという点についても、これで納得がいく。それが今をときめく『マルミちゃん』のものだとなれば、一部のマニアたちにはびっくりするような高値で売れるに違いない。

いずれにせよ、犯人は守屋琴美という人間を狙っていたわけではなかった。それを知れば、少しは彼女の気も楽になるのではないか。

これにて一件落着。

そう思った矢先だった。

「問題はここからだ」

まだ続きがあるというのか。

「それはいったい――」

という私の投げかけを無視して、澱みなくオーナーは続ける。

「おそらく『マルミちゃん』は、そういったリスクを承知でわざとツイートした」

「はっ!?」

「それどころか、その店の裏の顔を承知のうえで、わざと注文した可能性すらある」

「まさか、そんな」

あまりに荒唐無稽だったので思わず鼻で笑ってしまうが、オーナーはまるで意に介さない。

「その証拠に、問題の『二月七日』を境に、彼女のツイートの内容は微妙に変わっているんだ」

なんだって?

すかさず指をスワイプさせ、その前後のツイートを確認してみるが、そんな違いがあるようには思えない。いつも通り、充実した毎日をこれ見よがしに報告しているだけに見えるのだけど――

「よく読んでみろ。二月七日以前のツイートは、その日、もしくはその日までにあったことを報告しているだけ」

あっと目を瞠る。

『凡庸な中流家庭で育った私には、こういうお店でどう振舞えばいいかの引き出しがまったくない件について』『先週末の写真。日頃の疲れは温泉で癒すに限る♡』『百万ドルの夜景なう。みんなにもお裾分け』——たしかに、オーナーの言う通りだ。

そのいっぽうで。

「八日以降のツイートでは今後の予定——いつ家を空けるかだったり、どういう生活パターンであるかについての記載が増えていないか？」

ぐうの音も出なかった。

『明日は仕事終わったらアフターファイブでディズニー行くよ！』『今週末は長野でグランピング！』『平日は毎朝七時半に家を出て、くたくた。というわけで、いつもの隠れ家バーにきちゃいました』

「まるで、空き巣犯へのメッセージのように見えないか？」

思わず、ため息が漏れていた。

なんということだ。

いったいぜんたい、どんな目の付け所をしているというのだ——と感嘆したのは事実だったが、そうなると別の疑問が湧いてくる。それはむろん、どうして『マルミちゃん』はそんなことをしたのか、ということだ。

単純だよ、とオーナーは言い放つ。

「彼女は、守屋琴美が『アバズレくん』だと察していたからさ」

ストーカーのごとく粘着し、投稿があるたびに引用リツイートで絡みにかかる名物アンチ。その正体は、あろうことか、中高時代の同級生であり当時仲良しだった守屋琴美だったというのか。

ただ、そう言われてみると思い出すことがあった。

ここ最近、『アバズレくん』はSNSから姿を消している。

それはもしかして、今回の一件を受けて——

「でも、どうしてわかるんですか？」

それはだな、と事もなげに頷くと、オーナーはこう続けた。

「過去の投稿を見れば一発だ。基本的に、ツイッターは直近三千二百件のツイートまでしか遡れない仕様となっているが——」

特定の検索コマンドを入力することで、さらにその前のツイートまで調べることができる。例えば「from:ユーザー名 since:2012-01-01 until:2012-12-31」と入れれば、当該アカウントが二〇一二年に呟いた投稿を確認できるのだ。

「おそらく『アバズレくん』として運用を開始する前は、単なる個人アカウントだったんだろう。ハンドルネームを変え、よもやそんな昔のツイートまで遡られることもあるまいと高を括っていたのかもしれない」

しかも、『アバズレくん』の総ツイート数は五十万件超。となると、そうとうな執念をもって調べない限り、過去の——個人アカウントとして運用していた頃の呟きを掘り返されることもない。

ただ、とオーナーはまっすぐに私の目を見据える。

「過去の『アバズレくん』のツイートを見れば、それが守屋琴美であることは容易に特定できる。

「はっ——」

むろん、一発で身バレするようなものはないが、例えば――」

『やばい、地震だ』『震度4だって』『怖すぎ』――この情報から、おおよそどの地域に住んでいるか判明する。

『にわか雨うざー』『傘持ってくればよかった』――これも同様。

『母校の吹奏楽部が全国大会に出たらしい、すごい』――これも重要な手掛かりだ。

『近所の桜が満開』――これだって背後に写る建物、そこに設置されたアンテナの角度、電柱の看板、影の向きから、かなりの精度で撮影地点を特定できる。

『え、雨漏りエグい』――極め付きはこれだ。単に天井を写しただけの写真だが、日の光の差し方、壁の配置によって想定される間取りなどから、物件を特定することも不可能ではない。ましてや、既に地域を絞り込めているならなおさらだ。

「『マルミちゃん』こと宮原楓子は、自身に粘着するアンチの正体を探るべく、尋常ならざる執念で過去の投稿を調べ上げた。そして、その過程で一つの可能性に辿り着いてしまった」

その正体は、もしかして友人である守屋琴美なのではないか、と。

「二月七日になぜ二人が落ち合ったのかはわからないが、おそらく、宮原楓子からの誘いだったに違いない。それはむろん、確証を得るためだ」

『アバズレくん』イコール守屋琴美であることの。

久しぶりに会おうよ。でさ、よかったら、琴美の家に行きたいんだけど。え、全然いいよ散らかってても。つもる話もあるだろうしさ――

「もちろん、守屋琴美がすんなりその提案を受け入れたとは思えないが」

ここでもし変に断れば、それこそ「負け」を自認したに等しい。それはそれで癪だし、そんなふうに思われるのはどうにも受け入れ難い。ならば、これはむしろチャンスと呼ぶべきだろうか。実際に会ってみて、なにかしらの粗を探し、今後のイジるネタにしてやろう――みたいな腹積もりがあったのかもしれない。

いずれにせよ、そうして二人はそれぞれに〝課略〟を秘めた状態で、『コーポ成沢』にて落ち合うことになった。

「そんなところに一枚の手紙が舞い込んできた」

そしてそれを見た宮原楓子は、人知れずほくそ笑むのだ。

これがもし純粋な善意によるものではないとしたら。

SNSに上げられることを見越した〝撒き餌《まえ》〟なのだとしたら。

目の前の守屋琴美が『アバズレくん』だと確信した彼女は、そんな一抹の可能性を念頭に置きつつ、いつも通りバズ狙いに見せかけてツイートしたのではないか。

『ヤバい。ちょっと気が向いたからビーバーで置き配頼んだんだけど、こんな手紙が付いてきたw優しい人だw』

だとしたら、あの引用リツイートもすこぶる虚《むな》しく思えてくる。

『で、で、でたー！　ここにきて突然の庶民派アピール！　私もデリバリーサービスユーザーなんですってか？　この手紙もたぶん自分で書いたものでしょう。筆跡鑑定班、急いで！　こっちですこっち！』

きっと、守屋琴美には割り切れない思いがあったのだろう。

就活での失敗に対して、親の期待を裏切り〝真っ当な人生〟のレールから外れたことに対して、そしてなにより、学生時代から百八十度反転した宮原楓子との境遇の違いに対して。そんな鬱憤が溜まりに溜まった結果として、彼女はSNSに巣くう〝怪物〟と化してしまったのではないか。SNSを、そうした怒りの捌《は》け口《ぐち》としたのではないか。こんなはずじゃなかった！　でも、いったいどうしたらいいの？　どいつもこいつも、マジでふざけんな！　そんな金切り声が、いまとなっては画面の向こうから迸《ほとばし》っているようにも思えてくる。

同じだ。

彼女と私は、同じ穴の狢《むじな》なのだ。

とはいえ、とオーナーはコック帽を脱ぐ。

「もちろん、宮原楓子が手紙の写真をツイートしたのは、単にバズるためだったのかもしれない。それどころか、現場で犯人が『マルミちゃん』のツイッターを見ていたのは、単にファンだっただけかもしれない」

でも、と髪を掻き上げるオーナー。

「この筋書きならすべての状況に説明が付けられるし、それに、今後の守屋琴美の健全なSNSライフのためにも、斯様《かよう》な危険が潜んでいることはあえて隠さず、そのまま伝えるべきだろう。これからの時代、こうした詰めの甘さやリテラシーの低さはさらなるトラブルを引き起こしかねないからな」

なるほど、だから〝身から出た錆〟であり〝勉強料〟なのか。

以上、今度こそこれで話は終わりに見えたのだが——

ちなみに、とオーナーは射るような視線を私に向けてくる。

「差し出がましいようだが、あんたにも同じことを言っておく」

「え？」

「あんたがどこの誰で、どんな人生を送ってきて、いまどこに住んでどんな生活を送っているのか。いっさいがっさい、俺は把握している」

返す言葉などあるはずがなかった。

なんせ、過去の些細な投稿の一つひとつから、かの『アバズレくん』が守屋琴美であることまで見抜けるのだ。これまでに私がしてきた投稿から私の素性を丸裸にするなど、赤子の手を捻るより容易《たやす》いだろう。『配達終了！　マジ疲れたー。でも家の前の桜が満開でちょっぴりハッピー』――あのツイートだけでも、私の自宅住所などいとも簡単に突き止められるはず。それこそ、防犯設備なしのボロアパートのようなセキュリティ意識としか言いようがない。

そして。

そうしたツイートを、何人もの〝みんな〟が見ている。

――ママって、芸能人気取りなの？

大翔の友達、亮介の親だってそう。

――いつも見てます。応援してます。

たまたま配達先で出くわした、あの母親だってそう。

その〝みんな〟の中に、もっと苛烈な下心や悪意を秘めた者が潜んでいないと、どうして言い切ることができようか。

『この人のインスタも見たことあるけど、こういう時代だし、子供の顔を晒すのはマジでやめた方が良いと思う。変な事件とかあるし。※個人の感想です』――どこぞの誰かさんの忠告通りだ。そんな脆くて危ない橋を、私はひょいひょいと鼻唄交じりのスキップで何往復もしていたのだ。

「さんざんな目に遭ってきて、それを死に物狂いで乗り越えて、そうしてようやく手にした幸せなんだろ？　だったら――」

死に物狂いで守り抜け。

そう伝えるオーナーの目に、私は初めて、一握の感情の揺らぎを見た気がした。相変わらず朝靄のように摑みどころがなく、夕凪のように静かだったけれど、そこにはたしかに灯っていたような気がしたのだ。私たち母子の前途を、漆黒に塗り潰された水平線の彼方を微《かす》かに照らし出そうとする一筋の灯台の灯りが――


ピンポーン、とチャイムが鳴る。

「あ、もう来た」と大翔が玄関に駆けていく。

あざしたー、という配達員らしき男の声がして、すぐにポリ袋を下げた大翔が戻って来た。

「起きられる？」

「うん、大丈夫。ありがとう」

倦怠《けんたい》感にまみれた身体に鞭を打ち、なんとか身を起こすと、ダイニングキッチンで大翔とテーブルで向かい合う。

と、袋から容器を取り出しつつ、もじもじと俯きながら大翔はこう口にした。

「この前は、ごめんね」

まっすぐに目を見るのが気恥ずかしかったのだろう。

――ママはさ、いっつも俺を置いてどっか行く。

――俺といても、いっつも写真ばっか撮ってる。

――俺のこと、嫌いなんでしょ？

――俺なんかいないほうが、本当はよかったんでしょ？

あの日のことだとすぐにわかった。

「ううん、ママもごめん。大翔に寂しい思いさせちゃってたよね」

もうビーバーイーツの配達員は辞めようと思うんだ――とここ数日のうちに固めた決意を口にする前に、大翔は凜《りん》と顔を上げ、潤んだ瞳をごしごしと手で拭いながら、こう声を震わせた。

「ちゃんと俺、わかってるよ。ママが頑張ってるのは、俺のためだって。別に嫌いなんじゃないって。わかってるよ――」

大翔の輪郭が、たちまち歪んで溶けていく。

「そっか……」

わかってくれてたんだ。

もう、それ以外の言葉は不要だった。

大翔は、ちゃんと見ていてくれたのだ。脆くて儚い、私という名の夜桜のことを。画面越しでなく、しっかりとその目で。迫力も生々しさも、きちんと伝わっていたのだ。そう思うと、ほんの少しだけ、身体が軽くなった気がした。

「あっ」とポリ袋を覗き込んだ大翔が、テーブルの上に一枚の紙を広げる。

自分も両目を拭い、その紙に視線を落とす。

手紙だった。

『日頃からお疲れ様です。これでぜひ、お腹を満たしてください』

「優しい人だね」と大翔が笑う。

が、そうだね、と頷きかねる自分がいた。

――〝ままならぬ世〟とかでどうでしょう。

――いや、常々思うんですよ。うまくいかないなって。

たしかに、守屋俊平の言う通りだ。

人の好意を、素直に好意として受け取るわけにはいかない――いやな時代になったと思う。なんとも生きづらい、まさに〝ままならぬ世〟だ。

同時に、あの日のオーナーの言葉が甦る。

――あんたがどこの誰で、どんな人生を送ってきて、いまどこに住んでどんな生活を送っているのか。

――いっさいがっさい、俺は把握している。

――さんざんな目に遭ってきて、それを死に物狂いで乗り越えて、そうしてようやく手にした幸せなんだろ？

そんな〝ままならぬ世〟に、私たち母子は寄る辺もなく暮らしている。そこには我が子を放置して男遊びに明け暮れるような人間、泣き止まない我が子をベビーベッドに放り投げるような人間、SNSを利用して犯罪を画策するような人間がわんさか溢れている。

だからこそ。

――死に物狂いで守り抜け。

絶対に、守り抜いてみせる。

なりふり構わず、なにがなんでも、絶対に。

「写真、撮らなくていいの？」

おずおずといった様子で、大翔が私の顔を窺っている。この歳の息子にそんなことを言わせてしまうなんて――と、これまでの自分に苦笑する。

たしかにこういう〝珍事〟が起きたとき、かつての私はいつも大翔そっちのけでスマホのカメラを向けてきた。バズりますように、と。〝みんな〟の目に留まりますように、と。ねえ、もっとこっちを見て。もっともっと、私に注目して――

「うん、いいの」

手紙を手に取ると、綺麗に半分に折り、脇によける。

ふーん、といまだ大翔は納得のいかない視線を手紙に向けていたが、「さ、食べるよ」と声をかけると、既に興味を失ったようだった。

上蓋をとり、早速食らいつこうとする大翔に「いただきますでしょ」と釘をさす。

「ほら、手を合わせて」

「ほーい」

これが、私の日常だ。

昨日も今日も、きっと明日も。

でも、決して悪くない。

二人だけのささやかな食卓に、いただきまーす、という二つの声が重なった。

THE GHOST RESTAURANT

異常値レベルの具だくさんユッケジャンスープ事件

インターフォンが来客を告げたのは、帰宅して間もなくのことだった。壁掛け時計に目をやると、時刻は夜の六時半過ぎ。帰路の電車内から事前に注文しておいたのだが、狙い通り、ドンピシャのタイミングだ。

ぐぅ、と遠慮がちに下腹部が啼《な》く。

今日は日中ずっとバタバタしていたせいで、結局、昼食を抜いてしまった。そりゃ胃袋だって文句の一つも言いたくなるだろう。仕事着のジャケットをソファへと放り、手櫛で前髪を直しつつ、ドアフォンの映像を確認する。立っていたのはやや線の細い、なんの変哲もない男で――

あれ、と首を傾げてしまう。

なんだろう。

なにかが引っかかる。

別に、特におかしな身なりをしているわけではない。ニット帽に防寒ダウン、そしてジーパン。右手には紙袋が一つ。この時間に我が家を訪ねてくる人間がいるとしたら、それは配達員以外にありえないし、現に注文しているわけだから、いま映し出されている彼がそうなのだろう。

だけど、もじもじというかソワソワというか、やけに挙動に落ち着きがない……ように見える。伏し目がちで、神経質に左右へ視線を走らせているのだ。

普段ならそのまま躊躇《ちゅうちょ》なく玄関を開けるところ、念のため通話ボタンを押し、素性を問うてみることにする。

「どちらさまでしょうか」

画面の中の男はつと顔を上げると、いくらか緊張気味の声音でこう答えた。

「あの、えーっと、僕は……」

1

「ありえない確率です」

俺がそう口にした瞬間、素知らぬ顔で包丁を研いでいた男の手が止まった。ここまでは何を言っても右から左へ素通りするばかりだったのだが、どうにかこうにかその流れを堰《せ》き止めることができたようだ。

「ありえない頻度で、何度も同じ配達員が自宅にやって来たんです」

「ほう」と眼前に掲げた包丁の刃先を一瞥し、男はこちらへ向き直る。その視線は手元の刃物より何倍も鋭利で酷薄だ。

「それだけじゃありません。言うなれば密室です」

「密室？」

「届けられた未開封の紙袋の中に、商品とは別に、ある物が入っていたんだと」

さあどうだ、これはなかなか歯ごたえがあるだろ――とテーブルに身を乗り出しつつ、奥歯で自嘲を嚙み殺す。いったいぜんたい、俺はなにをしているのだろう。どうして「密室」などとたわけたことを抜かしてまで、この男の気を惹こうとしているのだろう。もし仮に俺が探偵事務所の助手で、目の前の男がその事務所の主だとすれば、割とよくある日常の一コマなのかもしれないけれど。

ベルトポーチからボイスレコーダーを取り出しつつ、辺りを見回す。

向かって右手には金魚鉢が載った棚、左手奥の壁際には縦型の巨大な業務用冷凍・冷蔵庫、正面には四口コンロ・巨大な鉄板・二槽シンク・コールドテーブルなどが並ぶ広大な調理スペース、天井には飲食店の厨房などによくあるご立派な排煙・排気ダクト。

そう、ここはレストランなのだ。それも、ちょっとばかし……いや、そうとう変わり種で、もしかするとかなりグレーな商法の。

そして俺はというと、ビーバーイーツの配達員としてこの〝店〟に頻繁に出入りする、ただのしがないフリーライターだ。

研ぎたての包丁をスタンドに差し戻すと、男は——白いコック帽に白いコック服、紺のチノパンという出で立ちのこの〝店〟のオーナーは、小さく首を傾げた。

「それはいささか妙だね」耳に心地よい澄み切った声で言い、そのまま歩み寄ってくると、俺の対面に腰を下ろす。

「話を続けて」

促されるままに、レコーダーの再生ボタンを押す。別に録音してくるよう指示を受けていたわけではないし、口頭で概略を伝える形でもまったく問題はないのだが、俺は当初からこのスタイルを貫いている。それに、後から「杜撰な報告だった」「重要な点をいくつか意図的に省いていたのではないか」と難癖を付けられるのは本意じゃない。

ザザザ、と雑音がし、すぐにレコーダーから女の声が流れ始めた。

『あれは、まだ私が王子《おうじ》の辺りに住んでいた頃の話です。仕事終わりに、よくビーバーで近所のお店の商品を注文していたんですが──』

事の概要はこうだ。

いまから三か月前、二月某日。曜日は定かでないが、平日の午後六時半すぎ。当時、北区《きた》王子のアパート『ハイツナカムラⅡ』に住んでいた彼女は、その日も会社帰りの電車内からビーバーイーツに注文を入れた。お目当ては『ハヤシダ』という近所にある個人経営の洋食屋で、以前から休日などによく利用していたのだが、近頃テイクアウトを始めたこともあり、平日もヘビーユーズするようになったのだとか。

その日も帰宅してすぐ、配達員から『ハヤシダ』の商品を受け取ったのだが──

『届いた紙袋を開けてみると、中にマフラーが入っていたんです』

『は？』

『といっても、私が注文した商品ではありません』

『まあ……でしょうね』

『たぶん、どこかのタイミングで混入したんだと思います』

束の間の空隙《くうげき》。

鍔《つば》迫《ぜ》り合《あ》いのような沈黙。

『袋に開封された形跡は？』

『それが……なかったんです。封印シールでしっかり口を留めてありましたし、一度開けたら袋側に転写されるタイプなので、これは間違いありません』

不審に思った彼女は、ひとまず『ハヤシダ』に電話してみることにした。むろん、アプリ経由でクレームを入れることもできるのだが、通常想定される異物混入とはいささか毛色が異なっている。

店側のご厚意、あるいは期間限定のサービスなのかもしれない。いや、というかむしろ、そうであって欲しい。

ところが、対応してくれた店員も困惑を隠せない様子だったという。

『そんなものを入れた覚えはないし、そんなサービスも行っていないとのことでした』

髪の毛や虫の類いであれば、すこぶる不愉快ではあるものの納得がいく。が、誤ってマフラーが混入するという事態はさすがに想定しづらい。そこにはなにかしら、誰かしらの明確な意図があるはずだ。

となると、残された可能性は一つ。

『配達員が配達の途中で入れたのでは、と?』

そう俺の声が問うと、恐る恐るといった調子で彼女は『はい』と答えた。

『で、そう思い至ったときに気付いたんです』

『気付いた?』

『同じ配達員だってことに』

『どういう意味ですか?』

『その人、何回も連続でうちに来ていたんです。平日の夜六時から七時の間という以外、特に規則性があるわけではないのに』

『そんなまさか』

『配達員がどんな人かなんていちいち気に留めていませんが、さすがにこれだけ顔を合わせていれば覚えます』

『何回もというのは、具体的にどれくらい?』

『たぶん十回は下らないと思います』

『十回連続!?』

レコーダーから驚嘆の声が迸ると同時に、オーナーは腕を組み、天井を振り仰いだ。ありえない確率、という意味がわかったのだろう。本来、どの配達員がどこに届けるかはアルゴリズムに基づいて差配されるはずで、その詳細な仕様はブラックボックスに包まれている。それなのに、どうしたらこんなことが起こるのか。どうしたらこんなことが可能なのか。既にフルスロットルで思考を巡らせ始めているに違いない。

なお、その事実に気付いた彼女はすぐさまアプリ上の購入履歴を調べたという。そこには商品明細や注文日時のほか、配達員の名前（ハンドルネーム）が残っているはずだからだ。

『でも、その日の配達員と同じハンドルネームの者は直近九件……いや、それ以上遡っても一人もいませんでした』

『それはかなり不自然ですね』

『一度や二度なら偶然かな、と思います。でも、これはさすがにちょっと多すぎやしませんか？』

当時彼女が住んでいたのは北区、つまりは東京二十三区内で、ビーバー対応の飲食店や配達員が際立って少ない地域ではない。時間帯も夜の六時半すぎと、いわば書き入れ時である。多くの注文が殺到し、それを狙う配達員が町中を徘徊している頃合いだ。そんな状況下で、十回以上も続けて同じ人物がマッチングするなんて――

『異常値レベルです』と彼女は嘆息した。

「異常値レベル」

天井の一点を見つめたまま、オーナーはその台詞を復唱する。眉一つ動かさず、いたって静かに、厳かに。息をつめ、まるでこの謎を覆い隠す薄皮を一枚一枚、丁寧に剝いでいくように。

しかも、と彼女の説明は続く。

『実はその数日前、ずっと愛用していたマフラーをどこかに忘れてきてしまったんです』

『え、そうなんですか』

『で、ちょうどそんな折にマフラーが届いた。絶対、偶然なんかじゃありません』

『つまりおっしゃりたいのは、もしそれを袋に入れたのが配達員だとしたら、その彼——あ、配達員は男性ですよね？』

『はい』

『その彼は、あなたがマフラーを紛失したのを知っていた、と？』

『そうとしか思えなくないですか？』

『まあ……』

『だから、怖くなってすぐに引っ越したんです。今日こうしてホテルのロビーまでお呼び立てしたのも、自宅を知られるのにちょっと抵抗があって……』

『お気持ちはわかります』

『お願いです。どうか、この謎を解いていただけませんか』

そこでいったん再生を停める。まだこの後も聴取は続くのだが、ひとまずオーナーの見解を聞いてみるべきだと思ったからだ。ありえない確率、そして、密室状態の袋に混入していた不気味な贈り物について。

「どうお考えで？」

上目遣いに窺うと、オーナーはコック帽を脱ぎ、テーブルに頰杖をついた。

「そうねえ……」

死体のごとく青ざめた肌に、霊峰を思わせる高い鼻梁《びりょう》、色素の薄い唇。ショーウィンドウに佇むマネキンと見紛うほどに生気がないし、表情があるタイプのマネキンならそちらのほうがよほど人間味もあるのだが、中でも異彩を放っているのはその瞳だった。無機質で無感情。すべてを見透かすようでありながら、こちらからは何の感情も窺い知ることができない。言うなれば、天然のマジックミラーだ。

そのマジックミラーの向こうに、なぜだろう、今日は人間の気配がする。

猜疑心《さいぎ》、あるいは不快感。

そんななにかが微かに――だが、間違いなく渦巻いている。

それは、これまでに一度も経験のない感覚だった。

ちなみに、とオーナーは頬杖を崩す。

「依頼主は現住所や名前を明らかにしていない?」

「はい」

「ならもし、追加で聴取すべき事項が出てきた場合は?」

「メールアドレスを貰っています。フリーメールの捨てアド的なものだと思いますが」

「当時の住所は?」

「ああ、それなら」

記憶を頼りにレコーダーを早送りし、だいたいの見当をつけ再生する。

『ちなみに、当時住まわれていたのはどちらですか?』

『ああ、えっと』

東京都北区王子の……と彼女が諳《そら》んじる。

それを聞いたオーナーはすかさず指示を飛ばしてきた。

「その住所をマップで調べてみてくれ」

仰せの通り地図アプリを立ち上げ、その住所を検索してみる。すぐに住宅地と思しきマップがスマホの画面に表示され、その一画に赤いピンが落ちた。

「ここです」と画面を向ける。

「ちょっと失礼」

俺の手からスマホを奪うと、オーナーはなにやら画面に指を走らせ始める。動きからして、どうやら拡大と縮小を繰り返しているようだ。

ひとしきり確認すると、オーナーは「なるほど」とだけ言って、スマホを返してきた。

「なにか手掛かりでも？」

「うん、まあ」

どういうことだ。

まさか、もう既になんらかの突破口を見出《みいだ》しているというのか。

オーナーは「とりあえず」と席を立ち、コック帽を被り直した。

「二日後にまた来て欲しい」

つまり〝宿題〟が課されるということだ。まあ、それはそれで報酬が増えるわけだし、もう一つの俺の目的からしてもウェルカムなのだけど。

「時間は、夜の九時で」

「承知しました」

瞬間、ぴろりん、と調理スペースに置かれたタブレット端末が鳴る。

「あっ」と俺はすかさず目を向けたのだが、なぜかオーナーは立ち尽くしたまま、じっと端末を睨むばかり。これもまた初めて見る光景だった。

「あの、注文が入ったみたいですけど」

おずおずと投げかけてみるも、「ああ、わかってる」と答えたきり、やはりオーナーは微動だにしない。

十秒、二十秒。

居心地の悪い静寂だけが満ちていく。

俺の困惑を察したのだろう、やがてオーナーは身体ごと俺のほうに向き直ると、冷ややかにこう補足した。

「いや、今宵はやけにキャンセルが続いたもんでね」

「キャンセル？」

「五回ほど。それこそ異常値レベルだ」

威圧的な声色。

身じろぎ一つでたちまち弾けんばかりの張り詰めた空気。

冷や汗交じりで相槌を打つしかない俺をよそに、ようやく彼は端末へと向かう。そのまま気怠そうに画面を確認するが、やはり表情一つ変わることはない。

「メニューは？」

「例のアレだよ」

調理スペースに立つと、オーナーは研いだばかりの包丁を再び抜き取り、先ほどと同じように眼前に掲げた。

「さて、またどこかの誰かさんがお困りのようだ」

2

雑居ビルから一歩外へ踏み出すなり、春の夜風が頰を撫でていった。

嘔吐物《おうと》にもよく似た生温い臭気に眉を顰めつつ、そのまま頭上を振り仰ぐ。

〝不夜城〟――東京・六本木。

無秩序に入り乱れた電線の先、ビルのシルエットによって切り取られた夜空はひたすら狭く、そして低い。街の灯りを受けているのだろう、靄がかかったように白く濁った曇天にはいまにも手が届きそうだ。

五月中旬、時刻は深夜二時すぎ。

ふっと一息つくと、道端に停めておいたレンタサイクルを手押ししながら、路地の反対側にある公園――というか、ただの空きスペースを目指す。三方を雑居ビルに囲まれ、歯抜けのようにぽっかりと空いた土地。申し訳程度の植え込みとベンチが二つ、そして水銀灯が一本立つだけの、都会のオアシスと呼ぶにはあまりにもお粗末な空間だ。

「あ、お疲れっす」

ベンチに座ってスマホの画面と睨めっこしていた男が俺に気付き、声を掛けてくる。この〝店〟に出入りするようになり、何度かこの場所で〝地蔵〟――配達リクエストが入るまで路上や店前で待機する行為をこのように呼ぶ――をしているうちに自然と顔馴染みになった青年だ。ほとんど素性は知らないが、たしか大学生で、この近くで一人暮らしをしていると聞いたことがある。

「お疲れさん」

自転車を脇に停め、隣のベンチに腰を落ち着けると、懐から加熱式タバコを取り出す。この場所での喫煙は禁じられているはずだが、もうこんな時間——見咎《みとが》める者などいない。ましてや〝眠らぬ街〟の端も端、隅も隅だ。

「どうですか、調子は？」

ふわぁと欠伸《あくび》をしながら、青年は気さくに話しかけてくる。

「まあ、ぼちぼちだな」

一服目を吐き出し、それが夜霧に消えていくのを眺めながら、努めて興味なさげに答える。

そうですか、と呟きつつ、青年は再び手元のスマホに視線を落とした。

「僕は今日調子悪いっすね」

「なかなかマッチしない？」

「ええ。既に二度もキャンセル食らってますし」

瞬間、つい先刻のオーナーの言葉が脳裏に甦る。

——今宵はやけにキャンセルが続いたもんでね。

——五回ほど。それこそ異常値レベルだ。

なるほど、彼はその被害者の一人だったわけか。

遠くのほうから微かに往来する車の音がする。夜の静寂へ染み渡るように、意識を失いかけている病人へ必死に呼びかけるように。いまお前がいるのは日常と地続きの場所だ、と。あの奇妙奇天烈な〝店〟はたしかに現実の延長線上に存在しているんだ、と。その音だけが、俺を繋ぎとめてくれる。

ハイペースで煙を吐き出しつつ――〝店〟が入居しているビルの出入り口を横目に監視しながら、俺は暇つぶしを装って会話の接ぎ穂を拾う。

「そうだ、よかったら聞かせてくれないか?」

「なにをです?」とスマホに指を走らせ続ける青年。

「きみがこれまでにこなしてきた〝案件〟について」

言い終わるか終わらないかのうちに、彼はハッとこちらを振り返った。眉間に寄る皺、警戒した面持ち――〝店〟のことは口外厳禁・他言無用なので、予想された反応ではある。

「もちろん、お礼は弾むよ」

ケツポケットから雑に折り畳んだ万札を取り出し、彼に向けてかざす。この〝店〟に出入りする者は、多かれ少なかれ金銭的な苦しさを抱えているはず。しかも話を聞くに、彼は今日「調子が悪い」らしい。となると、こんな美味しい話をみすみす逃す手もないだろう。

「どういうつもりですか?」

万札を見つめたまま、青年はさらに眉間の皺を深くした。

「なにが狙いなんですか?」

そう勘繰るのもまた、当然の話だ。

それがね、とやや殊勝に、照れくさそうに微笑んでみせる。

「ぱっと見は冴えないおっさんかもしれないけど、実はこれでもミステリ作家の端くれでさ。書店にも、何冊か著作が並んでるんだ」

「え、そうなんですか」

すげえ、と青年はいくらか頬を緩ませた。

「で、次回作のネタに困っててね」

もちろん、口から出まかせの大嘘である。が、二足の草鞋《わらじ》でギグワークに明け暮れる無名の小説家というのはありえない設定でもないだろう。

「固有名詞は出さないし、あくまで参考にするだけだよ」

そう念を押す。

リスクと報酬――それぞれを乗せた天秤《てんびん》の微細な傾きを見逃すまいと神妙に眉を寄せ続ける青年だったが、やがてこう声を落とした。

「姿を消した配達員がいることはご存じですか？」

「ああ、もちろん」

その話は俺も小耳に挟んだことがある。

曰く、かつて報酬に目が眩《くら》み、意図的に杜撰な報告を繰り返す配達員がいたらしいのだが、いつからかぱったりと姿を消したのだという。むろん、転居して縄張りが変わったのかもしれないし、正社員としての雇用が決まり配達員をやめたのかもしれない。その真相は誰にもわからない。それでも、この話は常連配達員の間である種の〝教訓〟として囁かれ続けている。

危ない橋を渡るべからず。

オーナーに背くべからず。

となると、たしかに青年の抱いている懸念も理解できる。過去に自分が請け負ってきた依頼の内容を第三者に明かすという行為は、ほぼ間違いなくこの〝教訓〟に抵触しているはずだから。

ただね、と肩をすくめてみせる。

「その配達員の件だけど、噂によると、どうやら配達中に事故って怪我をして、それを機にやめただけらしいんだ」

「え、そうなんですか?」と彼の表情がいくらか明るくなる。

「うん、少し前にそう聞いた。それを教えてくれた人はかなりの古株みたいだから、割と信憑《しんぴょう》性はあると思うよ」

もちろん、これもまた口から出まかせの大嘘である。が、この説明に彼は心なしか安堵したようだった。なんだ……と苦笑を滲ませつつ、スマホをポケットに仕舞い込む。

「なら、まあ、いいかな」

「ありがとう、恩に着るよ」

「お互い〝店〟のことは既に知っているわけですしね」

どこか言い訳がましく、自らへ言い聞かせるように青年は続けた。

お手製の笑みを顔面に張り付けたまま、一万円札を差し出し、彼の手のひらにぎゅっと握り込ませる。

「じゃあ、早速聞かせてくれるかな?」

頷くと、彼は訥々と語り始めた。

「一番記憶に残っているのは、とあるアパートの一室で不可解な焼死体が見つかった事件なんですけど――」

「なんと、それはお誂《あつら》え向《む》きだ」

興味津々に相槌を打ちつつ、それでもやはり監視の目は緩めない。〝店〟の営業時間は夜の十時から翌朝の五時まで――とはいえ、気が変わってそれより早く店じまいする可能性はあるし、そうでないならこのまま五時まで粘る覚悟もある。

なぜかって？ 決まっている。

今日こそ、あの男の正体へと一歩近づくために、だ。


俺がビーバーイーツの配達員を始めたのは、いまから二年ほど前のこと。

きっかけとなったのは、久しぶりに受けた人間ドックだった。

――いつ死んでもおかしくないですよ。

四十七歳、身長百六十五センチ、体重百キロオーバー。そんな俺に突きつけられたのは、高血圧・高血糖・高コレステロールという恥ずべき〝三高〟が揃い踏みの惨憺《さんたん》たる結果だった。

――継続的に運動することをお勧めします。

ライター業に就いて二十年超。暴飲暴食の昼夜逆転生活に加え、長時間の座り仕事で痛めつけてきた身体は、既に破滅の一歩手前まで来ていた。

が、それも無理はなかろう。

ライターを取り巻く環境はここ数年でかなり厳しいものになっている。もともと売れっ子だったわけではないが、雑誌は次々と休刊に追い込まれ、単価の安いネット記事をこなすことでなんとか食い繋ぐ日々。当然、明日を生きるためにひたすら歯を喰いしばって三文記事を書き殴るほかなく、ジム通いはおろか、ウォーキングやジョギングに充てる時間すら捻出する暇はない。まあ、仮にあったところで、そうしたものに取り組んでいたかどうかはかなり怪しいのだけど。

ただ、これを機に人並み程度の危機感を持つようになったのも事実だ。

守るべき家族もないし、成し遂げたい野望とやらも特に思い当たらないが、むざむざ死ぬのはやっぱり惜しい。ことさらに執着すべき〝生〟ではないけれど、手放さずに済むのであれば是非ともそうしたい。

そんな生命体としての本能に突き動かされ、結果的に辿り着いたのがビーバーイーツの配達員だった。執筆の合間を縫って好きなときに好きなだけ働けばよく、戦略的に取り組めばそれなりの実入りを得ることも可能。しかも、医師の言っていた「継続的な運動」にもなる。運動のための運動はすこぶる億劫《おっくう》だが、これなら自分にも続けられるのではないか。

そうしてしぶしぶ始めた配達員だったが、そこには思わぬ副産物もあった。

この経験そのものが記事のネタになるのでは、と気付いたのだ。

昨今、ギグワーカーのような新しい働き方は世間の注目を集めており、いまの時代にも合っている。いっぽうで、まだそれほど多くの人に実態を知られているわけではない。その意味でも、まさに格好のネタといえるだろう。

というわけで、すぐさまネットに記事を公開することにした。配達員を始めるにあたっての基本情報や留意点、効率的に稼ぐための裏技、実際に出くわした珍奇な体験や不愉快な体験、あるいは恐怖体験。そうしたものを赤裸々に綴ったのだ。

はたして狙いは的中した。

それらの記事はかつてない閲覧数を記録し、プチバズと呼んでもいいほどの盛り上がりをみせたのだ。何度もSNSや個人ブログに転載され、いまやその件で某出版社から出版オファーも届いている。

それは、思わぬ心境の変化を俺にもたらしてくれた。

鳴かず飛ばずで、明日を生きるのに精いっぱいで――なのに競馬や風俗へと湯水のごとく金をつぎこんで。なにかに奮起することも、負けじと歯を喰いしばることもなく、ただただ易《やす》きに流れてきた。将来なんてものを見据えると途端に立ち眩みがして、結局、その日暮らしのフーテンを貫いてきた。くだらない人生、しょうもない人生。どうせ俺はこんなもんだ。そう自嘲し、諦め、路地裏で蹲《うずくま》るように生きてきたのだ。

でも。

どうやら、こんな俺にも必要としてくれる人がいるらしい。手を差し伸べ、期待を寄せてくれる人がいるらしい。ならば、どうせなら、ひと花咲かせてやろうじゃないか。それは出涸《でが》らしのような〝最後の意地〟だった。と同時に、そう呼べるようなものがいまだ自分の中に残っていたことが嬉しかった。だからこそ重い腰を上げ、全身の砂埃を払い、大いなる一歩を踏み出すことにしたのだ。まだまだ俺はやれる。いや、やってやる。見てやがれ。

そう、これは〝逆襲劇〟なのだ。

不摂生で満身創痍《まんしんそうい》、貯金も雀《すずめ》の涙ほど、ボロアパートに一人暮らし、趣味と言えるものはせいぜい競馬と風俗通いくらい。そうして特に日の目を見ることなくここまで流れ着いてしまった、どうしようもなく退廃的な中年男の人生を賭けた、まさに一世一代と呼ぶにふさわしい。

そんな俺がこの〝店〟に出会ったのは、いまから半年ほど前のこと。

ネタ探しも兼ねて六本木界隈まで繰り出し、夜の繁華街をぶらぶら流していると、折よくオーダーが入ったのだ。

『元祖串カツ　かつかわ』――なにをもって「元祖」なのかはまるで不明だが、ひとまず受注し、アプリに指示された住所まで行ってみると、待ち受けていたのは何の変哲もない雑居ビル、そして奇妙な立て看板だった。

『配達員のみなさま　以下のお店は、すべてこちらの３Ｆまでお越しください』

そこに並んだ夥しい店名の数々――『タイ料理専門店　ワットポー』『カレー専門店　コリアンダー』『本格中華　珍満菜家』『餃子の飛車角』などなど。目当ての『かつかわ』とやらも、たしかにそこへ名を連ねている。

ははん、と笑みが零れた。

これはいわゆる〝ゴーストレストラン〟というやつだ。

いままでにこうした店を何軒も取材したし、俺自身も配達員として訪れたことがある。どこも経営は厳しく、採算ラインぎりぎりで回している感じだったが、さて、ここはどうだろう。

エレベーターで三階まで昇り、壁の『配達員の方はこちらへ←』という張り紙を横目に眺めつつ廊下の先にある扉をくぐると、予想通り、現れたのは調理設備が併設された貸スタジオだった。

――あんた、新顔だね。

調理場に立つ男が、無愛想に言った。

それはもう、嫉妬の炎の火種すら燻らないほどの美青年だった。顔のパーツも、発する声も、佇まいそのものも、すべてにおいて非の打ちどころがなく、まるでゲームや漫画のキャラのように現実味がないのだ。歳の頃は、まったくもって不明。というより、年齢という概念そのものを超越しているようにすら思える。歳を重ねるごとに多少なりともその容姿へ表出するはずの〝年輪〟の類いが、彼にはいっさい刻まれていないのだ。

――注文の品ならできてるから。

見ると、目の前のテーブルの上に白色無地のポリ袋が一つ。おそらく、これのことを言っているのだろう。

――あと、お願いがあるんだけど。

作業を止め、軽く両手を水洗いすると、男は戸惑う俺の元へ歩み寄ってくる。そのままやおら差し出される右手――小首を傾げつつ受け取ってみると、なんてことはない、ただのＵＳＢメモリだった。

――これを、いまから言う住所までついでに届けて欲しいんだよね。

――報酬は、即金で一万円。

耳を疑い、開いた口が「は」の形で固まる。

金額に驚いたわけではない。いや、もちろんそれにも目を剝きはしたのだが、なにより意表を突かれたのは申し出そのものについてだった。なんとも怪しげな、噎《む》せ返るほどの後ろ暗い気配が漂ってくるではないか。

――もちろん、受領証をもらってここに戻ってくることが条件だけど。

やりましょう、と二つ返事で微笑んでいた。

こんな魅力的すぎる提案、乗っからないなんて損だ。

――ちなみに、この話は絶対口外しないように。

――もし口外したら……

命はないと思って。

そう告げる男の目は、あまりにもひえびえとしていて、木の洞のごとき〝虚空〟と化していた。

ぞくり、と悪寒にもよく似たなにかが背筋を走り抜ける。

が、それでもやはり、胸の内ではほくそ笑まずにいられなかった。所詮こけおどしだろう、と。

どうせ口先だけだろう、と。むしろその悪寒を振り払うべく、あえて慇懃《いんぎん》に「承知しました」と頷いてやったくらいだ。

それは、図らずも俺の手元へと舞い込んできたこれ以上ない飯のタネだった。


以来、俺はこの〝店〟に入り浸るようになった。

課された〝ミッション〟をこなすたび、ただそれだけで即金ウン万円。すこぶる金払いはいいし、さぞや潤っているのだろう。ゴーストレストラン単体では採算ラインぎりぎりなのかもしれないが、この〝店〟には他にない強みがある。なんなら、むしろ飲食経営はおまけみたいなものなのかもしれない。いずれにせよ、この一風変わった〝店〟と、その〝店〟を司《つかさど》る男の正体――それこそが俺の本丸だ。〝姿を消した配達員〟の話はたしかに気にかかるが、そんな噂話に逐一ビビっていたらこの仕事は務まらない。

そんなこんなで、いまでは毎月悪くない額を稼がせてもらっている。雀の涙ほどだった貯金も、ようやく大鷲《おおわし》の小便くらいにはなったと思う。ライター業だけで食っていくのは厳しい時代なので、それはそれでありがたい話なのは間違いない。

が、その程度で満足するほど、俺もまだまだ牙を抜かれたわけじゃない。名誉や名声への欲も人並みにはある。「ある」ということを、いまは思い出している。

うらぶれた中年男の反撃の狼煙《のろし》。

〝眠らない街〟の片隅にひっそりと息を潜める〝店〟と、あの得体の知れない男の素性を明らかにする。それらを面白おかしく世に晒し、話題を掻っ攫《さら》う。そのための危険を顧みない潜入取材。

それこそが、俺がこの〝店〟に執着する最大の理由だ。

「――で、その女は燃え盛るアパートへと入っていく前に、『ざまあみろ』と呟いたらしいんです」

「なるほど、それはたしかに奇妙だな」

熱を帯びる青年の語り口に耳を傾けつつ、俺は虎視眈々《こしたんたん》と狙っている。舌なめずりしながら、いまか、いまか、とそのときを待っている。

さあ、いつでも姿を現せ。

今日という今日は、絶対に見失わないからな。

いつも六本木の雑踏へといつの間にか消えている、あんたの後ろ姿を。

3

「まずは、前提条件のおさらいから」

前回と同じく、俺の対面に腰を下ろすと、オーナーはそう口を切った。

二日後の夜の九時すぎ。指示された通り、再び俺は〝店〟を訪れている。

結局、先日の隠密行動はまたしても失敗に終わっていた。

――じゃあ、僕はもう帰りますね。

ひとしきり語り終えた件《くだん》の大学生が立ち去ったのが、深夜三時すぎのこと。そこから粘りに粘り、やがて手ぶらのオーナーがビルから姿を現したのが、夜も明け切った朝の五時半頃。服装はいたってシンプルで、黒のパーカーに紺のチノパン、黒のスニーカーという装いだった。

というわけで、行動開始――レンタサイクルを例の公園に放置し、一定の距離を取りながらその背を追跡する。尾行をするのはこの日で三度目。なにがなんでも失敗するわけにはいかない。

ゴミ袋が山積した薄暗い路地を抜け、そのまま大通りへ。〝眠らない街〟にも朝の憂鬱は訪れるのだろう、どこか閑散としていて、全体的に覇気がない。まるで、街全体が欠伸を嚙み殺しながら寝惚け眼を擦っているみたいだ。帰路につくと思しきタクシーが何台か連なって通過していく。

六本木交差点でしばし赤信号待ちをした後、都道三一九号を飯倉片町《いいぐらかたまち》方面へ。正面には、林立するビルの狭間に朝靄に霞んだ東京タワーが見える。オーナーに背後を気にする気配はないし、かといって、タクシーを止めるような素振りもない。これもまた従来と同じ展開だ。

と、次の瞬間。

ドン・キホーテ六本木店の手前で、不意にオーナーは横道に入った。

まずい、と息を切らしながら走り、同じ角を曲がる。

しかし。

俺の目に飛び込んできたのは、酔い潰れたおっさんが一人あられもなく転がっているだけのうら寂しい裏通りだった。まるで雲散霧消したかのように、この日もまた、オーナーは忽然《こつぜん》と姿を消してしまったのだ。

そして、何事もなかったかのように、今日もこうして俺の前に座っている。

「依頼者は身元不明の女性。彼女は約三か月前まで北区王子付近に住んでいたが、その当時、ありえない頻度で同じ配達員から商品を届けられた」

淡々と続けるオーナーに、普段と異なって見える点はない。あの日の尾行に気付いているのか、いないのか。それを知る手掛かりもない。

「しかも、長らく愛用していたマフラーを失くした直後、その配達員から届けられた商品の中に奇遇にも新しいマフラーが混入していた。袋に開封された形跡はなく、転写型のセキュリティシールで封印されていたことからも、この点に関しては間違いない。あんたの言うところの、いわゆる密室だ」

あの日の顚末をひとまず頭から追い出し、俺は頷いてみせる。

「まとめると、本件には次の三つの謎があることになる」

それはむろん、次の三点だ。

（1）なぜ、混入していたのがマフラーだったのか。

（2）誰が、どうやって未開封の袋にマフラーを入れたのか。

（3）なぜ、その配達員はありえない頻度で彼女の家にやって来たのか。

「一つ目については、彼女の言う通り、マフラーを紛失したという事実を〝犯人〟は知っていたんだろう」

「まあ、そうでしょうね」

「会社の同僚や友人、あるいは近隣住民。可能性はいろいろある」

「はい」

「二つ目についてだが、これもまた、件の配達員の仕業と見るのが妥当だろう。むろん、店の人間――つまり、店で梱包された時点で既に混入していたというセンも残されてはいるが、そんなオチだとしたらあまりに面白くない」

「はあ」

面白い、面白くない、の問題なのかはさておき、ここにも特に異論を差し挟む余地はない。

（3）という最大の謎もある以上、やはりキーマンは配達員――よって「犯人は配達員である」という前提で進めるべきだろう。

「よって、その配達員は彼女がマフラーを失くしていたことを知っていた人物。また、彼女が顔を見てもわからなかったということは、彼女とそこまで近しい人間ではない」

たしかに、そうなる。

「となると、やはり重要なのは三つ目だ。話によると、彼女がビーバーに注文を入れる時間はまちまち。平日の仕事帰り、ほとんどが夜の六時から七時の間という規則性はあるが、いずれにせよ、同じ配達員が十回も連続で来るのは明らかに不自然だ。というのも――」

仮にその時刻、配達圏内にいて稼働可能な配達員が五人だと仮定してみる。これだってかなり少なめの見積もりだろうが、それでも「五の十乗分の一」――およそ一千万分の一の確率なのだ。

「つまり、そこにはなんらかのカラクリがある」

そう断言すると、オーナーは椅子の背にふんぞり返った。

「そこで今回の〝宿題〟だが――」

来るぞ、と息を呑み、襟を正しながら指示を待ち構える。

「配達員になりきって同じ時刻に同じルートを走ってきて欲しい」

「はい？」

思いがけない依頼に、間抜けな声が漏れ出てしまう。

「そしてその間、動画を長回ししておいてくれ」

「は？」まったくもって意味がわからない。

が、オーナーは涼しい顔で澱みなく続ける。

「説明によると、注文を入れた店は『ハヤシダ』という洋食屋とのこと。また、彼女の当時の住まいは『ハイツナカムラⅡ』の一〇一号室。地図で見る限り、だいたい自転車で十分の距離。簡単だろ？」

「ええ、まあ……」

たしかに簡単ではある。が、それにしても摩訶《まか》不思議だ。これがどう謎の解明に繫がってくるのか、まるで見当もつかない。

「こっちはこっちで『ハヤシダ』について調べてみる」

「というと？」

「使用しているテイクアウト用の袋とセキュリティシールが市販のものかどうか」

「ああ」これについてはすぐさまピンとくる。

つまり、オーナーはこう考えているのだ。

届いた袋が未開封だったのは事実——だとしたら、途中で同じ袋に中身が入れ替えられたのではないか、と。普段から『ハヤシダ』をヘビーユーズしていたのだから、何度も彼女の家を訪れている配達員であれば、彼女がこの店を気に入っているという事実を容易に把握できたはず。つまり、同じ袋とシールを事前に用意しておけば、『ハヤシダ』にて商品を受け取った後、配達の道中で中身の入れ替え——すなわち、マフラーを一緒に紛れ込ますことも不可能ではない。

ふっ、と感嘆の吐息が漏れる。

さすがの推理力だ。

こんなにもあっさりと密室の突破口を見出すなんて。

むろん、これをもって万事解決となるわけではない。仮にいまの手法でマフラーを混入させることができたとしても、やはり三つ目の謎——なぜ例の配達員は異常な頻度で彼女の元へやって来たのか、という難攻不落の壁が立ちはだかるのだから。

ただ、俺にとってなにより重要なのは、彼が『ハヤシダ』について調べると明言したことだった。つまり、彼の手先として動くどこかの誰かさんが、店の従業員に接触してくる可能性が高い。

ふふっ、とさらに唇の端が歪む。

狙い通りだ、なにもかも。

俺だって何度も追跡を躱《かわ》され、ただただ指を咥《くわ》えて途方に暮れているわけではない。そこまで見越して、既に手は打ってある。それも『ハヤシダ』の主人だけでなく、『ハイツナカムラ』のオーナーにも、それを管理する近所の不動産屋にも。怪しい来客や電話などがあったらすぐに自分へ一報を入れるよう、約束を取り付けてあるのだ。

「なにがおかしいの？」

投げかけられ、我に返る。

そこにあったのは、例の洞のような〝虚空〟と化した二つの瞳だった。

「いや、凄いなと思いまして」

笑みの残像を漂わせたまま、いけしゃあしゃあと返す。

ふん、とつまらなそうに鼻を鳴らすと、オーナーは「ちなみに」と付け加えた。

「動画の件だけど、現場に着いたらアパート名も映してくるように」

「はあ」

「ⅠとⅡ、二棟とも」

「承知しました」

なんだか知らないけど、そんなのお安い御用だ。

俺が頷いてみせるや否や、オーナーはそそくさと席を立ち、調理スペースへと向かってしまった。

4

ノートパソコンを閉じると、目頭を揉《も》み、大きく伸びをする。

明くる日の夕方、俺は『ハヤシダ』の店内で執筆作業に勤しんでいた。

いま取り組んでいるのは『実録！　こんな配達はイヤだ！』のパートだ。タワーマンションのエレベーターが定期点検中で、十五階まで階段を上る羽目になったこと。ちょうど夏場だったこともあり、その間に汗だくになったこと。そうしていざ届けると、汗まみれの俺を見た注文主——おそらく二十代の女性——は不愉快そうに眉を寄せ、ひったくるように品を受け取ったこと。その後すぐに確認してみると、彼女から『身なりに清潔感がないし、配達も遅い』と低評価をつけられていたこと。点検日に関する張り紙がロビーにあったので、その日その時間にエレベーターが使えなくなることは事前にわかっていたはず——なのに注文しておいて、それで汗だくになったことや配達が遅れたことを責められても、こっちとしては傍迷惑な話だ。まあ、そんな文句を垂れる資格は一介の配達員風情にはないのだけどさ、トホホ……とまあ、こんな感じ。

むろん、例の出版社からのオファーの件である。〆切にはまだ余裕があるものの、それ以外にも並行していくつかの案件が走っているので、前倒しで進めておくに越したことはない。いやはや、まさかこの俺が一丁前に進捗の管理をするようになるなんて、と人知れず苦笑してしまう。

俺が座っているのは通りに面した二人掛けの席で、テーブルにはノートパソコン、メモ帳、筆記用具、そして氷の溶けきったアイスコーヒーのグラスが一つ置かれている。かれこれもう三時間近く粘っていることになるだろうか。

カランコロン、と軽やかにドアベルが鳴る。

やって来たのは配達員だった。やたらと前歯の大きいコミカルなビーバーが描かれた配達バッグをその背に負っているので、まず間違いない。レジ付近にいた店員が二言三言の会話を交わした後、うやうやしく紙袋を差し出す。今日も今日とて、テイクアウトは大盛況のようだ。

スマホを取り出し、時刻を確認すると「18：12」と出ていた。

そろそろ昨日オーナーに課された〝宿題〟に取り組むべき頃合いだが——

その前に一度、地図アプリを立ち上げてみることにする。

『ハイツナカムラⅡ』の住所を検索すると、すぐに住宅地と思しきマップがスマホの画面に表示され、その一画に赤いピンが落ちた。先日と寸分違わぬ、予想通りの挙動。食い入るように眺めてみるが、なんら閃《ひらめ》きは訪れない。

いったい、先日のオーナーの行動はなんだったのだろうか。この画面から、どんな手掛かりを拾ったというのだろうか。

試しに「経路検索」をタップしてみるが、やはり見るべきところはなかった。『ハヤシダ』を出て右に進み、十字路を左折。そのまま延々と直進し、最後に左手へちょこっと折れる。そんなルートが地図上に青く浮かび上がるだけだ。

おぼろげな記憶を手繰り寄せ、そしてふと、オーナーが拡大と縮小を繰り返していたことを思い出す。

物は試し、右に倣えで、同じく親指と人差し指で画面を弾いてみる。

上空から降下するように、みるみるうちにマップはその縮尺を縮めていく。グレーに塗り潰された建物らしき四角形と入り組んだ道路、その中央に立つ赤いピン——

——ん？

そこでようやく、あることに気付いた。

重要なのはピンが立っている場所だ。それが指し示しているのはどう見ても一戸建てで、『ハイツナカムラⅡ』ではない。おそらく精度の問題だろう、目指すべき物件が新しく建ったものだったり、あるいは同一区画内に複数の建物があったりする場合、こうした〝ピンずれ〟と呼ばれる現象が割と頻繁に起こるのだ。

では、この事実からなにがわかるかというと——

「おう、元気か」

横手から野太い声がし、俺の思考はそこで頓挫する。

顔を上げると、白いコック帽に白いコック服、黒い前掛けという出で立ちの男が穏やかな笑みを浮かべていた。こんがりと灼《や》けた褐色の肌に、整然と並んだ白い歯、広い肩幅。料理人よりはサーファーと言われたほうがしっくりくる見た目だ。歳はほぼ自分と同じはずだが、それをまるで感じさせない若々しさがある。

「なにやら、一生懸命みたいじゃないか」

あんたらしくない、と鼻を鳴らしつつ、『ハヤシダ』の店主である林田《はやしだ》氏は俺の対面に腰掛けた。

おそらくは一心不乱にパソコンに向かう姿を見ていて、手隙のタイミングで冷やかしに来たのだろう。なにせ、この男はやさぐれていた頃の俺を知っている。日がな一日スポーツ新聞や風俗情報誌を読み漁り、時おり店の前に出ては加熱式タバコをふかす——そんな在りし日の俺のことを。歳が近くて親近感が湧いたのか、あるいはどこか同情や憐みもあったのだろうか、とにかくそうやって入り浸っているうちに、自然と雑談を交わす仲になったのだ。

「ようやく気合が入ってな」

「へえ」

「初めての大ネタなんだ」

「それは結構なことで」

「ところで、例の件だが——」

そう俺が声を落とすと、林田氏は「ああ」と頷き、ぐっと顔を寄せてきた。

「昼頃に一件、それらしき人が来たよ」

「ほう？」

「配達員の女性だったんだが……受け取りの際、こんなことを尋ねてきたんだ」

「どんな？」

「『袋に店名やロゴは入れないんですか？』とか『ずっとこの袋を使用しているんですか？』とか。やけに〝袋〟にご執心だったんで、もしや、と思ってな」

「ははん」

ビンゴ！　と快哉《かいさい》を叫びたくなる。

ただの配達員がそんなことに興味を持つのはどう考えても不自然だ。となると、まず間違いなくその女はオーナーの手先だろう。

「映像は残ってるか？」

鼻息荒く尋ねると、林田氏は困ったように眉を八の字に下げた。

「まあ、レジの防犯カメラには残ってると思うけど……その前に目的を教えてはくれないのか？

あまり道義的にそういうのは――」

「すまん、いまはまだ言えないんだ」

スッと卓上に一万円札を差し出す。先日の大学生のときといい、やや取材費としては大盤振る舞いしすぎている気もするが、ケチ臭いことは言っていられない。なんせ、一世一代の大ネタが懸かっているのだから。

しょうがねえなあ、と周囲を一瞥しつつ、林田氏はそれを手に取り、前掛けのポケットに目にも留まらぬ速さで忍ばせた。

「後で該当箇所だけメールに送る」

「恩に着るよ」

「あんたは常連さんだしな」

林田氏はすっくと席を立ち、追加のコーヒーはいるか、と尋ねてきた。

「その熱意に免じて、サービスしとくけど」

「いや、もう出る」伝票を掲げ、ひらひら振る。

「そうか」と苦笑し、そのまま厨房のほうへと歩み去る林田氏――その背を見送りながら、やはり満足感に浸らずにはいられなかった。万事順調だ。こさえておいた包囲網へと着実にかかってくれている。焦らず、一歩ずつ。ゆっくりと外堀を埋め、最終的に本丸へ攻め込めばいい。まったくもって計画に狂いはない。

地図アプリを閉じ、メールを確認する。『ハイツナカムラ』のオーナー、そして不動産会社からも特に連絡はない。となると、昼頃に『ハヤシダ』を訪れたその女性配達員とやらが、現時点での頼みの綱ということになる。

会計を済ませ、『ハヤシダ』を後にする。

店の前には電動アシスト付きのママチャリが一台——レンタサイクルではなく俺の愛車だ。

北区王子、俺の現住所。

住み慣れた街。

もちろん、『ハイツナカムラⅡ』までの順路も完璧に把握している。

スマホを動画モードにし、ハンドルに据え付ける。

「よっこらせ」と年寄りじみた掛け声とともにサドルへ跨ると、オーナーの指示通り、配達員になりきってペダルを大きく踏み込んだ。

5

『ハヤシダ』から『ハイツナカムラⅡ』までは基本的に一本道——店を出て一方通行の細道を右手に三十メートルほど進み、商店の立ち並ぶ通りとぶつかったところで、十字路を左へ。あとはそのまま道なりにまっすぐ行けばいい。先ほど「経路検索」で示されていた通りのルートである。

「それにしても——」

気ままに街を流しつつ、スマホに音を拾われない程度の小声で呟く。

なぜ、オーナーは動画を撮影するよう指示してきたのか。動画でなければならない理由とはなにか。まっさきに浮かぶのは〝動かぬ証拠〟を押さえること——だが、そうまでして押さえなければならない証拠とやらはにわかに思いつかない。街の風景？　配達にかかる時間？　とはいえ、そんなものはストリートビューや地図アプリの経路検索で充分に事足りてしまう。あえて生身の俺が現場を走り、その模様を動画に収める必要性は感じられない。

藍色に染まった頭上の空は、西のほうだけが薄《うつす》らと日中の余韻を残し、最後の抵抗のごとく朱色に燃え上がっている。通りに並んだ雑貨屋や喫茶店、チェーンのファミレスからは穏やかな灯りが漏れ、夜の訪れを告げている。昨日から今日、そして明日へと連綿と続いていく平凡な日常。その中で、動画を長回ししながら自転車を漕ぐ俺だけが妙にちぐはぐで、はみ出し者のように浮いている。むろん、街行く人の誰一人としてその存在を気に留めることはないけれど。

そうこうしているうちに、前方に踏切が見えてきた。遮断機は下り、点滅を繰り返す警報機がカンカンと喚いている。この辺で悪名高い〝開かずの踏切〟だ。特に夕方五時半すぎから夜の七時すぎまではひどいもので、その間ただの一度も開かないこともざらだと聞く。そうした事情を知らないのだろう、二台の乗用車が遮断機の前に並んでいるが、これはもうご愁傷さまとしか言いようがない。本来ならば、この踏切を渡るのが最短経路なのだが――

踏切の手前まで辿り着くと、迷わず左にハンドルを切り、線路の真横を並行して走る細道に入る。この先百メートルほど行ったところに、線路の下を抜ける歩行者・自転車専用の地下道があるのだ。初見だとなかなか見つけづらいし、土地鑑のない配達員は困ってしまうのではなかろうか。むろん、もっと大回りをすれば跨線《こせんきよう》橋もあるのだが、配達効率を考えたら得策ではない。それこそ「遅すぎる」と低評価を付けられる可能性だってあるのだから。

天井が低く、なんとも閉塞感のあるその地下道を抜け、難なく線路を越える。

ここから目的地までの経路は概《おおむ》ね二つ――一つは、地上に出てすぐ右手にある児童公園を横切り、先ほどの通りに戻るというもの。だが、その入り口には自転車・バイクの進入を阻むためのポールが立っており、立ち入るのにはやや心理的な抵抗がある。もし自分が配達員だとしたら、おそらくこのルートは選ばないだろう。

――配達員になりきって同じ時刻に同じルートを走ってきて欲しい。

というわけで、公園を横目にそのまま直進することにする。時間も時間なので、遊んでいる児童の姿はない。煌々《こうこう》と灯る常夜灯が、ぽつん、ぽつん、ぽつんと連なっているだけだ。

背後から列車の通過音がする。

いまだ微かに踏切の警報音が聞こえる気もする。

そうして百メートルほど漕ぎ進め、やがて角を右に曲がる。『ハヤシダ』を出発して、まだ七分か八分そこらだが、もう目的地は目と鼻の先だ。

『ハイツナカムラⅡ』の建つ一画は、大まかに言うと巨大な「ロ」の字形をしており、クロスワードパズルのように縦横に道が走っている。その一画に入るためには、地図にも示されていた通り、先ほどの踏切のある通りを直進して左手に入るか、もしくはいまの俺のように地下道を抜けた先を右手に入るかの二通りしかない。

緩やかな傾斜に差し掛かり、電動アシストがぶいいいと唸り始める。たいした勾配ではないが、百キロ近い巨体を乗せて駆け上がるには少々骨が折れるのだろう。道の両側には判で押したような戸建て住宅が立ち並んでおり、どこからかカレーと思しきまろやかな香りが漂ってくる。

ようやく坂が終わり、道が平坦になった。地図アプリでピンが落ちた場所はこの先だが、例の〝ピンずれ〟のせいで『ハイツナカムラⅡ』はその地点にはない。

街灯の灯りの下、ひと気のない住宅街をさらに直進すること三十秒。ようやく目的の建物が右手に見えてくる。十字路に面した角地ということもあり、さすがに初めてこの地を訪れた配達員でも見落とすことはないだろう。地上二階建てで、メインエントランスの類いはなし。一階と二階の共用廊下には誰でも立ち入ることができ、防犯意識の高まる昨今においては、割と敬遠されがちな造りとなっている。

――まあ、その分家賃も安くしてますから。

先日、『ハイツナカムラ』のオーナーと話した際、そう言われたことを思い出す。

――お陰様で、ⅠもⅡもほぼ満室ですよ。

――え、お願いがある？　なんでしょうか？

自転車を停め、道端から『ハイツナカムラⅡ』を振り仰ぐ。お世辞にも洒落た外観とは言い難いし、どちらかというと古臭くもあるのだが、それでも俺の住まいよりはずっとマシだ。冬場にシャワーからお湯が出にくい、みたいなことも特にないのだろう。

ハンドルからスマホを取り外し、動画撮影モードにしたまま敷地に踏み込む。

と、すぐ目の前――一階部分の壁面に『入居者募集中』の看板と並んで、アパート名を冠したプレートがひっそりと設《しつら》えられていた。

――現場に着いたらアパート名も映してくるように。

――ⅠとⅡ、二棟とも。

言われた通り、そのプレートにスマホのカメラを向ける。

もともとは『ハイツナカムラⅡ』と書かれていたのだろうが、その文字は長年の風雨を受けてか、一部が掠《かす》れ、剝げかかっていた。これでは『ハイ　ナカム　Ⅱ』としか読めまい。

いったん前の通りに戻り、辺りを見回してみるが、『ハイツナカムラⅠ』らしき物件は見当たらなかった。再び地図アプリを立ち上げ確認してみると、どうやら『Ⅱ』の裏手にあるようだ。不整形地に無理やり二棟建てたのだろう、なんとも窮屈な並びである。そのまま裏手に回り、同じように『ハイツナカムラⅠ』のプレートも映してみるが、同じくその字は掠れ、『ハイツ　カムラ　』としか読めなかった。

というわけで、これにて任務完了。

なんともあっけない幕切れだ。

それにしても――

いったいぜんたい、どういう意図の指示なのだろう。なぜ、アパート名をわざわざ映してくる必要があるのだろう。首を傾げつつ、ふとその隣の『入居者募集中』の看板に目を移す。そこには、先日接触した不動産会社の名前とその連絡先が記載されていた。

――は？　どういうことです？

黒々とした髪をポマードで固めたどう見ても胡散臭いその社長は、俺の申し出に最初は眉を顰めていた。

――なにかの張り込み取材ですか？

詳細を伏せ、例によって若干の札をちらつかせると、彼は「やれやれ」とでも言いたげに唇の端を持ち上げた。

――まあ、いいですよ。

――妙な問い合わせがあったら、あなたに報告すればいいんですよね？

動画撮影モードを終え、その流れでメールボックスを確認してみるが、『ハイツナカムラ』のオーナーからも不動産会社からも連絡はない。やはり手先として動く何者かは『ハヤシダ』にしかアプローチしていないのだろうか。その『ハヤシダ』の店主・林田氏からのメールもまだ届いていない。例の防犯カメラの映像が送られてくるのは閉店後だろう。

煮え切らない思いのまま、その場を後にする。

いずれにせよ、言われた通りに〝宿題〟はこなした。これがどう重要なのかはまるでわからないものの、オーナーがこれでいいと言ったのだから、俺があれこれ考えるような話でもない。

その足で〝店〟まで舞い戻り、動画の一部始終を見せたのだが――

「――お疲れ。これで全部揃ったね」

あろうことか、見終えるや否やあの男はそう断言したのだ。

「は？　揃った？」

「うん」

そんなバカな。ありえない。

ただ単に、配達員が辿るであろう道筋をなぞっただけだってのに？

だが、オーナーはいつも通り、すこぶるつまらなそうにこう続けた。

「てなわけで、商品ラインナップにも追加しておかないと」

なんにせよ、いよいよ〝最後のステップ〟――依頼者への報告だ。

実は、このときのために、初回往訪時に〝合言葉〟を決めることになっている。特になんでもいいのだが、依頼主の彼女は「合言葉、と言われましても……」と口ごもっていたので、俺から「じゃあ、あれでいいんじゃないですか」と促したところ、

――ああ、たしかに。

――今回のキーワードですしね。

とのこと。

そうしていま、夥しい店名の中の一つ――『汁物　まこと』という店の商品ラインナップに、そ

の〝合言葉〟を冠したメニューが追加されようとしている。たぶん「異常値レベルの春雨スープ」とか「異常値レベルのサンラータン」とか、そんな類いの何かが。そして、その料金がそのまま本件の〝成功報酬〟となるわけだ。依頼者が解答を知るには、それを注文する以外に手はない。それがいかに法外な値段であったとしても。

汁物まこと、つまり、真相を知る者だ。

「値段は百万円にしようか」

「はっ!?　百万!?」

想像を絶する高額に、思わず唾を飛ばしてしまう。こんな値段、いまだかつて見たことがない。こんなのさすがに注文できるわけがない。

しかしオーナーはというと、飄々とこう嘯《うそぶ》くばかりだった。

「俺が知りたいのは覚悟だ」

「覚悟？」

「この値段でも、はたして注文してくるのかどうか」

「どういう意味で？」

しばしの沈黙。

聞こえてくるのは、ぐあんぐあんと唸る換気扇の音だけ。

やがてコック帽を被り直すと、オーナーは飄々とこう言った。

「それじゃあ、試食会を始めようか」

6

『間もなく電車が参ります』と駅のアナウンスが告げている。

サラリーマンでごった返す新宿駅の四番線ホーム。その待機列の先頭で、俺は手元のスマホに視線を落としていた。

あれから数日後の、時刻は夜八時すぎ。

出版社との打ち合わせを終え、これから別件の取材のために大宮《おおみや》まで馳せ参じるところである。

いやはや、この俺がずいぶんと精力的に動き回るようになったものだと他人事のように感心してしまうが――

結局、あの後いくら待っても林田氏から例の女を映したカメラの映像が送られてくることはなかった。メールで急かしてみてもいっさい反応はなく、実際に店まで押しかけてみても「いや、やっぱりよくないかなと思って……」と気まずそうに肩をすくめてみせるばかり。賄賂として渡していた一万円も、そのときに返却されている。

おそらく、なにがしかの圧力があったのだろう。誰から――というのは、いまさら言うまでもない。そんなのはわかりきっている。

ビーバーイーツのアプリを開き、迷わず『汁物　まこと』のページへ飛ぶ。

あの日、ラインナップに追加された『異常値レベルの具だくさんユッケジャンスープ』はいまだ注文されないまま、ひっそりと掲載され続けている。当たり前だ。いくらなんでも百万円なんて払えるわけがない。

ぞくり、と悪寒にもよく似たなにかが背筋を走り抜ける。

初めてオーナーと対峙《たいじ》した日に覚えた、あの感覚――だが、もはやほくそ笑むことはできなかった。所詮こけおどしだろう、どうせ口先だけだろう、なんて高を括ってはいられなかった。

危ない橋を渡るべからず。

オーナーに背くべからず。

例の〝教訓〟がちらつく脳裏に、いま一度、俺はあの日の顚末を思い描くことにする。


「それじゃあ、試食会を始めようか」

俺の対面に腰を下ろすと、オーナーは続けざまにこう断言してみせた。

「結論から言うと、十回連続で訪れた男は配達員ではない」

「はい？」

「もっと言えば、『ハイツナカムラⅠ』の一〇一号室――その住人だろう」

「それはつまり……」

「誤配送さ。本来の配達員は『ハイツナカムラⅡ』ではなく『ハイツナカムラⅠ』の一〇一号室に商品を届けてしまった。そして、届けられた商品をその部屋の住人は、彼女の元へその都度持参していたというわけだ。それなら十回連続で同じ人が届けに来るという事象は起こるし――」

注文履歴を確認しても同じハンドルネームの人間がいないことにも説明が付く。

それに、とオーナーは続けた。

「配達員は、基本的にいつも時間に追われている。効率性を上げ、件数をこなすためというのもあるが、もう一つ忘れてはならないのが、低評価を付けられないこと」

だろ？　と目顔で投げかけられたので、ええ、と頷く。現に、十五階までエレベーターではなく歩きで上った程度の遅れだって、現場では命取りになるのだ。

「調べてみると、地図アプリに住所を入力しても、ピンが落ちる場所はややずれていることがわかる。これは、配達員にとってかなりのストレスになるはずだ。なぜって、現場付近に着いたら自分の足で『ハイツナカムラⅡ』を特定する必要がでてくるんだから」

「まあ、そうでしょうね」

「以上を前提に、配達員になりきって考えてみよう。時間に追われ、焦りを感じて……そうして現場周辺に着いたら目指すべき物件を自分の足で探し始める。そんな中、あのプレートに出くわしたらどうなるか？」

「あのプレート？」

「『ハイツナカムラ』と書かれた、例のあれさ」

「あっ――」

瞬時に点と点が繋がる。

なるほど！　そういうことか！

だから「アパートの名前を映してくるように」という指示を出したのか。

「映像を見るに『ハイツナカムラⅠ』のプレートは掠れ、『ハイツ　カムラ　』としか読めなかった。が、それでも『ハイツナカムラ』と書かれていたんであろうということは容易に予想できる。つまり――」

せっかちな配達員がそれを『ハイツナカムラⅡ』と早合点して、そのまま『Ⅰ』の一〇一号室に届けてしまう可能性は充分にある。現に、フードデリバリーサービスでは少なからぬ割合で誤配が起こるのだ。同一敷地内に複数棟が建つアパート・マンションなどは、その最たる例である。

さて、とオーナーは頬杖をついた。

「ここからはあくまで推測だが、おそらく『I』の同室に住む住人は、近くに住んでいるということもあり、何度か彼女の姿を見かけたことがあったんだろう。また、もしかしたら外出時に急に彼女がマフラーをしなくなったので、どこかで失くしたと察していたのかもしれない。いずれにせよ、彼女がマフラーを紛失した事実を知りえて、なおかつ、彼女自身と顔見知りではないという条件を、『I』の一〇一号室の住人は満たすんだ」

——よって、その配達員は彼女がマフラーを失くしていたことを知っていた人物。

——また、彼女が顔を見てもわからなかったということは、彼女とそこまで近しい人間ではない。

たしかに、先日オーナーが挙げた条件にぴたりと合致する。

「また、これもあくまで推測にすぎないが、その彼は彼女へ密かに好意を寄せていたに違いない。ストーカー……と言うと語弊はあるが、とにかくそういった事情から、誤配にかこつけて何度も彼女の部屋を訪れたんだ」

加えて、それだけの頻度で何度も誤配されていれば、彼女がどの店の商品をよく頼んでいるかは把握できたはず。つまり、彼女が『ハヤシダ』のお得意さんであるという情報を、『I』の一〇一号室の住人は事前に摑むことができたことになる。

でだ、とオーナーの瞳に鋭い光が差す。

「確認してみると、やはり『ハヤシダ』が利用しているテイクアウト用の紙袋とセキュリティシールは市販のものだった。時流に乗って最近始めたばかりだし、ロゴ入りのものをわざわざ用意するのはコストもかかるので——とのことらしい。つまり、『I』の一〇一号室の住人は、事前に同じ紙袋とシールを準備しておくことができたことになる」

そうして彼は一度自分の家に届いた商品を開封し、見た目の同じ紙袋に入れ替え、同じシールで封をした。その際にマフラーを紛れ込ませたのだ。

なるほど、たしかにこれですべての辻褄《つじつま》が合う。

が、ここで一つ反論を試みようではないか。

「ただ、だとしてもおかしな点があるんでは？」

「というと？」

「どうして初回の誤配があった際に、彼は配達員や彼女にその旨を伝えなかったんでしょうか」

割と鋭い指摘だと思ったのだが、それについては、とオーナーは表情を変えない。

「いくつか可能性が考えられる。まず一つは、配達形式が置き配だったというもの——家の前に見知らぬ配達物を見つけた彼は、おそらく誤配だろうと察し、『Ⅱ』の一〇一号室まで届けにあがった。この場合、それを届けた配達員本人に『誤配である』と伝えることはできない」

「たしかに」

「そして、事前に『Ⅱ』の同室の住人が意中の彼女だと知っていた彼は、あえて『誤配だった』と言わず、配達員の振りをして彼女に受け渡した。それはむろん、今後も同じ形で何度か顔を合わせられると踏んだからだ。本来の注文者である彼女からしても、直接渡されたところで、置き配指定を見落としたのかな程度にしか思うまい」

「なるほど、置き配ならそうでしょう。でも——」

「置き配でなくても、同じだ」

オーナーの牙城が崩れる気配は微塵《みじん》もない。

「チャイムが鳴り、身に覚えがない品が届いたとしても、おそらく『Ⅱ』と間違えたんだろうという察しはつく。よって、先ほどと同様、そこに彼女が住んでいると知っていた彼は、そのまま何食わぬ顔をして受け取ったというわけだ」

もしくは、とオーナーは畳みかける。

「同じタイミングで彼自身がビーバーを頼んでいた、という可能性もある。自分の注文物だと思って受け取ってみたものの、実際は中身が違っていた――これなら、配達員に『誤配です』とは言わないはずだ」

「なるほど……」

もちろん証拠はないが、かといって絶対的に否定できる材料もない。こうした諸々の条件が合致すれば、問題の状況はたしかに生じうる。

いずれにせよ、これにて一件落着。

やはりこの男はただ者ではない。

そう気を緩めかけた、次の瞬間だった。

ただね、と身を乗り出してくるオーナー。

「この筋書きはかなりの無理があると言わざるをえない」

「えっ？」

どういうことだ。

なにやら急に、風向きが変わったように思うのだが。

「近所に住む女性に密やかなる好意を抱いており、その部屋番号も承知していて、さらにはマフラーを失くしたということまで把握している。そして、その彼女にマフラーをプレゼントすべく事前に『ハヤシダ』と同じ袋とシールを用意しておく——ありえない話ではないが、さすがにできすぎじゃないか？」

先ほどまでと口ぶりは変わらないのに、なぜか異様な殺気を帯びているように感じられる。

どくん、どくん、と増していく鼓動。

額に、腋に、背中に、脂汗が染み出してくる。

「そんな針の穴を通すような奇跡が起こるだろうか？」

まさか。

そんな、まさか。

「そこで、俺はこう勘繰ったんだ。そもそもこの依頼自体がでっち上げなんじゃないかって」

全身の血の気が引き、心臓が脈動を止める。

一秒、二秒。

薄く開いた唇からは、ひゅうひゅうと浅い吐息が漏れるばかり。

そんな俺を、オーナーは冷ややかに見つめている。眉一つ動かさず、いたって静かに、厳かに。

息をつめ、まるでこの謎を覆い隠す偽りのベールを一枚一枚、丁寧に剝いでいくように。

コック帽を脱ぐと、オーナーはテーブルの上にとんと置いた。

「そもそも、依頼内容を聴いた段階から違和感があったんだ」

「違和感？」と辛うじて絞り出すが、全身の震えはいまだ止まらない。

ああ、とオーナーは顎を引いた。

「たしかに、謎としてはすこぶる奇妙だ。異常値レベルに同じ配達員がやって来て、挙句は袋にマフラーが混入していて……薄気味悪いことこのうえない」

しかし。

「ビーバーイーツに限らず、フードデリバリーサービスでは通常、注文者に対して配達完了通知がなされる。ゆえに、もし本件のようなことが実際に起きていたとしたら、配達完了通知の後に注文物が届くという捻じれた事態が生じていたはず」

「いや、でも……」

「むろん、逐一確認するものでもないし、単に彼女が通知を見落としていただけという可能性はある。だから、これだけでは決定的とは言い難い」

でもそれ以上に、とオーナーは居住まいを正した。

「どうして彼女はこの謎を解明して欲しいのか——そこがずっと引っかかっていた」

真正面から視線がぶつかる。

包丁の何倍も鋭利で酷薄な刃が俺に突き刺さる。

「どうして、というのは？」

苦し紛れに尋ね返すと、考えてみなよ、とオーナーは鼻を鳴らした。

「現在は既に引っ越し済みで、同じような目に遭っていないんだろ？　なのに、どうして三か月も前のこの事案にそれほど執着しているんだ？」

「まあ、人にはそれぞれ事情が——」

と口にしたそばから、ただちに蹴散らされる。

「それははたして〝着手金〟十万を払ってまで、解くべき謎なんだろうか？」

あっ、と思わず息を呑んでいた。

たしかにそうだ。

その点を完全に見落としていた。

「もちろん、金銭的に余裕があって、いまだ寝覚めが悪いから——という可能性はゼロじゃない。が、それでもやはり常識に照らせば、十万円もの支払いを厭わない状況だとはとうてい思えない。少なくとも、俺はその段階で既に疑問を抱いていた」

即座に思い出したのは、あの日のオーナーの妙な気配だった。いつもは無機質かつ無感情を貫いている天然のマジックミラーの向こうに、なぜか渦巻いて見えた猜疑心、あるいは不快感。それは既にあの時点で違和感を覚えていたからだったのか。

さらに、とオーナーは眉を吊り上げる。

「覚えてないか？」

「なにを？」

「あんたがこの依頼を受けてきた日、異常値レベルでキャンセルが相次いだってことを」

もはや、返す言葉はなかった。

真一文字に唇を引き結び、例の〝洞のような目〟を覗き返すしかない。

「要するに、あんたと依頼主の彼女は結託していたんじゃないか？」

見抜かれている。

なにもかも、一分の隙もなく。

「彼女のオーダーをあんたが受注できるまで、注文とキャンセルを繰り返したんでは？」

眉間を伝う汗が、かっ開いた目に入ってくる。つん、と痛みが走り、俺は瞼を閉じる。

これもまた、まさにその通りだった。

すべては俺が仕組んだのだ。

この〝店〟の正体を白日の下に晒すために。

依頼主の彼女は同業者のライターで、普段から親交があり、信頼できる人間だったので一枚噛んでもらうことにした。現場では事前に用意したスクリプトを読んでもらい、それをレコーダーに録《と》っただけ——言う通り、すべてはでっち上げだ。

とはいえ、本件の謎は完全なる創作ではない。出版に向けた取材の中で、誤配のエピソードを語ってくれた女性がおり、そこから着想を得たのだ。

夜の六時半すぎ、仕事から帰宅して間もなく、注文の品が届いた。が、ドアフォンに映る男が妙にソワソワしているように見えたので、普段なら躊躇いなく玄関を開けるところ、彼女はその素性を尋ねてみることにした。

——どちらさまでしょうか。

画面の中の男はつと顔を上げると、いくらか緊張気味の声音でこう答えたという。

——あの、えーっと、僕は……隣のアパートに住む者です。

——たぶん、部屋番号が同じなので、間違えられたのかと。

以上、ただそれだけの話である。同じ配達員が十回連続で訪ねてきたというのも、マフラーが入っていたというのも、謎を魅力的にするための装飾にすぎない。

そして当然、このネタを提供してくれた彼女の住まいは北区王子でもなければ、『ハイツナカムラ』でもない。だからもちろん、注文先も『ハヤシダ』ではない。この謎を作り上げ、オーナーの手先が接触してくることを見越して、例の『ハヤシダ』をそこに抜擢《ばってき》したのだ。俺が店主と顔馴染みで、いろいろと無理な頼みを言えるから。

そうして『ハヤシダ』からほど近い『ハイツナカムラ』に白羽の矢を立て、そこを当時の彼女の住まいということにした。そして、その関係者各位に事前に賄賂を渡しておいたのだ。内通者として暗躍してもらうために。すべては一世一代の大ネタのために。

バレるはずがないと思っていた。

まさかこんな些細なことから暴かれるなんて夢にも思っていなかった。

でも。

「証拠は？」と最後の抵抗を試みる。

たしかに、いっさいがっさいオーナーが指摘した通りである。それは間違いない。が、どれもこれも、あくまで推測の域を出ないはずだ。

苦し紛れの反論を耳にしたオーナーは、ふっ、と鼻を鳴らした。

「その言葉自体がほぼ自白みたいなもんだが……なるほど、たしかに証拠はない。キャンセルが相次いだのはたまたま運が悪い日だったのかもしれないし、また、仮に俺の想像が当たっていたとしても、その首謀者があんたかどうかは定かではない」

しかし。

「本件がでっち上げであるという証拠はある」

「なっ――」

なんだと？

なぜだ、いったいどこに？

呆然とする俺をよそに、なぜなら、とオーナーは飄々と続ける。

「今回の謎のキモは誤配があったこと――それがすべての前提となっている」

「ええ、わかってます」

「でも、今回の場合、そもそも誤配など起こりようがないんだ」

意味がわからず、口を噤むしかなかった。誤配など起こらない、だと？　ずいぶんな自信ではないか。そんなこと、いくらなんでも断言できるはずがないと思うのだが。

やれやれ、とでも言いたげにオーナーは肩をすくめた。

「では、なぜそう言えるのか。彼女が注文を入れるのは平日の夜六時から七時の間――だが、その時間は〝開かずの踏切〟にルートを阻まれるからだ」

「は？」

あの日のフィールドワークが脳裏に甦る。

たしかに俺はあの日、〝開かずの踏切〟に行く手を阻まれた。時間も、彼女が注文を入れた（ということに俺が設定した）時刻に被っている。でも、それがなぜでっち上げの証拠になるのか。

つまりだな、とオーナーは身を乗り出してきた。

「アプリの『経路検索』でまず出てくるのは、踏切を横断するルートだ。となると、ほぼ間違いなくどの配達員もその道筋を辿るだろう。ところが、平日の夜六時から七時の間に彼女の元へ届けようとすると、踏切に行く手を阻まれることになるわけだ」

「で？」

「ずいぶんと察しが悪いな。そうなったとき、その配達員は踏切が開くまで待っているわけないじゃないか。特に、利用しているのが車じゃなくて自転車なんだとしたら」

瞬間、脳裏になにかが閃く。

いまだその正体は摑みあぐねているが、たぶん悪い予感に近い。

俺が察しかけていると理解したのだろう、その通り、とオーナーは頷いた。

「なんせ、すぐ近くに反対側へ抜けられる地下道があるんだからな」

なるほど、たしかに。

初見では見つけづらいが、かといって、配達員だってただただ手をこまねいて踏切で待ち続けはしないだろう。おそらく反対側へ渡る手段を模索し、すぐにあの地下道を発見するに違いない。

「となると、あんたと同じように例の地下道を抜けるはずだ。むろん、もっと大回りをすれば跨線橋もあるわけだが、配達効率を考えたら得策とは言えない」

さて、とオーナーはひと呼吸置く。

「ここで注目すべきは、件の『ハイツナカムラ』が建つ区画に入るには、どういう経路があるかということ。一つは、地下道を出てすぐ右手にある児童公園を横切り、もとの通りと合流するパターン。だが、その入り口には自転車・バイクの進入を阻むためのポールがあり、立ち入るのにはやや心理的な抵抗がある。ただでさえ急いでいる中で、いったん自転車を降り、そこを横切るという選択肢は間違いなく劣後するだろう」

その点に関して異論はない。

「となると、そのまま地下道を出て直進し、やがて右折するという進路を取るのが自然——だがその場合、まっさきに見えてくるのは『ハイツナカムラⅡ』のほうなんだ」

あっ、と瞠目《どうもく》してしまう。

ようやく意味がわかったし、動画にもその模様はすべて映っている。

まさに〝動かぬ証拠〟というやつだ。

「十字路に面した角地ということもあり、さすがに初めてその場所を訪れた配達員でも見落とすことはないだろう。〝ピンずれ〟のせいで自分の足で『ハイツナカムラⅡ』を特定する必要があったとしても、現場に着けばすぐに『たぶんこれだ』とわかるはずだし、ましてや、そのプレートにはきちんと『Ⅱ』が判読できる形で残っている」

これまた、完膚なきまでに正鵠《せいこく》を射た指摘だった。

かなりの部分が掠れ、剝げかかってはいたものの、『ハイ　ナカム　Ⅱ』とさえ読めれば、それが『ハイツナカムラⅡ』であることはほぼ疑いようがないのだ。

「さらに言えば、『ハイツナカムラⅠ』はその裏手に建っていて、先のルートを通って来た場合はすぐに目視することができない。よって、どれほどせっかちかつおっちょこちょいな配達員だったとしても――仮にプレートすら確認せず、いの一番に見えてきた建物に届けたとしても、誤配となることはありえないんだ」

しかも、と波状攻撃は止まるところを知らない。

「とある筋によると、あんたは普段ライターをしていて、出版を控えているとのことらしいな。題材は配達員にまつわるあれやこれや――なるほど、だとしたら、この〝店〟のことを書いたらさぞ面白そうだ」

「…………」

「依頼内容をでっち上げ、その関係者に俺たち陣営が接触してくるのを待ち構えるつもりだったんでは？」

「…………」

「要は、俺を嵌めるために、あえて『ハヤシダ』や『ハイツナカムラ』が舞台となるような筋書きをこさえたんでは？　現に、今日も三時間近く『ハヤシダ』にいたそうだな。しかも、なにやら店主と仲睦《なかむつ》まじげで、防犯カメラの映像を手に入れようと躍起になっていたとか？」

「…………」

「いずれにせよ、少なくともあんたは『ハヤシダ』の店主と顔馴染みで、もしかすると常連なのかもしれない。ところで、撮影してきてもらった動画を確認してみると、〃開かずの踏切〃と直面したあんたは、迷うことなく脇道に入ったな。それができたのは、あんたにあの界隈の土地鑑があったからじゃないのか？」

その瞬間、全身の毛が逆立った。

なぜ、生身の俺に現場を走らせたのか。その真の目的はなにか。

なるほど、これは完敗だ。

無条件降伏、白旗である。

「とはいえ、もちろん百パーセントではない。本件はでっち上げでもなんでもなく、あんたにもいまみたいな邪《よこしま》な考えなどないのかもしれない」

でも、と髪を掻き上げるオーナー。

「この筋書きならすべての違和感に説明が付けられるし、それほど大きく外している気もしないんだがな」

しん、と静まり返る室内。

聞こえてくるのは、ぐあんぐあんと唸る換気扇の音だけ。

「――とまあ、以上だ。報告資料にも同じことを書いてある。それでも構わなければ、百万円を払って注文するんだな。むろん、そこから俺の素性が割れるようなことは絶対ないけれど」

無表情な蒼白の顔。

〃虚空〃と化した二つの瞳。

圧倒的な敗北感に打ちひしがれた俺は、ただただ沈黙を貫き続けるしかなかった――


ぷぁん、という警笛が聞こえ、俺の意識は現実に引き戻される。

見ると、湘南《しょうなん》新宿ラインの先頭車両がちょうどホームに滑り込んで来ようとしていた。

あれほどの辱めを受けたのだ、さすがにもう、あの〝店〟に行くことはないだろう。誠に残念無念だが、一世一代の大ネタは没にするしかない。まあ、別に他にもまだネタはあるから問題はないのだけど。

スマホをしまい、リュックサックを背負い直そうとしたその瞬間――

グッと肩口に圧力を感じる。

誰かが偶然ぶつかってきたわけではない。おそらく手のひらだ。

そしてそれは、明確な意志を纏っていた。

あっ、とバランスを崩し、そのままたたらを踏み――

俺の身体はホームから舞った。

――ちなみに、この話は絶対口外しないように。

耳元で囁かれるいつかの会話。

――もし口外したら……命はないと思って。

脳裏を巡るあの〝教訓〟。

危ない橋を渡るべからず。

オーナーに背くべからず。

――姿を消した配達員がいることはご存じですか？

ぷぁぁぁぁぁぁぁん、と耳をつんざく警笛が迫ってくる。

――いつ死んでもおかしくないですよ。

――継続的に運動することをお勧めします。

むざむざ死ぬのはやっぱり惜しい。ことさらに執着すべき〝生〟ではないけれど、手放さずに済むのであれば是非ともそうしたい。そんな〝生〟に、ようやく執着すべき理由が見つかったはずなんだがな……

ドン、という衝撃。

その直前、ホーム上からいくつもの悲鳴が聞こえた気がした。

THE GHOST RESTAURANT

悪霊退散
手羽元サムゲタン風スープ事件

いつもと同じ、それこそ何百回と目にしてきたはずの光景だった。まっすぐに延びるマンションの外廊下。右手には手摺壁の向こうに見飽きた夜の住宅街が広がり、左手には面格子やら、メーターボックス扉やら、玄関扉やらが無機質に並んでいる。二〇一号室から二〇四号室までの計四部屋。生活音が聞こえてくるわけでもなく、住人たちは息を殺すように鳴りを潜めている。

まっさきに「おかしい」と察知したのは嗅覚だった。

油っぽいというか、香ばしいというか……これはそう、あれだ。ニンニクだ。仕事終わりの疲弊しきった心身に、この香りはなかなかそそられるものがある。が、住み始めてかれこれ三年半。ここまで強烈な臭気を嗅ぎ取ったのは初めてのこと。住人の誰かが急に料理に目覚めたのだろうか。

想像を巡らせつつ、自室である二〇四号室へと歩みを進めていく。二〇一号室、二〇二号室の前を通り過ぎるが、やはり人の気配はしない。面格子越しに微かな室内灯の灯りが漏れているので、おそらく在室はしているのだろうけれど、自炊に励んでいる様子はない。

違和感が確信に変わったのは、二〇二号室の前を通り抜けた直後だった。

「ん？」

そのすぐ奥――二〇三号室のドアノブに、ポリ袋が一つ掛けられていたのだ。側面に某有名餃子屋のロゴが視認できる。臭いの元はこれだろう。

足を止め、まじまじと袋を見つめる。

誤配だろうか？

なぜって、二〇三号室はここ一か月ほど空室になっているはずだから。

「まあ、いいか」

放置したところで支障があるわけではないし、自室に入ってしまえば臭いが気になることもあるまい。むろん、二〇二号室の住人に「もしや誤配では……」と声をかけてもいいのだけど、そこまでするのはお節介だろう。仮にそうだとしたら、いつまでも商品が届かないことに勝手に痺《しび》れを切らすはずだ。

しかし。

「は？」

明朝、外廊下へ出てみると、例のポリ袋は二〇三号室のドアノブに掛けられたままだった。

しかも。

「なんで？」

その数は二つに増えていたのだ。

1

「ホーンテッドマンションです」

俺がそう口にした瞬間、冷凍庫に肉の塊を突っ込んでいた男の動きが止まった。ここまではなにを告げてもまるで手応えがなく、ほとんど〝ダダスベり〟と呼んでもいいくらいの惨状だったのだけど、ようやく琴線に触れることができたみたいだ。

冷凍庫の扉に手をかけたまま、男は顔だけこちらに向き直る。

「それは、某テーマパークのアトラクションのこと？」

「違います。なんの変哲もない、ただの集合住宅です」

「ほう」と片眉が上がり、その手が冷凍庫の扉から離れる。

続けたまえ、という意味だろう。

「住人不在の部屋に、立て続けに置き配が届いたんです」

「それのどこが〝ホーンテッド〟なんだ？」

たしかに。

やや言葉足らずだったな——と反省しつつ、いったいこの奇妙なシチュエーションはなんだろうと苦笑を嚙み殺す。まるでコントじゃないか。それもかなりシュールで、客には伝わりづらい部類の。もし仮に俺が探偵事務所の助手で、目の前の男がその事務所の主だとすれば、割とすんなり呑み込んでもらえるのだろうけど。

「実は、かつてそのマンションで孤独死があったようなんです」

こう補足しつつ、辺りを見渡す。

向かって右手には金魚鉢が載った棚、左手奥の壁際には縦型の巨大な業務用冷凍・冷蔵庫、正面には四口コンロ・巨大な鉄板・二槽シンク・コールドテーブルなどが並ぶ広大な調理スペース、天井には飲食店の厨房などによくあるご立派な排煙・排気ダクト。

そう、ここはレストランなのだ。それも、ちょっとばかし……いや、そうとう変わり種で、もしかするとかなりグレーな商法の。

そして俺はというと、ビーバーイーツの配達員としてこの〝店〟に頻繁に出入りする、ただの売れないお笑い芸人だ。

冷凍庫の扉を閉めると、男は――白いコック帽に白いコック服、紺のチノパンという出で立ちのこの〝店〟のオーナーは、いまだ得心のいっていない様子で「それが？」と首を傾げた。

いや、その……と肩を竦《すく》めつつ、こう続ける。

「依頼主は『一種の呪いなんじゃないか』という疑念を持たれているようで」

「バカな」耳に心地よい澄み切った声で一刀両断《いっとうりょうだん》しつつ、そのまま歩み寄ってくると、俺の対面に腰を下ろす。

「まあでも、とりあえず話を続けて」

事の概要はこうだ。

いまから三か月前、四月某日。品川《しながわ》区西五反田《にしごたんだ》のマンション『パレス五反田』にて、空き部屋に置き配が届くという奇妙な事態が頻発するようになった。

「今回の依頼主は、その隣室――二〇四号室に住まわれる東田《ひがしだ》さんという方でして」

曰く、最初に届いたのは某有名餃子屋の餃子セットだったという。ドアノブに掛けられたポリ袋、むんむんと立ち込めるニンニクの香り。それが何日か続き、やがてドアノブに掛けきれなくなったポリ袋は玄関前の廊下に置かれ始め、みるみるうちに山積みになっていったのだとか。

「もちろん、通行の妨げになるという意味でも迷惑なのですが――」

――それ以上に気味が悪くないですか？

――だって、誰も住んでいない部屋なんですよ？

つい先ほど、依頼主の東田さんはこう言って渋面を作っていた。一度や二度ならまだしも、玄関前に山積みになるほど注文が続くのはさすがに常軌を逸している。耐えかねた東田さんは二つ隣の二〇二号室を訪ね、住人の女性にそれとなく確認してみたが、やはりそんなものを頼んだ覚えはないとのこと。相談の末、東田さんから大家へと連絡を入れることになったという。

——「まあ、望み薄でしょうね」と彼女は愚痴っていましたけど。

——で、いざ連絡してみると、予想通り反応は鈍くて。

いくら状況を訴えても、「たしかに妙な話ではあるものの、こちらで勝手に廃棄してしまっていいんですかかね」「ひとまず、今後もときおり防犯カメラの映像をチェックしてみますよ」という生返事が寄越されるばかり。

——ただ、廃棄に関しては私も悩みました。

なぜなら、それはどこかの誰かさんが金銭を支払い購入した、正真正銘の商品であるはずだから。不気味なことこのうえないし、通行の邪魔になるとはいえ、むやみに処分したらそれはそれでなんらかのトラブルを引き起こしかねない。

「が、そうこうしているうちに配達物が変わり始めたそうです」

瞬間、オーナーの目に鋭い光が差す。

「具体的に」

「ボールペン一本とか、消しゴム一つとか」

「は？」

「いわゆる、生活雑貨の類いです」

他のデリバリーサービスではどうなのか知らないけれど、少なくともビーバーイーツでは食品以外のものを注文することもできる。事実、俺もこれまでに何度か週刊誌や漫画雑誌をコンビニで受領し、客先に届けたことがある。

とはいったものの。

「いま、ボールペン一本と言ったか?」

やはり、違和感を覚える点は同じようだ。

もし仮に——まったくもって想像もつかないけれど、とにかくのっぴきならぬ事情からボールペン一本が入り用な状況だったとする。が、そうだとしても、そのためだけにデリバリーサービスを利用するとはさすがに考えにくい。なぜって、道を挟んだマンションのすぐ正面が二十四時間営業のコンビニなのだ。いくらか重い腰を上げ、ほんのわずかに足を延ばせば済む話である。しかし、東田さんによると、そうした生活雑貨はその後も折に触れて届き続けたとのこと。つまり、その都度配送料がかかっているわけだ。たったボールペン一本、たかが消しゴム一つのために。

しかもですね、と俺は前のめりになる。

「話はこれで終わらないんです」

というのも、ある日を境に似たようなことが別の階でも起こり始めたのだとか。

「最初は二〇三号室だけだったのに、いつからか四〇三号室でも」

そして、先の〝ホーンテッドマンション〟という発言はここに繫がってくる。

「かつて住人が孤独死した部屋というのが、四〇四号室だったんです」

——見方によっては、近づいていってませんか?

悪霊が聞き耳を立てているといけないので——といわんばかりに声を潜めつつ、東田さんは表情をこわばらせていた。見た感じ、おそらく歳の頃は四十代半ば。そんな大のオトナが「呪い」だとか「心霊」だとか勘繰り始めるのはいささか滑稽でもあったけれど、そうやって鼻で笑えるのは俺が部外者だからなのだろう。実際そのマンションに住んでいて、しかもそれが曰く付きの物件となれば、そんなふうに想像してしまうのも無理はないかもしれない。というか、そうじゃないとしたらまったくもって意図がわからない。

「さらに、その四〇三号室に届いた物品も奇妙でして」

「というと？」

「香典袋《こうでんぶくろ》です」

「なんだと？」

「今度は一転、一度に十袋とか不自然なほど大量に」

「なんだそりゃ」

一言一句、俺も同じ気持ちだ。

が、ここにきて東田さんの言葉がにわかに信憑性を帯び始めているようにも思えてしまうのは事実だった。かつて孤独死のあったいわゆる事故物件。そんな部屋の隣に死を連想させる物品が届き始める。それははたして呪いか、あるいは——

「ただ、ここで気になる点がもう一つあります」

「ほう」

「二〇三号室と違い、四〇三号室は空室じゃなかったんです」

「どういう意味だ？」

——どうやら長期の海外出張で、一か月ほど不在にしていたようなんです。

——で、ちょうどそのタイミングに事態が起こった。

——偶然にしては出来すぎじゃないですか？

「とまあ、以上です」

そう宣言し、オーナーの見解を待つ。

怜悧《れいり》な上がり眉に、浮世の不条理を知り尽くしたかのごとく涼やかな目元、そしてシャープな顎のライン。どこの二枚目俳優だよとツッコみたくなるような一分の隙もない容姿だけど、中でも異彩を放っているのはその瞳だった。無機質で無感情。すべてを見透かすようでありながら、こちらからは何の感情も窺い知ることができない。言うなれば、天然のマジックミラーだ。

そのマジックミラーに、怪異やオカルトの類いが映り込む余地はない。

どうにかこうにか理屈をつけ、無事解決へと導いてくれるはずだ。

ちなみに、とオーナーはコック帽を脱ぎ、とんとテーブルに置いた。

「いまもそれは続いているのか？」

おっと、その点をまだ説明していなかった。

「いえ、いまはもう収束したそうです」

というのも、さすがに事態を重く見た大家が業者に頼み、エントランスをオートロック仕様に変えたからだ。こうなるといままでのように誰彼構わずマンション内に立ち入ることはできないし、謎の置き配も発生しえない。

――ただ、やっぱり気になって仕方がないんです。

――現に、四〇四号室の住人は気を病んだのか、先月末に退去してしまいましたし。

――これをもって、本当に事態は収まったと言えるんでしょうか？

「というわけで、なんらかの解釈が欲しいんだそうです」

かくかくしかじかの理由により件の置き配は発生していたのだという、いくらかでも腹落ちのする説明が。

「なるほど」

頷くと、オーナーは天井を振り仰ぎ、じっと睨み始めた。

むろん、東田さんの懸念するような超常現象の類いであるわけがない。悪霊だか地縛霊だか知らないけれど、そんな連中がご丁寧にもアプリから注文するなんて、そんなバカな話などありえない。それはきっと、東田さんだって百も承知しているはずだ。が、そうかといって単なる愉快犯の仕業であるという結論を出しても——仮にそれがことの真相だったとしても、東田さんの寝覚めは悪いままだろう。

不意に「似て非なる」と思った。

なにと?

俺たちの芸風と、だ。

主戦場はコント。当たり前の日常に巻き起こる異常事態と、突如としてそこに放り込まれる小市民。でも、どうしてそんな状況に陥ったのかとか、その背後に誰のどんな思惑が潜んでいるのかとか、登場人物たちは東田さんのように頭を抱えたりしない。所与のものと受け入れ、あくまで淡々とやりとりを続けるだけ。むろん、最後に「こういうことでした」みたいなネタバラシもない。いかようにでも解釈できるし、そのための余白をあえて残している。それこそが他のコンビにはない、俺たちだけの味わいになるはずだと——そう信じて走り続け、かれこれもう十年になる。

十年。

振り返ってみれば、本当にあっという間だった。

そうやって勝手に感傷に浸る俺をよそに、オーナーは「とりあえず」とコック帽を被り直す。

「三日後にまた来てくれ」

つまり、〝宿題〟が課されるということだ。まあ、それはそれで収入が増えるので、俺としては好都合ではあるのだけど。

「時間は、夜の九時で」

「承知しました」

瞬間、ぴろりん、と調理スペースに置かれたタブレット端末が鳴る。

「あっ」と俺が目を向けたときには既に、彼は端末のほうへと歩みを進めていた。

「注文ですか？」

「そのようだね」

「メニューは？」

「例のアレだよ」

調理スペースに立つと、オーナーはすこぶる気怠そうにフライパンを手にした。

「さて、またどこかの誰かさんがお困りのようだ」

2

阿佐谷《あさがや》の自宅に帰り着く頃には、既に時刻は深夜三時を回っていた。六本木からチャリでおよそ一時間——とはいえ朝から予定がある日なんてほとんどないし、連日腐るほどの時間を持て余しているので苦に感じたことはない。

築六十年、木造二階建て、敷金・礼金なし、家賃三万円、風呂なしの六畳一間。実際はもう少しグレードの高い部屋にも引っ越せるのだけど、それはお笑いで身を立てられるようになってからと決めている。ある種の願掛けというか、ハングリー精神を保つための枷《かせ》である。むろん、それがいつになるのか、いまのところまったく先は見えないのだけれど。

部屋に入ると、やたらと前歯の大きいコミカルなビーバーが描かれた空っぽの配達バッグを玄関に放り出し、まっさきにキッチンへ向かう。本当は近所のスーパー銭湯にでも行って汗を流したいところだけど、なんとなく面倒で気乗りしない。

狭苦しい台所に立ち、使い古したカップ焼きそばの空容器へと水道水を溜めていく。湯切り口を通して頭から浴びると、ちょっとしたシャワー気分が味わえるからだ。

洗い流した――というかほぼ湿らせただけの頭をタオルで拭いもせず、そのまま万年床にぶっ倒れるとスマホの画面に指を這わせる。節約のために部屋の灯りはつけていない。無機質なブルーライトがやたらと目に眩しい。

『とりあえず、しばし時間をくれ』

『了解』

三日前、相方の堺《さかい》と最後に交わしたメッセージのやりとりだ。

基本的にネタ作りはすべて堺が担当し、俺はただただ完成を待つだけ。それを不満に思ったことはないし、これが俺たちのベストな役割分担だとも理解している。俺にはそういう類いのセンスはないし、堺にはそういう類いのセンスがある。同期の誰よりも。いや、数多の先輩芸人たちと比べても。

俺は――俺だけが、ひたすら「ある」と信じている。

堺との出会いは、竹梅芸能の養成所だった。

けられたのだ。

高校を卒業し、親の反対を押し切って上京し、入所して一か月が経った頃、不意に廊下で声をか

——なあ、ちょっと。

起き抜けのままと思しきぼさぼさ頭、血色の悪い肌、ノーブランドのスウェット、そして素足にサンダル。ひょろりと縦に長い痩身で、顔の造りも悪くはないけれど、醸し出される雰囲気はどこか退廃的で、あまり清潔感はない。

——おまえ、『あばよ』好きなの?

『あばよ』というのは、いまをときめく『あばよ在りし日の光』というお笑いコンビの略称だ。いちおう竹梅芸能の先輩にあたるのだけど、いまはいろいろあって独立し、個人事務所を立ち上げている。堺の言う通り、俺はそんな『あばよ』の大ファンで、だからこそ竹梅を選んだという面も多分にある。

——そのTシャツ、この前の単独ライブのやつっしょ?

白状すると、この時点での堺という男の印象は、必ずしもいいものではなかった。なんとなく斜に構えた感じがして、お前らとはセンスが違うんだみたいな尖った空気をいつも纏っていて、ネタ見せの授業でもいっさい笑みを見せなくて。嫌われ者とまではいかないけれど、ちょっと距離を置かれているというか、どこか遠巻きに見られているタイプのやつだった。

——あの公演の二本目、すげえよな。

が、いざ話してみると案外普通のやつだということがわかった。

——視点というか、切り口がさ。

堺が言っているのは、とあるクリーニング屋を舞台にした十分ほどのコントだった。ワイシャツ

の仕上げに自信がある店で、売り文句は「驚愕の白さ」なのだけど、実際は客が渡してきたワイシャツと同じ型・同じサイズの新品を購入し、それを返却していただけだったことが判明するというネタで、一ファンとして腹を抱えて笑ったのを覚えている。と同時に、よくこんな発想が出てくるな、と感心したことも。

——あれこそ、まさにセンスだよな。

——まあ、別にああいうネタをやりたいわけじゃないけど。

こういう余計なひと言を付言してくるあたり、多かれ少なかれ捻くれてはいるのだけど、どこか馬が合ったのも事実で、その一年後、なんやかんやコンビを組むことになった。コンビ名は『ソイカウボーイ』——微笑みの国・タイでもっとも有名なストリートの名称である。特に深い理由はない。その直前に養成所の同期たちと貧乏旅行で訪れたからという、ただそれだけの話だ。

とはいえ、そのときのことは鮮明に覚えている。

羽田発の格安深夜便に乗るべく、いざ空港まで行ってみると国内線の就航はすべて終わっており、どこか閑散としたターミナルのディストピアめいた雰囲気にわくわくした。現地の宿は治安の悪そうな通りに佇むぼろ屋で、タクシーの運ちゃんには幾度となく高値をふっかけられ、同期の一人が途中で財布をすられ——かなりのドタバタ旅行ではあったけれど、それでも、アジア特有の熱気と雑多な空気を胸いっぱいに吸い込んだ俺はこう実感したのだ。どこか自分と重なる部分があるな、と。まだまだ発展途上なところとか、野心とエネルギーに満ち溢れているところとか。

——いいんじゃないか?

——語感もいいし、口に馴染みやすいし。

その旅行に堺はいなかったのだけど、コンビ名というものに執着がないのか、特に反論もなくすんなりと決定した。

――海外？　行ったことないな。

――行きたいと思ったことも特にない。

聞けば、堺の半生は想像以上に凄絶なものだった。

幼い頃に一家が離散し、しばらく家なき子状態になりつつも、数年後になぜか再集合。それでも相変わらず父親は働きに出ないフーテンで、母親はパチンコ狂い。料金滞納で家のライフラインはしょっちゅう止まり、窓外の信号の灯りを頼りに道で拾った漫画雑誌を読んだこともしばしば。兄は中学の担任が願書を出しそびれて中卒になり、姉は高校を中退してなぜか水墨画家を目指し始めた――などなど。こう言っては大変失礼だけど、まるでギャグ漫画である。

そんな幼き日の堺の楽しみは毎晩寝床でこっそり聴くラジオで、中でも特にお笑い番組が好きだったという。

――正直、救われたんだ。

――芸人たちは、自分の不幸で大勢を笑顔にしてる。

――めちゃくちゃエコじゃんってな。

それを「エコ」と呼ぶべきかはさておくとして、俺も想いは同じだった。不仲の両親のせいですこぶる居心地の悪い我が家。ガキ大将が幅を利かせており、隣のほうで縮こまるしかない学校の教室。そうやっていつも窮屈に身体を折り畳み、殻に籠り続ける俺が唯一心の関節をほぐせたのは、毎晩ラジオを聴いているときだけ。堺と同じく好んで聴取していたのはお笑い番組で、いつの日か自分もこうやって誰かの心の支えになれたら――なんて折に触れて夢想したものだった。

そんな堺の編み出すネタは、正直、最初は理解に苦しんだ。

火事になって周囲が火の海なのに延々と将棋を指し続ける老人二人だったり、場末のＳＭクラブで「Ｌは？」と尋ね続ける客とそれに応対する店員だったり、頻繁にサメが襲来するラブホテル〝床《とこ》ジョーズ〟が舞台だったり。日常と非日常。奇想天外な状況を所与のものとして受け入れ、なぜか淡々と――「もっと他に気にすべきことがあるだろ！」と思わずツッコみたくなるようなやりとりをし続ける登場人物たち。キラーワードで刺しに行くわけでも、大袈裟な挙動で笑いを誘うわけでもない。ジャンルでいうと、おそらくシュールに属するだろう。

本音を言えば、もっとオーソドックスな路線でもよかった。サンパチマイク一本で殴り合うような王道スタイルでもよかった。かの偉大なるピカソだって、初めからゲルニカみたいな絵を描いていたわけではない。揺るぎない基礎があるからこそ、初めてそれを崩すことができるのだ。

が、気付けば俺は〝堺ワールド〟の虜《とりこ》になっていた。緊張と緩和が交互に訪れるのではなく、それらが常に同時並行で走る世界観に嵌まってしまっていた。そこに、他のコンビにはない俺たちだけの味があると確信した。売れるのと引き換えに魂を安売りするくらいなら、別に売れなくたっていい――というのは言いすぎかもしれないけれど、若手ならそれくらいの気概を持ち合わせているべきだろうと思ったのだ。

当然、なかなか日の目を見ることはなかった。

事務所のライブではいつもランキングの底辺付近をうろうろとさまよい、時にはアンケートで「意味不明」「理解に苦しむ」といった辛辣《しんらつ》な言葉が飛んで来もした。

ようやく芽が出かけたのは二年前、ゴッド・オブ・コントの準決勝に進出したときのこと。結果は敗退だったけれど、このときの『陽バイト』（むろん、闇バイトの逆だ）というコントは、いまでも俺たちの鉄板ネタの一つになっている。

しかし、そこから先が続かなかった。テレビにもラジオにも呼ばれず、いままで通りの緩慢な日常が当たり前みたいな顔をして連綿と繰り返されるだけだった。

そうしていまだ「コアなお笑いファンの中に名前を知ってくれている人もいる」という中途半端な立ち位置から脱却できないでいる。

スマホを枕元に放り、瞼を閉じる。

——俺も、ネタ作ろうか？

かつて一度、こう提案したことがある。二人でネタを量産し、それらをライブにかけて客の反応を見たほうが、先々のことを考えるといいのでは、と。

しかし、堺は断固として受け入れなかった。だってお前のネタ、凡じゃん、と突っぱねた。そして、そう言われてしまうと返す言葉はなかった。俺の書くネタは良くも悪くもオーソドックスで、フッて、ボケて、ツッコむという基本に忠実だ。客には伝わりやすいけれど、周囲から頭一つ抜きん出るほどの〝なにか〟があるわけじゃない。

が、それと同時に「伝わらなきゃ意味がない」と思う自分がいるのも事実だった。

堺の口癖に『ウケていない』と『スベッている』は違う」というものがある。前者は客に伝わっていないだけで面白いことをしてはいる。後者はそもそも面白くない。自分たちは前者だ、と。

ずっと、そう信じてきた。理解できない客が悪いとまでは言わないけれど、少なくとも俺たち自身は面白いことをし続けていると思ってきた。

その確信が、最近揺らぎつつある。

本当にそうなのだろうか。

本当は、そもそも面白くないいんじゃないだろうか。

だけど、いまさら客に歩み寄ろうという踏ん切りもつけられない。そうするには、いささか俺たちは自分たちのスタイルというものを貫きすぎた。

とはいえ、もっと堺は外の世界に出ていくべきだとも思っている。別に「海外に行ってみろ」とは言わないいし、「酒と女遊びは芸の肥やし」みたいな前時代じみたことを口にするつもりもないけれど、にしても、さすがに堺は内に籠りすぎだ。例えば、『あばよ』のネタ担当である森林《もりばやし》さんは「大衆居酒屋で他の客が注文した料理が誤って自分たちの卓に届いた」というただそれだけの出来事からネタを思いついたとラジオで語っていた。そして、そのネタで彼らはゴッド・オブ・コント準優勝という実績を残しているのだ。日常はネタの宝庫。広くアンテナを張るに越したことはない。それが俺の持論だ。

もちろん、一か所に滞留することで突飛な発想が熟成される面もないわけじゃないとは思う。ひたすら家に籠って、ノートを前にうんうんと唸って、そうやって腐敗臭を纏い始めたその先に、狂気と紙一重のネタが生まれることもある。そのことは否定しない。

だけどやっぱり、堺は度が過ぎている。我が家と似たり寄ったりの四畳半で、全六室のうち入居者は堺以外に二人だけで、外出と呼べるのは近所のコンビニに飯を買いに行くときくらいで——しかも、それだって三日に一度とか四日に一度とからしい。らしい、というのは、別に俺が自分の目で見たことはないからだ。コンビ仲が悪いわけではないけれど、かといって仲良しこよしというわけでもない。仕事で顔を合わせる以外は、基本的にメッセージアプリでやりとりするだけ。そうして堺はひたすら頭を抱え、いっぽうの俺はというと堺の発明を待ちつつ、様々なバイトを転々としながら漫然と日銭を稼いでいるわけだ。

そんな俺があの〝店〟に出会ったのは、いまから半年ほど前のこと。

少し前にビーバーの配達員を始め、しかしなんとなくその日は気乗りせず、空の配達バッグを背に街を流していたら六本木界隈まで出張っており、すると不意に、アプリがオーダーを受注したのだ。段差を越えたときの衝撃のせいだろうか、気付かぬうちに起動してしまっていたらしい。

『餃子の飛車角』――「王将」ではなくあえての「飛車角」というところにいくらかの慎ましさを感じつつ、これもなにかの縁と受注し、アプリに指示された住所まで行ってみると、待ち受けていたのは何の変哲もない雑居ビル、そして奇妙な立て看板だった。

『配達員のみなさま　以下のお店は、すべてこちらの3Fまでお越しください』

そこに並んだ夥しい店名の数々――『タイ料理専門店　ワットポー』『カレー専門店　コリアンダー』『本格中華　珍満菜家』『元祖串カツ　かつかわ』などなど。目当ての『飛車角』とやらも、たしかにそこへ名を連ねている。

なるほど、とすぐに理解した。

これはいわゆる〝ゴーストレストラン〟というやつだ。

エレベーターで三階まで昇り、壁の『配達員の方はこちらへ←』という張り紙を横目に眺めつつ廊下の先にある扉をくぐると、予想通り、現れたのは調理設備が併設された貸スタジオだった。

――あんた、新顔だね。

調理場に立つ男が、興味なさそうに言った。

ありきたりな比喩にはなってしまうけれど、それはもう、少女漫画に出てくるような美青年だった。顔のパーツも、発する声も、佇まいそのものも、すべてにおいて寸分の狂いもなく、「絶世の」という陳腐な修飾語がこれ以上ないほど似つかわしいのだ。まったくもって年齢は推測不能。さすがに自分の親世代ではないはずだけど、それ以上の範囲の絞り込みはできない。

——注文の品ならできてるから。

見ると、目の前のテーブルの上に白色無地のポリ袋が一つ。おそらく、これのことを指しているのだろう。

——あと、お願いがあるんだけど。

計量スプーンの中身を鍋に放り込み、軽く両手を水洗いすると、男は戸惑う俺の元へ歩み寄ってくる。そのままやおら差し出される右手——反射的に受け取ってみると、なんてことはない、ただのＵＳＢメモリだった。

——これを、いまから言う住所までついでに届けてほしいんだよね。

——報酬は、即金で一万円。

瞬時に「やばい」と察した。

これは『陽バイト』ではなく、疑う余地なき『闇バイト』だと。

——もちろん、受領証をもらってここに戻ってくることが条件だけど。

が、咄嗟に断れない自分がいるのも事実だった。

いまだ日の目を見ることなく地下に潜伏する無名芸人、絵に描いたようなあばら屋で貧乏暮らし。ひどいときにはお笑い関係の月給が千円に満たないこともある。別に、金欲しさから芸人を目指したわけではないけれど、それでも、ないよりはあったほうがいい。

気付けば、やります、と頷いていた。

そして、脳裏にふと閃いたことがあった。

例えば、ゴーストレストランという設定はどうだろう。

悪くない。いける気がする。なんなら、ちょっと捻りを利かせて店主は本物の幽霊で……いや、むしろ配達員のほうを自分が死んでいることに気付いていない不成仏霊にするのもありか——とかなんとか勝手な妄想を膨らませていると、男は「お見通しだ」といわんばかりの〝間〟で、こう言い添えてきた。

——ちなみに、この話は絶対口外しないように。

——もし口外したら……

命はないと思って。

そう告げる男の目は少女漫画から一転、ホラー漫画と化していた。

我に返るとともに、ぞくり、と背筋を走り抜ける悪寒。

小学生の脅し文句かよ——と鼻で笑いつつも、念のためいまのアイデアは「没」のフォルダへ格納することにする。それに、俺から提案したところで、きっと堺は受け入れないだろうし。

なんにせよ、乗り掛かった船だ。

いけるところまでいってみよう。

それは図らずも俺の身に降りかかってきた、俺たちのコント以上にシュールな非日常だった。

以来、俺はこの〝店〟に入り浸るようになった。

課された〝ミッション〟をこなすたび、ただそれだけで即金ウン万円。一瞬で一か月分の家賃が賄えてしまう。初めのうちこそ「絶対闇バイトだろ」と後ろめたさを感じていたのだが、段々と

〝店〟の仕組みが詳《つまび》らかになるにつれ、その感覚は消えていった。「真っ当」な仕事か否かについては諸説ありそうな気もするけれど、少なくとも「闇バイト」から「影バイト」くらいには明度が上がったのは間違いないだろう。

そんなわけで、いまではそれなりの実入りを毎月確保できている。かつての堺家のようにライフラインが止まることもなければ、一日一食カップラーメンだけで食い繋ぐ必要もない。が、だからといってやはり、この現状に甘んじているわけではない。お笑い一本で売れたい。俺たちのスタイルで世の中を揺るがせたい。

それでいくと、この〝店〟を題材にしたコントなんてまさしく俺たちにうってつけのような気もするのだけど、そのたびにあの日のオーナーの〝洞のような目〟が眼前に立ちはだかるのだ。

——ちなみに、この話は絶対口外しないように。

——もし口外したら……

だから、俺はただひたすら堺を待つしかない。

延々と沈黙を貫き、チャリで日々走り続けるしかない。

そして、そんな自分に微かなもどかしさと苛立ちを覚えている。

枕元のスマホを手に取り、再びメッセージアプリを開く。

例年通りのスケジュール感なら、そろそろゴッド・オブ・コントのエントリーが開始される頃合いだ。今年こそ、今年こそ——と石の上で念じ続けること早十年。石も温まるどころか、もはや足は痺れて、ほとんど感覚がなくなりつつある。

『とりあえず、しばし時間をくれ』

『了解』

それなのに、トーク画面は先ほどから一ミリたりとも動いていない。

3

「まずは、前提条件のおさらいから」

前回と同じく、俺の正面に腰を下ろすと、オーナーはそう口を切った。

三日後の夜九時過ぎ。指示された通り、再び俺は〝店〟を訪れている。

「問題の『パレス五反田』は築三十年、四階建て、全十六室の賃貸マンション。ＪＲ五反田駅から徒歩十分という好立地も相俟ってか、この築年数にもかかわらず人気は上々。事実、例の事態が起こり始めた時点で空室は二〇三号室のみで、いま現在はすべての部屋が埋まっている」

「はい」

一点付け加えるなら、現在四〇四号室に入居している住人は〝事件〟当時の住人とは別人である、ということくらいか。

――現に、四〇四号室の住人は気を病んだのか、先月末に退去してしまいましたし。

そうして空室になるや否や、すぐさま次の入居者が決まったわけだ。なるほど、たしかに人気物件の看板に偽りはない。

さて、とオーナーは続ける。

「事態が最初に発覚したのは、いまから三か月前の四月某日。二〇四号室の住人である東田が仕事帰り、二〇三号室のドアノブに掛けられていた餃子屋のポリ袋――つまりは置き配に気付いた。そしてそれは、誰からも回収されることなくその数を増やしていき、ついには廊下に溢れ返るほどにまでなった」

「はい」

「さらに、届けられる内容物は途中で生活雑貨類――ボールペン一本や消しゴム一つといったとうていデリバリーサービスに頼る必要のない商品へと変わり、最終的に、似たような事態が四〇三号室でも起こり始める。が、四〇三号室は二〇三号室と違い、かねてから空室だったわけではない」

そのうえ、四〇三号室に届けられたのは大量の香典袋であり、その隣室――四〇四号室ではかつて孤独死があった。だからこそ、東田さんは呪いの実在をにわかに疑い始めているのだ。

「さて、ここからはこの三日のうちにとある筋から得た情報だ」

来たぞ。ごくりと生唾を呑み、姿勢を正す。

「まず、かつて四〇四号室で起こった孤独死についてだが、これに関しては事件性なしと考えていいだろう。四年前の十二月下旬。亡くなったのは八十二歳の独居老人で、しばらく連絡がつかないことを心配した親族からの申し出を受け、大家が部屋に踏み込み事態発覚。特殊清掃が必要なくらい汚損がひどかったらしいが、これ自体はよくある類いの話だ」

「なるほど」

その死に疑問を持つ何者かが、あらためてこの件に目を向けさせるために――という筋書きを考えなかったわけではないけれど、だとしたらやり方が迂遠すぎるし、間に二〇三号室を一度挟む理由もない。

「また、件の大家に依頼し、かねてよりエントランスに設置されていた防犯カメラの映像を確認させてもらったところ、注文者――つまり本件における〝犯人〟は、おそらく近くに住む者だというところまで断定できた」

「え？」

「より正確には、マンション事情を把握できる距離感の人間、というべきか」

どういう意味だ？

なんか、いくつか論理が飛んだ気もするのだけど。

つまりだな、とオーナーは頬杖をつく。

「エントランスがオートロックに変わったのは五月下旬のこと。だがそれ以来、エントランス前で途方に暮れている配達員の姿は一度も映っていないんだ」

「ああ……」

そういうことか、と納得する。

それまではエントランスがフリーパス状態だったので、配達員はなんの障害もなく二〇三号室、あるいは四〇三号室まで辿り着くことができた。が、現在は行く手にオートロックが立ち塞がるため、もし仮に住人不在の部屋に物品を届けるとなると、エントランスで足止めを食うはずなのだ。

しかし、現実にはそうした配達員の姿は映っていなかった。

ここで、本件の〝犯人〟を遠方に住む人間だと仮定してみる。目的はなんでもいい。ただの愉快犯でも、あるいは既に二〇三号室から退去しているという事実を知らないまま一種の仕送り的に食事や生活雑貨の融通を利かせている親族でも。いずれにせよ、彼らはオートロックが設置されたという事実を認知できないので、いままで通りに注文をするだろう。すると、その注文物を届けに来た配達員はエントランスで住人不在の部屋番号をコールし、しばし途方に暮れるはずなのだ。

「ところが、オートロックになった途端、そうした配達員が来ることはなくなった。つまり、例の珍妙な事態が起こらなくなったのは『エントランスがオートロックになったから』ではない。正しくは『〝犯人〟がオートロックになったのを知り、注文そのものをしなくなったから』だ」

「なるほど……」

凄い、と舌を巻くしかなかった。

が、いったいぜんたい、その〝とある筋〟とはどこの何者なんだ？　とんでもない情報収集力と機動力を兼ね備えている気がするのだけど。

「そこで、今回の〝宿題〟だが――」

束の間の静寂。

張り巡らされる緊張の糸。

「二〇四号室の東田に、思い出せる限り詳細な時系列を聞き出してほしい」

「はい？」

「最初に届き始めたのはいつか、二〇二号室の住人と相談したのはいつか、大家に申し出たのはいつか、そして商品が生活雑貨に変わり始めたのはいつか、などなど」

「はあ……」

たしかに、初回の聴取ではそこまで精緻な情報を仕入れたわけではないけど、それにしても「たったそれだけ？」と思えてしまう。

「もう一つは、マンションそのものに関して」

「……というのは？」

「当時、どんな住人がいたのか。特に、問題の二階と四階に関して。印象でもなんでもいい。とにかく思っていること、感じていることをすべて引き出してくるんだ」

「それはつまり……」

住民が〝犯人〟ということだろうか？

なんとなくその可能性は濃厚な気もしていたのだけど、だとしてもやはり疑問は尽きない。なぜそんなことをする必要があったのか、その目的はなにか。

「というわけで、よろしく頼むよ」

そうして淡々と、事務的に、今後の動きが決まった。

むろん、向かうべきは今回の依頼者・二〇四号室の東田さんの元だ。

4

「いやはや、物騒な時代ですよね」

テーブルの上に麦茶の入ったグラスを並べつつ、東田さんは独り言のように漏らした。

明くる日の夜十時過ぎ。オーナーの指示に従い、俺は『パレス五反田』二〇四号室を訪れている。前回の聴取時に「もし追加でお伺いしたいことが出てきた場合は？」と尋ねたところ、平日の夜九時半以降なら基本的に在宅とのことだったからだ。

部屋は、不潔ではないけれど乱雑ではあった。

ごく一般的なワンルームで、床のそこかしこに脱ぎっぱなしの衣類が放置され、仕事関係と思しき書類や書籍が無造作に積み上がっている。まあ、それでも俺の住まいよりはだいぶマシと言えるだろうけど。

「四か月ほど前、すぐ近所で何件か押し込み強盗があったんです。狙われたのは一人暮らしの女性で、しかも、犯人はまだ捕まっていないとか――」

「そうなんですか」

恥ずかしながら、そんな事件があったなんてまるで知らなかった。

五反田と言えば都内有数の歓楽街だし、なんとなくいかがわしい雰囲気がないわけではないものの、そういう治安の悪さはあまりイメージにそぐわない。どちらかというと酔っぱらい同士が路上で喧嘩したり、風俗店への強引な客引きが横行したり、せいぜいその程度の印象だ。

「――で、追加のご質問というのは？」

俺の正面に腰を落ち着けると、麦茶を一口含みつつ、東田さんは小首を傾げた。仕事から帰ったばかりなのか、髪は七三分け、服装はノーネクタイのワイシャツ姿。こざっぱりとした清潔感はあるものの、どこか印象に残りづらい顔立ちというか、「実はあなたこそが幽霊なんじゃ？」と指摘したくなる影の薄さがある。

ああ、えっと……と尋ねるべき内容を整理し、順序だてる。

「まずは、詳細な時系列をお伺いしたく」

そのままオーナーの指示通り、どのレベルでの具体性が必要なのかを告げると、東田さんは困惑げに眉を寄せつつ、取り出したスマホの画面に目を落とした。

「幸い、なにかあったときに備えて――それこそ、警察沙汰とか裁判とかに万が一なった場合に備えて、ある程度メモしています」

曰く、最初に置き配を発見したのは、四月十二日・水曜日の夜とのこと。

「で、その後の経過はだいたいこんな感じです」

まとめると、概ね次のようになる。
①四月十二日・夜　最初の置き配を確認

②四月十三日・朝　二件目の置き配を確認
③四月十六日・昼　二〇二号室の住人に問い合わせ
④四月十六日・夕　大家に事態報告
⑤四月十七日・朝　置き配の内容物が生活雑貨に変化
⑥四月下旬（詳細不明）　四〇三号室にも置き配を確認
⑦五月上旬（詳細不明）　再度大家に問い合わせ
⑧五月下旬（詳細不明）　オートロック設置により事態収束

スマホの画面から顔を上げると、東田さんはこう補足する。

「この間、基本的に数日おきに、二〇三号室には置き配が届き続けた感じです。多い日は一日に複数回ということもありましたし、逆に、なんの音沙汰もない日もありました。規則性みたいなものはなかったはずですが――強いて挙げるなら、雨の日は配達がなかったような気もします」

「雨の日？」

「ちゃんとは覚えていないですけど」

配達員の身の上を慮《おもんぱか》ってのことだろうか？

いずれにせよ、わけがわからない。

「四〇三号室のほうは？」

目先を変えるべくこう尋ねてみると、東田さんは恐縮そうに肩を竦めた。

「階が違うので詳細はわかりませんが、おそらくそれほど相違ないのでは、と思います」

「なるほど」

ダメだ。

まったくもって、なにがヒントになりうるのかわからない。

そもそも大した情報量でもないし、前回の聴取事項からなにかが進んだ気もしない。

「――すみません、あまり大した情報がなく」

俺の落胆を気配から察したのか、東田さんは恐縮至極といった様子で首を垂れた。

「いえ、助かります」

適当にお茶を濁しつつあらためて室内を見渡すと、ふと、壁に掛けられたTシャツの一枚に目が留まった。他の衣類は床へ乱雑に放られている中、ずいぶんと好待遇だ。が、それもまあ、当然だろう。

「東田さん、『あばよ』好きなんですか?」

「え? ああ、はい」

俺の視線を追うように顔を向けると、東田さんははにかんだように笑い、打って変わって意気揚々と語り始めた。

「昔からお笑いが好きでしてね。中でも『あばよ』は最高です。一度ライブに行っただけのにわかファンなんですけど」

「僕も同じTシャツ、持ってます」

「え、それは偶然!」

同好の士に出会えた喜び――と同時に、〝お笑い好き〟を自称する彼が俺を目の前にしても『ソイカウボーイ』の片割れだと気付かない寂しさ。

若干緊張がほぐれ、上機嫌になったのか、東田さんは「他にもなにかお役に立てることは?」と鼻息を荒くする。まあ、好きな芸人をきっかけに距離が縮まるのなら、それはそれで俺としても好都合なわけだけど。

「ああ、もう一つはですね――」

――当時、どんな住人がいたのか。

――印象でもなんでもいい。

――とにかく思っていること、感じていることをすべて引き出してくるんだ。

オーナーの指示を思い返しつつ内容を伝えると、一転、東田さんの表情にどこか後ろ暗い影が落ちた。

「あまり接点がないので、よくわからないというのが正直なところですが……」

二〇一号室は中年男性で、出不精なのかほとんど姿を見たことはない。かなりの肥満体形で、乱れた生活ぶりが窺える。

二〇二号室は若い女性で、言葉を交わしたのは先の③のときが初めて。何度かカジュアルスーツ姿を目にしたことがあるため、おそらく会社員と思われる。

二〇三号室はご案内の通り、置き配の届いた部屋で住人不在。

四〇一号室、四〇二号室はまったく素性不明。

もう一つの置き配被害が出た四〇三号室は、同い年くらいの独身サラリーマンで、苗字は山根《やまね》。以前、休日にゴミ出しをした際に二言三言会話を交わしたことがある。先の⑦のときに大家から「どうやら海外出張中を狙われたようだ」という情報提供あり。

四〇四号室（当時）は、これまた同い年くらいの中年男性なのだが――

「ちょっと変わった人というか、なんというか……」

にわかにその語り口が不穏さを帯び始めた。

黙って頷き、先を促す。

「いわゆるクレーマーだったんです。エントランスの掲示板に『騒音で夜眠れない。次は警察を呼ぶ』と勝手に張り紙をしたり、各階の住人を訪ねて『同じような被害に遭っていないか？』と確認して回ったり」

まあ、そういう〝迷惑系住民〟自体はさほど珍しい話でもない。

あれですかね、と東田さんは続ける。

「こういう言い方はよくないと思うんですけど、ほら、四〇四号室っていうと例の――」

「孤独死があった部屋」

口にするのがいささか憚《はばか》られる様子だったので、先んじてそう言ってみると、東田さんは「ええ」と顎を引いた。

「だから、家賃も相場よりだいぶ安かったみたいなんです」

「まあ、でしょうね」

これもまた、ありえる話だ。

「自分で言うのもなんですが、このマンションの家賃はそれほど安くないんです。築年数は経っていますけど、立地はいいし、そのお陰で割と人気ですし。もう少し共用部分とかリノベーションしてくれよ、という思いもありますが、大家さんはそこらへん、てんで頓着しない人なので――」

「あ、どうりで」と思わず口を滑らせ、慌てて訂正しようとするが、既に後の祭りだった。

やっぱりね、と東田さんは苦笑する。

「気付かれました？　いや、前から何度か申し出てはいたんですよ。もう少しいろいろ、なんとかなりませんかねって。まあ、ようやく遅ればせながらオートロックは設置されたわけですが」

たしかに言われてみると、このマンションは各所に経年劣化が滲んでいるような気はした。手摺の塗装が剝げていたり、雨漏りらしき染みが外廊下にあったり。エントランスこそ最近オートロックに変えたばかりということもあってか小奇麗だったものの、全体的には傷みのほうが目立つきらいはある。

「話を戻すと、やっぱり、住民の質は家賃相応になるってことなんでしょうね」

そのひと言が、予期せぬ角度から俺の胸に突き刺さる。

築六十年、木造二階建て、敷金・礼金なし、家賃三万円、風呂なしの六畳一間――そこに住む俺は、しょせんその程度の〝質〟なのだろうか。未来永劫《みらいえいごう》、あのあばら屋でいつまでも摑めない夢を空想し続ける、しょうもない男なのだろうか。

「他にも、なにか必要ですか？」

そう問われ、我に返る。

「あ、いや……」

これで充分だとはとうてい思えないけれど、かといってどこまで踏み込めば充分なのかもわからない。

「とりあえずは、いったんこれで持ち帰ります」

そう頭を下げつつ、去り際にもう一度、例のTシャツに視線を送る。

赤地に白抜きの文字、ド派手なロゴ、憧れの単独ライブ。

いつか、俺にも来るのだろうか。

この煮え切らない日々に「あばよ」と別れを告げ、〝在りし日の光〟として懐かしむような、そんな日が。

5

「探偵さんかなにかですか？」

四〇三号室の住人・山根さんはテーブルで向かい合うや否や、興味津々の様子で尋ねてきた。

「まあ、それに近い感じです」

本当は「お笑い芸人です」と答えたいところだし、なんなら「どこかで見たことあるような気がします」と指摘されたい気持ちもあるけれど、ここはぐっと堪《こら》える。

さらに数日後の、時刻は夜の九時過ぎ。

東田さんの取り計らいにより、俺は『パレス五反田』の四〇三号室を訪れている。

――もし必要なら、四〇三号室の山根さんにも話を通しておきますけど。

――置き配の件、彼も当事者の一人ですし。

去り際にこう提案された俺はもちろん二つ返事でお願いし、東田さんと連絡先を交換することにした。そしてそのまま六本木へと舞い戻り、意気揚々とオーナーにその旨を伝えたところ、

――好都合だ。

とのこと。

もう少し「よくやった」とか「でかした」とか、そういう感じの反応が欲しいところではあるけれど、あの男にそんな〝人間らしさ〟を期待しても無駄だろう。

そして昨夜、東田さんから『山根さん快諾』という連絡をもらったわけだ。

「なんにせよ、頼もしい限りです」

「いえ……僕自身は、別にそんな」

そう肩を竦めてみせつつ、そのいっぽうで、今日の自分はどこか上の空であることも自覚していた。いや、「上の空」というか「怒髪天を衝く」だろうか。

というのも、ついさきほど相方の堺に怒鳴り散らしたばかりだからだ。

『その後、ネタはどうだ？』

痺れを切らしてこう送りつけたのが一昨日のこと。

しかし延々と既読は付かず、今日の夕方になってようやく返ってきたのは、こんなひと言だった。

『もう少し泰然《たいぜん》と構えられないのか？』

瞬間、ぷつり、とこめかみの血管が切れる音がした。

視界は狭まり、動悸《どうき》が速まっていく。

こいつ……。

即座に電話をかけ、十コールほど待たされた後にようやく通話に応じた堺に、気付いたら俺は烈火のごとく怒って捲し立てていた。

――お前、いまの俺たちの状況わかってんのか⁉

――そんな余裕ないだろ‼

予想通り、ゴッド・オブ・コントのエントリーは既に数日前に解禁されている。にもかかわらず、俺たちの手元に新ネタと呼べるものはない。ネタ合わせをして、ブラッシュアップを繰り返して、そうやって着々と動き始めていなきゃならない時期だというのに、俺たちときたら――

――「黙って待ってろ」って言うなら、俺を黙らせるだけの必死さを見せろよ！

――っていうかお前、やる気あんのか⁉

――本当は、ただ家に籠って惰眠を貪《むさぼ》ってんじゃないのか!?

堺から応答はない。

――いい加減、我慢の限界だ。

――いつまでもずっとこんな感じなんだとしたら……。

そこまで言いかけて、はたと口を噤む。

だとしたら――なんなんだ？　解散するのか？　それとも芸人を辞めるのか？　高卒で就職もせず、運転免許すら持ち合わせていないこの俺が、辞めたとしてこの先どうなるんだ？

――正直、救われたんだ。

――芸人たちは、自分の不幸で大勢を笑顔にしてる。

――めちゃくちゃエコじゃんってな。

俺はいま、自分の不幸でただただ自分の笑顔だけを奪われている。余裕を失い、ひたすら苛立ち、エコどころか負の永久機関と化している。

謝罪のひと言も反論の一つもなく、堺はそのまま通話を切った。そしてそれは、たぶんやつなりの配慮なんだろうとも思った。

堺にも言い分はあるし、俺にももっとぶつけてやりたい思いの丈は山ほどある。けれど、いまこの状況でそれらを勢い任せに投げつけあったら、もはや引き返せないところまで行ってしまうかもしれない。時にはそういう衝突も必要なのだろうけど、いまはそのときじゃないと――そう察知したに違いない。浮世離れしたみょうちきりんな男ではあるけれど、そのへんの嗅覚もきちんと持ち合わせているということを、長年の付き合いの中で俺は知っている。とはいえ、堺の言う通り「泰然と構える」なんて叶うはずもなく、いまだ胸の内ではぐつぐつと煮え湯が沸き立っているわけだ。

「――で、なにからお話しすればいい感じでしょう？」

そんな俺とは対照的に、山根さんはどこかクールで、理知的な雰囲気の人だった。そう感じるのはスマートな話し方のせいか、鼻の上に鎮座している縁なし眼鏡のせいか。なんとなく、自己啓発本ばかり読んでいて、お笑いとかまるで興味なさそうな人だなと思った。

えっと、と居住まいを正す。

「お隣の四〇四号室に住まわれていたのは、どんな方だったんでしょうか？」

ああ、と苦笑いすると、山根さんは眼鏡を一度押し上げた。

「東田さんからお聞きの通りですよ。厄介で、迷惑で――とはいえ、なにかしらの違法行為をするわけでもないので、正直手に負えなくて」

退去してせいせいしました、とはさすがに口にしなかったけれど、そう言いたげだ。

「山根さんが不在にされていたのは、いつからいつまでですか？」

「四月二十五日から五月三十日まで、およそ一か月。ベトナムのホーチミンです」

「なるほど」

この部屋に置き配が届き始めたのは、それとちょうど同じタイミングである。

なんというか、と山根さんは声のトーンを落とす。

「気持ち悪いですよね。私自身、特に実害があったわけではないですけど、海外出張で不在にすることは誰にも言っていないですし、それに、届いたのが香典袋っていうのも不穏ですし」

その点については俺も引っ掛かっていた。目的はさておき、届けられる商品が時期に応じて変容していることは、たぶん注目すべきポイントの一つだろう。ただの気まぐれで片づけるべきではない、なにかしらの明確な意図が感じられる。

「四〇一号室と四〇二号室は、それぞれどのような方なのでしょうか？」

「いたって普通ですよ。四〇一号室はファミリーで、お子さんはたぶんまだ幼稚園くらいですかね。四〇二号室はカップルが同棲しています」

「そうですか……」

まるで突破口が見えてこない。

すべてが八方塞がりにしか思えない。

結局、特に会話は盛り上がらないまま、辞去することになった。

せっかく東田さんが助太刀してくれたのに、誠に申し訳ない。

それなのに――

「――お疲れ。これで全部揃ったね」

〝店〟に舞い戻り、「なんの成果もあげられませんでした」と報告するや否や、あの男は表情一つ変えずにそう言ってのけたのだ。

「は？　マジすか？」

「うん、マジ」

あんぐり口を開ける俺のことなどどこ吹く風のオーナーは、「てなわけで」と続ける。

「商品ラインナップにも追加しておかないと」

なんにせよ、いよいよ〝最後のステップ〟――依頼主への報告だ。

実は、このときに備えて、初回の往訪時に〝合言葉〟を決めることになっている。特になんでもいいのだけど、東田さんは「はて？」と目を白黒させていたので、俺から「どうせなら景気のいい言葉にしましょう」と促したところ、

「〝悪霊退散〟とかどうですかね？

——『あばよ』にも同名のネタがありますし。

とのこと。

そうしていま、夥しい店名の中の一つ——『汁物　まこと』という店の商品ラインナップに、その〝合言葉〟を冠したメニューが追加されようとしている。たぶん「悪霊退散豚汁」とか「悪霊退散ポトフ」とか、そんな類いの何かが。そして、その料金がそのまま本件の〝成功報酬〟となるわけだ。依頼者が解答を知るには、それを注文する以外に手はない。それが、いかに法外な値段であったとしても。

汁物まこと、つまり、真相を知る者だ。

「存外に楽しませてもらったし、今回は五万円程度にまけておこうか」

聞き捨てならない台詞に、思わず訊き返す。

「楽しませてもらった？」

「我ながら〝いい解釈〟をこしらえられた気がして、気分がいいんだ」

「どういう意味ですか？」

しばしの沈黙。

聞こえてくるのは、ぐあんぐあんと唸る換気扇の音だけ。

やがてコック帽を被り直すと、オーナーは飄々とこう言った。

「それじゃあ、試食会を始めようか」

6

「よう」と頭上から聞き慣れた声が降ってきて、スマホの画面から顔を上げる。

寝癖まみれのぼさぼさ頭に、相変わらず血色の悪い顔、よれよれになった上下のスウェット、そして素足にサンダル履き。チェーンのファミレスとはいえ、外出するならもう少し外見に気を遣ったほうがいい。

呼びかけに応じ、俺も「おう」とだけ返す。

むろん、先日の〝大激怒〟の件に触れはしない。殊勝に「すまなかった、熱くなりすぎた」と頭を下げるにはまだ早いし、かといって、ここでその話をぶり返しても先には進めないからだ。

俺の正面に腰を落ち着けると、店員にアイスコーヒーを一つだけ頼み、堺はやおらこう切り出してきた。

「ついにネタができた」

「そうか」

ゴッド・オブ・コントのエントリー〆切まであと三日。

ようやく、堺が動く。

「どんなネタなんだ?」

「いまから説明する」

そう言いながら、表紙がボロボロになった大学ノートを卓上に広げる堺——その一連の動作を眺めつつ、ふと、俺の意識はあの日に飛ばされる。

あの日、ラインナップに追加された『悪霊退散手羽元サムゲタン風スープ』はすぐにオーダーされ、そのままラインナップから静かに姿を消した。そんなふざけた商品が一瞬とはいえメニューに並んでいたことを知る者は、この世にほとんどいない。

結局、それを東田さんの元へ届けたのは、俺ではなく他の配達員だった。可能ならエンドロールまで一部始終を見届けたかったのだけど、誰が受注できるかはアプリのアルゴリズム次第なので、これればかりは諦めるしかない。

報告資料に目を通した彼は、どう感じたのだろうか。

胸をなでおろし、無事に〝悪霊〟を追い払うことができたのだろうか。

堺の説明に耳を傾けながら、いま一度、俺はあの日の顚末を思い返す。

「それじゃあ、試食会を始めようか」

俺の対面に腰を下ろしたオーナーは、続けてこう断言してみせた。

「結論から言うと、犯人は二〇二号室の女性だ」

「は？」

むろん、住民の誰かが犯人なのでは——と薄ら予感していなかったわけではない。というか、客観的に見てその他の可能性はありえないだろう。とはいえ、あくまで勘にすぎないし、その事実を証明するだけの手札はなに一つ揃っていないように思えてしまう。

が、オーナーは飄々と続ける。

「彼女は、自身の住むマンションにオートロックを設置させたかったんだ」

「なんですって？」

予想外すぎる理由だ。

でも、たしかに言われてみると——

「なぜならその頃、近所で押し込み強盗が頻発していたから」

——いやはや、物騒な時代ですよね。

——すぐ近所で何件か押し込み強盗があったんです。

——狙われたのは一人暮らしの女性で、しかも、犯人はまだ捕まっていないとか。

なるほど、と納得がいく部分もあった。

「二〇二号室に住んでいるのは同じく一人暮らしの女性、なおかつ犯人は逃走中で、自身の住まいはおそらくその犯人にとって好都合な物件。せめてオートロックくらい完備してほしいと思うのは当然のなりゆきだろう」

「たしかに」

それはその通りだろう。

ところが、とオーナーの目に鋭い光が差す。

「依頼主の東田曰く、大家はそこらへんに頓着なく、動きの鈍い人間とのこと」

「ああ、そういえば……」

——前から何度か申し出てはいたんですよ。

——もう少しいろいろ、なんとかなりませんかねって。

あの日の些細な会話が、次々と一本の線に繋がり始める。

「そして、大家がそういう人間だということを彼女は知っていたんだ。もしかすると、既に何度か掛け合ったことがあったのかもしれないな」

「え、どうしてそこまで……」

しかし、この疑問もすぐに氷解する。

「だって、四月十六日の昼に、玄関先で東田にこう漏らしたんだろ?」

「なんでしたっけ?」

「『望み薄でしょうね』って」

「あ!」思わず膝を打ってしまう。

——「まあ、望み薄でしょうね」と彼女は愚痴っていましたけど。

——で、いざ連絡してみると、予想通り反応は鈍くて。

たしかに、この発言にはオーナーの推測を裏付けるような諦念の類いが滲んでいる気がしてくる。いや、というかもはやそうとしか思えない。

「そんなわけで、彼女は知恵を絞ったんだ。真っ当に声を上げて主張しても大家の耳には届かない。さて、どうしたもんか——ってな」

そうして辿り着いたのが、空き部屋に置き配を届けるという奥の手だったのだ。

「肝心なのは、それ自体は別に違法行為でもなんでもないということ」

これもまた清々しいほどにその通りだった。

違法行為ではないけれど、すこぶる薄気味悪い。そうかといって勝手に廃棄するのは憚られるし、実際、量が増えてくるとそれはそれで迷惑でもある。デリバリーサービスの抜け穴を利用した、まさに秘策中の秘策と言える。

が、ここで一つ反論を試みるとしよう。

「たしかに、彼女にはそうするだけの理由はありそうですが……」

他の住民という可能性もあるのでは？

例えば、二〇一号室とか別の階とか。

しかし、オーナーの牙城は微塵も揺らがない。

「いや、十中八九、犯人は二〇二号室の住人だ」

「どうして？」

「東田が彼女の元を訪ねた翌日から、配達物の内容が変わり始めたから」

「あっ」

思い出すべきは、もちろん例の時系列である。
③四月十六日・昼　二〇二号室の住人に問い合わせ
④四月十六日・夕　大家に事態報告
⑤四月十七日・朝　置き配の内容物が生活雑貨に変化
「東田が訪ねてきたことで、彼女は確信したんだ。マンションの他の住民も事態を把握してくれたってな」

そして、とオーナーは澱みなく続ける。

「だからこそ、その日を境に注文物の内容を変えたんだ。これまでのように臭いや大きさで注意を惹く必要がなくなったから」

これにはもはや、ぐうの音も出なかった。

筋は通っているし、ただただ感心するばかりだ。

「で、そうなってしまえば、あとは『意図不明の置き配が届き続けている』という状況さえ維持すればいい。毎回食料品を頼むのはさすがに値も張るが、ボールペン一本、消しゴム一つなら大した金額にはならない」

配送料は概ね距離に応じて決まり、最安値で五十円程度。そして、本件においてはおそらくその最安値が適用されていたとみてまず間違いないだろう。なぜって、マンションのすぐ正面がコンビニなのだから。そこを購入指定場所に設定すればいいだけの話だ。

「また、一日に何度も届く日とまるで届かない日とがあったのは、配送料の変動——つまり天候によるものだ」

——規則性みたいなものはなかったはずですが。

——強いて挙げるなら、雨の日は配達がなかったような気もします。

配送料が変動するもう一つの要素が需給バランス——例えば、注文が殺到する夕飯時や、配達員の数が減りがちな悪天候時は、通常より配送料が高くなる傾向にある。つまり、晴れの日であればボールペン一本百円＋配送料五十円で済むところ、雨天時だと余計に配送料が嵩《かさ》むわけだ。

なるほど、理に適《かな》っている。

理に適っているし、それに——

「わざわざオートロック完備の物件へ引っ越すべく業者に依頼するよりは、結果的に安上がりで済むはずだ」

いやはや、なんということでしょう。

あんなにも意味不明だった事態にこうもそれらしい理屈が付けられるとは——と感嘆しきりだったのは事実だけど、だとしてもまだ完全には解決を見ていない。むろん、置き去りなのは四〇三号室の件だ。

「それもまた、彼女の仕業なのでしょうか？」

たしかに彼女の目的はわかったけれど、だとしたら四〇三号室にまで手を広げるのはいささかやりすぎな気もするし、それに、香典袋を一度に十袋も頼むというのは、先の経済合理性からもやや逸脱しているように思える。

「面白いのは、ここからだ」

そう言いながら、オーナーはふっと鼻を鳴らした。

「はい？」

「四〇三号室の件の犯人は別にいる」

「えっ？」

予想外の展開に頭が真っ白になる。

別にいる、だと?

つまり、例の置き配は二人の人間が行っていたということか?

「じゃあ、それは誰なのか？」

射貫くような視線。

ニヒルに歪んだ唇。

「誰ですか？」

おずおずと尋ねると、オーナーは平然とこう言い放った。

「大家だよ」

「は？」

「大家は彼女とまったく別の目的から、四〇三号室へ配達を依頼していたんだ」

「別の目的？」

「四〇四号室の住人を追い出すためさ」

瞬間、いくつもの会話が脳裏にフラッシュバックする。

――いわゆるクレーマーだったんです。

こう歯切れ悪く語った東田さん。

――東田さんからお聞きの通りですよ。

――厄介で、迷惑で。

――なにかしらの違法行為をするわけでもないので、正直手に負えなくて。

せいせいしたとでも言いたげだった山根さん。

つまりだな、とオーナーはコック帽を脱いだ。

「基本的に、賃借人の地位は法律で堅牢に守られているため、ちょっとやそっとのことで追い出すことはできない。むろん、本件においてもそれは同様で、仮に訴訟に持ち込んだとしても『大家との信頼関係が破壊されていた』『契約解除もやむなし』との判断が下されるような行為を、四〇四号室の住人はいっさいしていない」

しかも、と説明は続く。

「それとは関係なく、大家には是が非でも四〇四号室の住人を追い出したい理由がある」

「というと？」

「家賃」

「ああ！」

これもまた、東田さんが言っていたではないか。

――家賃も相場よりだいぶ安かったみたいなんです。

「いささか乱暴に言うと、いわゆる事故物件であることの告知義務は、直後に契約する住人にしか発生しない。つまり、この次の住人には正規の家賃を適用できる可能性が高い」

しかも、件の『パレス五反田』は人気物件。現に、いまではもうすべての部屋が埋まっているという。となると、相場より安い家賃で住み続ける人間には、一刻も早く出て行ってもらったほうが大家にとっては利益になる。

「というわけで、大家は思い付いたんだ」

東田さんから相談を受けた例の件を自分も利用できるのでは、と。

その証拠に、とオーナーは髪を掻き上げた。

「四〇三号室の山根は、海外出張で家を空けることを誰にも言っていなかった。が、そのいっぽうで、東田は大家から『海外出張中を狙われたようだ』という情報提供を受けている」

これまた、完膚なきまでにおっしゃる通りだった。

例の⑦のときに大家から「どうやら海外出張中を狙われたようだ」という情報提供があったと東田さんは語っていたが、いっぽうの山根さん曰く、

——気持ち悪いですよね。

——海外出張で不在にすることは誰にも言っていないですし。

とのこと。

では、なぜ大家は知っていたかというと——

「防犯カメラの映像だ」

そう断言するオーナーを前に、俺はもう、ただただ笑うしかなかった。なんせ、東田さんが事態報告をした際、大家はこう口にしたというではないか。

――ひとまず、今後もときおり防犯カメラの映像をチェックしてみますよ。

そうしてカメラのチェックをしていたからこそ、大家は山根さんの海外出張を知ることができたわけだ。

が、ここでまた疑問が生じてしまう。

「でも、さすがに海外出張とまでは断言できないのでは？」

もちろん、巨大なキャリーケースを手にエントランスを出ていく姿を見れば、出張だろうとの予想は付く。また、審査の際に職業なども確認しているはずだから、職種や社名から「海外出張が多そうだ」みたいな予測も立てられるかもしれない。が、だからといってやはり断言まではできない気がするのだけど。まさか、パスポートを手に持った状態で家を出たとも思えないし――

「いや、できる」

「なぜ？」

「時間」

小首を傾げてみせると、オーナーは「察しが悪いな」とでも言いたげに、極めてつまらなそうにこう続けた。

「深夜発の飛行機は、基本的に国際線だ」

「あ――」

たしかにそうだ。

事実、かつて芸人仲間とタイへ飛んだ際、国内線の就航は終わっていた。

まさか、あのときの経験がこんな形で想起されるとは。

「例外がないわけじゃないが、国内線は基本的に夜の十時頃が最終便だ。仮にそれ以降の便があったとしても期間限定キャンペーンがほとんどで、そうしょっちゅう飛んでいるものではない。だとすれば、家を出る時間からおおよそ深夜発の国際線に搭乗予定なのだろうという察しは付く」

しかも、とオーナーは椅子の背もたれにふんぞり返った。

「すこぶる腰の重い大家がオートロックを設置したのは、五月下旬のこと」

「ええ、そうでしたね」

⑧五月下旬（詳細不明）オートロック設置により事態収束と、たしかに東田さんの話を聞きながらそうメモをした。

「そして、四〇四号室のクレーマーが退去したのは先月末――つまり六月末だ」

「だから？」

「一般的に退去連絡は一か月前と定められていることが多い。よって、四〇四号室の某クレーマー男がその旨を申し出たのは、五月末付近のはず」

「ああ……」

そういうことか。

本日何度目かの感嘆の吐息が漏れ出る。

「その申し出を受けたからこそ、ようやく重い腰を上げ、大家はオートロックを設置することにしたのさ」

なぜって、四〇四号室の住人が退去を申し出た途端に配達が止んだら、それはそれで不自然だから。そうではなく、あくまで〝外的な要因〟――オートロックが設置されたことにより配達員がむやみやたらに敷地内へ立ち入れなくなった、という形で事態の収束を図る必要があったのだ。

「まとめると、本件は『真っ当に声を上げられない者たちの苦肉の策』とでもなるかな」

オートロックを設置してほしいけど、聞き入れてもらえない。

できれば退去してほしいけど、その法的根拠がない。

そんな二人が編み出した苦肉の策。

とはいえ、とオーナーはコック帽を被り直す。

「これは一つの〝解釈〟にすぎない。余詰めを排した絶対不可侵の真相ではないし、単なる愉快犯の可能性だって当然に残されている」

でも。

「東田にとって大切なのは、真実ではない」

彼が求めているのは、かくかくしかじかの理由により件の置き配は発生していたのだという、いくらかでも腹落ちのする説明なのである。

「以上、これにて〝悪霊退散〟だ」

いやはや、誠に天晴《あっぱれ》としか言いようがない。

オーナーの指摘した通り、もちろんこれが真相だとは限らないし、他の可能性が完全に否定されたわけではない。それでも、筋は通っている。そんなわけないだろ、と鼻で笑い飛ばせないだけの〝迫真〟がこの仮説にはある。

そして。

真っ当に声を上げられない者たちの苦肉の策。

この台詞が、とある気付きを俺にもたらしてくれたのも事実で――

「――肝心のネタの中身だが」

堺のそのひと言で我に返る。

「あ、うん」

しばしもったいぶるように口を噤むと、やがて堺はこう言った。

「誰も住んでいないはずの空き部屋に、置き配が届き続けるっていうのはどうだ？」

店内から音が消える。

堺の口にした言葉の意味を、あらためて咀嚼《そしゃく》する。

偶然ではない。

突然、天から啓示が舞い降りたわけではない。

「ほう？」

なにやら面白そうじゃんか——みたいな顔をこしらえつつ、やっぱりね、と内心ではほくそ笑んでしまう。

きっと、堺は目にしてくれたのだろう。コンビニに飯を買いに行こうと外廊下に出てみたら、空き部屋であるはずの隣室の扉に置き配を見つけたのだろう。

誰が、なんのために？　決まっている。

「で、俺たちはその両隣の部屋の住人という設定で——」

俺の反応に手応えを感じたのか堺の語り口は熱を帯び始め、俺は俺で、適当に相槌を打ちつつそこはかとない満足感に浸っていた。

なんなら俺もネタを書こうか、と提案すれば断られるし、だったらさっさとネタを書き上げろよ、と発破をかければ喧嘩になる。また、堺はめったに外出せず、するとしても週に数回のコンビニへの買い出しくらい。もっと外の世界に出ていけばネタの種も転がっているはずだけど、やつは頑《かたく》なにそうしない。

だからこそ、逆にそこを狙うことにしたのだ。俺から堺に、アイデアのきっかけをそれとなく授けることにしたのだ。

あの〝店〟で、あの事件に携わったおかげだ。最後の最後に、オーナーのあのひと言で気付いたのだ。これもまた、俺にとっての〝苦肉の策〟になりえるな、と。

「――で、その置き配をきっかけに、俺たちはてんで関係のない言い合いを始める」

「なるほど」

頷くと同時に、世界は俺たち二人だけになる。その二人だけの世界で、世の中を「あっ」と言わせるべく密かに企《たくら》んでいく。

そうだな、と堺は天を仰ぐ。

「例えば、口論の内容は――」

今年のゴッド・オブ・コントは、なんだか楽しくなりそうだ。

THE GHOST RESTAURANT

知らぬが仏のワンタンコチュジャンスープ事件

側頭部が発火したように熱い。

いまだ脳は揺れ続け、ひっきりなしに吐き気が込み上げてくる。

次第に薄れゆく意識の末端を握り締めつつ、それでもなにが起こったのか懸命に理解しようとしていた。

まず、ビーバーイーツに注文を入れたのが三十分ほど前のこと。こんな悪天候時に配達してもらうのはやや気が引けたものの、優待券の利用期限が今日までだったのでやむをえまい。やがてメインエントランスのインターフォンが鳴り、画面に映る女性らしき配達員の姿を一瞥し、解錠ボタンを押した。当然、この時点ではなに一つ疑念など抱いていなかった。さらに待つこと二、三分。今度は玄関のインターフォンが鳴り、扉を開けるや否や頭部に一撃を食らい……気付けばアイマスクで視界が奪われ、口には猿轡《さるぐつわ》を嚙まされ、両手両足を結束バンドで拘束されていたわけだ。素人の仕業とは思えない。あまりにも手慣れている。犯人が画面に映っていた女なのか、はたまた別人なのか、それすらも判然としない。

ただ、狙いならわかる。

この俺自身だろう。

会社の金に手を付け懲戒解雇となり、別れた元妻には脅迫まがいの行為を繰り返し、挙句は違法薬物の密売など後ろ暗い商売に手を染め——どこで誰の恨みを買っていたとしても不思議ではない。

まさに自業自得。

これぞ因果応報。

そう諦め、命の灯火を手放しかけた瞬間だった。

響き渡るインターフォンの音。玄関の……ではない。このメロディはメインエントランスだ。こんな夜分遅くに、立て続けに、いったい誰だろう。

刹那、霞《かすみ》の彼方に一筋の閃光《せんこう》が走る。

――もしや。

たちまちすべてが一本の線に繋がり、俺は犯人の正体を確信する。

1

「人間消失です」

僕がそう口にした瞬間、男の背中がピクリと反応を示した。ここまでは本当に聞いているのだろうかと不安になるほど微動だにしなかったのだが、心配には及ばない。どう切り出したら興味を惹けるのか、どんな言葉を選べば耳に届くのか。とっくにその勘所は摑めている。

溢れんばかりの熱気と、渦巻く欲望と、ある種の無常観。

官能的で、享楽的で、刹那的。

東京、六本木。

その片隅で怪しげな〝裏稼業〟に勤しむ特別な自分。

「マンションの一室から、住人が忽然と姿を消したんです」

そう補足しつつ、辺りを見回す。

向かって右手に男の後ろ姿、左手奥の壁際には縦型の巨大な業務用冷凍・冷蔵庫、正面には四口コンロ・巨大な鉄板・二槽シンク・コールドテーブルなどが並ぶ広大な調理スペース、天井には飲食店の厨房などによくあるご立派な排煙・排気ダクト。

そう、ここはレストランなのだ。それも、ちょっとばかし……いや、そうとう変わり種で、もしかするとかなりグレーな商法の。

なんてったって、特定の商品群を注文することで〝隠しコマンド〟が発動するのだ。日本全国津々浦々、どこを探したってこんな〝店〟は他に存在しないだろう。ナッツ盛り合わせ、雑煮、トムヤムクン、きな粉餅。この四品が意味するのは〝謎解き〟——すなわち探偵業務の依頼だ。実働部隊は僕たち配達員。ビーバーイーツならぬ、ビーバーディテクティブ。ついに探偵業務の一端をもギグワーカーが担う時代が来たかと思うと、なかなか趣深いものがある。

棚の上の金魚鉢を眺めるべく丸めていた背中を起こしながら、男は——白いコック帽に白いコック服、紺のチノパンという出で立ちのこの〝店〟のオーナーは、ゆっくりとこちらを振り返った。

「それはいささか妙だね」耳に心地よい澄み切った声で言い、そのまま歩み寄ってくると、僕の対面に腰を下ろす。

「話を続けて」

「はい」頷きつつ、視線は目の前の男に向かう。

ダークブラウンの流麗なミディアムヘアーにきりっと聡明そうな眉、アンニュイな雰囲気を漂わせる切れ長の目。まっすぐ通った鼻筋しかり、シャープな顎のラインしかり、相変わらず精巧な蠟人形と相対しているかのような薄気味悪さがあるけれど、僕がいま極度の緊張状態に置かれているのはそのせいではない。この〝店〟に出入りするようになって一年以上。もはや常連の域と言っていい。さすがにもう、いちいちこの人間離れした容姿にたじろいだりしない。

「実は、今回の依頼主は僕自身でして……」

腹を括ってこう付言すると、予想通り、オーナーの眉間に薄らと皺が寄った。

「どういう意味だ？」

いつもと変わらぬ平板な——それでいて、どこか詰問するような声色。当然だ。本来、ビーバーイーツの配達員が自分の注文を自ら受注することは規約で禁止されている。件数を水増しし、成果報酬を不正に受給する輩《やから》が現れかねないからだろう。要するに、注文者と配達員はいつ何時も別人となるはずであり、それはつまり、この〝店〟において依頼主と配達員がいつ何時も別人となることを意味している。

「話すと長くなるんですが……」

言い淀《よど》みつつ、表情を探ってみる。

無機質で無感情な瞳が、まっすぐに僕を捉えて離さない。

一秒、二秒。

すぐに沈黙は破られる。

「構わない、続けてくれ」

「わかりました」

事の経緯はこうだ。

いまから一週間前、時刻は夕方の四時すぎ。軋むベッドに身を横たえつつ、ユーチューブでゴッド・オブ・コントの予選動画を眺めていると、不意にインターフォンが来客を報《しら》せてきた。ちょうど『ソイカウボーイ』というコンビのネタが始まったところで、扱われている題材が「置き配」ということもあり、個人的には興味津々だったのだけど、仕方なく玄関に向かうことにする。

扉の先に立っていたのは二人組の警官だった。

——こういうものです。

警察手帳を示され、にわかに加速していく心臓の鼓動。

いやいや、ちょっと待ってくれ。冗談だろ。突然どうしたんだ？

犯罪行為に手を染めた覚えはないし——正確には大学一年のときに飲酒をした自覚はあるし、悪友の家で夜な夜な賭け麻雀に励んだ覚えもあるけれど、さすがにその程度で警察沙汰になるとは思えない。日本の警察は、たぶんそんなに暇じゃない。

——つかぬことをお尋ねしますが、この男性に見覚えはありますか？

差し出されたのは、とある男のバストショットだった。こざっぱりした短髪に縁なし眼鏡、その奥の鋭い双眸。見覚えがあるどころの騒ぎではない。自宅にお邪魔し、小一時間ほど差し向かいで話し込んだ間柄だ。

「なんと、梶原さんの写真だったんです」

そう伝えると、オーナーの瞳に鋭い光がよぎった。

「梶原というと、あの梶原か？」

「ええ」

昨年の十二月、この〝店〟に〝謎解き〟の依頼をもちかけてきた男の名である。

——基本、夜は炭水化物を取らないようにしているんですけど。

初めて会った日、彼はこう言って玄関先で苦笑していた。インテリヤクザと見紛うような風貌ながら、言葉遣いや所作は丁寧かつ洗練されており、第一印象はすこぶる良かったことも覚えている。

――相談というのは、息子の件なんです。

曰く、大学生の息子・梶原涼馬が一人暮らしをするアパートが、彼の煙草の火の不始末により全焼したのだという。彼の咄嗟の機転も奏功し、住民全員が事なきを得たものの、焼け跡から――まさにその涼馬の部屋から焼死体が見つかる事態に。これは不運な事故なのか、はたまたなんらかの事件なのか。その相談を受注したのが、他でもないこの僕だったわけだ。

オーナーの名推理により、すべては涼馬の自作自演であること、そして、梶原さんが依頼してきたのは「息子が事件の黒幕であることを明らかにし、それをネタに別れた元妻を強請《ゆす》るためだろう」という事実が判明した。いや、判明したというか「そう考えるのが妥当なのでは」という一つの〝解答例〟を示した。

いずれにせよ、僕にとっては忘れがたい――平々凡々な日常に興奮と刺激をもたらしてくれる、ドラマチックで、ファンタスティックで、手に汗握るような一件だったのは間違いない。

「実は、半年ほど前にもう一度、梶原さんの元に配達していまして……」

その一件からおよそ二か月後、つまりは今年の二月。記憶からは完全に欠落していたけれど、問題の日付を言われ、なんとなく僕は思い出し始めた。ああ、たしかに届けたっけな、と。そのときは案件の依頼があったわけではない。純粋に小腹が空き、夜食を注文したといったところだろう。

「知りたいのは、当時の様子とのことで……」

――その際、なにか気になることはありませんでしたか？

気になることもなにも、こちとらそんな配達をした事実すら忘れてたんですけど――とおどけてみせてもよかったのだけど、無駄に心証を悪くする必要はないし、ここは当たり障りのない回答で適当にお茶を濁すべきだろう。

はてさて、なにかあったたっけ？

普段と違うこと、気になること――

「で、ふと思い出したんです」

「思い出した？」

「梶原さんじゃなかったって」

みるみるうちに輪郭を取り戻していく記憶。

マンションに着き、エントランスで部屋番号をコールする。間もなく解錠され、そのままエレベーターに乗り込むと、彼の住む十階を目指す。ここまではごく普通、いつも通りの展開だ。が、部屋のチャイムを鳴らし、ポリ袋を片手に待っていると――

「現れたのは、見知らぬ女の人だったんです」

マスクで顔の下半分は隠れており、長い黒髪を後ろで一つ結びにし、ジャージというか作業着というか、とにかくそんな感じの服装だったのを覚えている。

――夜分遅くに、ありがとうございます。

軽く会釈すると、彼女はそそくさと扉の向こうに身を翻したのだが――

「これ自体は特に不審な話ではありません」

梶原さんが結婚していたのはかつてのことで、いまは独身なのだから恋人がいたって不思議ではないし、あるいは単に、親族の誰かが遊びに来ていただけという可能性もある。違和感と呼ぶのも憚られるような些末な話だ。が、せっかくご足労いただいたのに手ぶらで帰ってもらうのは忍びない。協力する気はあるんですよ、という姿勢だけでも示したい。そんなことをあれこれ思案しつつ、なんの気なしにこの件を告げると、警官二人の表情が一変した。

――その女性というのは、この方ではないですか？

差し出されるもう一枚の写真。おそらくエレベーター内の防犯カメラの映像をキャプチャしたものだろう。ビーバーイーツの配達バッグを背負った女性。小柄な人なのか、身体に比して妙にバッグが大きく見える。いやはや、ご苦労様です。そんな嵩張る荷物を背負って配達に明け暮れるのは、さぞかし骨が折れることでしょう。というのはさておき、たしかに服装やら髪型やら、先の女性に酷似しているように思えてくるのも事実だった。まあ、全体的に色調が暗いうえに、画質も粗く、なにより半年ちかくも前の記憶なので確証は持てなかったけれど。

「ただ、なんとなく気になったので、現場まで足を運んでみたんです」

それがつい一昨日のこと。

『クレセント六本木』――六本木通りを溜池山王方面にひた走り、大通りから一本入ると突如現れる比較的閑静な住宅街、その一角に佇む高級マンション。梶原さん以外にもこれまで何度か配達したことがあり、管理人さんとも顔馴染みになっていたので、到着するなりまっさきにエントランス脇の管理人室を目指す。

初老の管理人さんは、デスクに備え付けの小型テレビを眺めていた。

あの……と恐る恐る声をかけると、ああ、いつもの君か、とでも言いたげな微笑みが寄越される。

「で、単刀直入に尋ねてみたんです」

一〇一一号室の梶原さんの身になにかあったのか、と。

すると一転、それまで柔和な笑みを浮かべていた管理人さんの表情が引き攣《つ》り、強張った。

――どうして君がその件を？

警察が事情聴取にやって来たこと、そこで梶原さんとエレベーターに乗る女の写真の二枚を見せられたこと、そして、もしかすると自分はその女に配達物を引き渡してしまったかもしれないことを掻い摘《つま》んで伝えると、管理人さんは「そこまで知っているなら」と声を潜め、こう教えてくれたのだ。

「梶原さんが失踪した、と」

それも、ただの失踪ではない。

マンションへと帰宅し、それから一度も外出した形跡のないまま、忽然と姿を消したのだという。

――あと、ここだけの話だけど。

――浴槽から尋常じゃない量のルミノール反応が検出されたらしくてね。

ルミノール反応。

つまりは、血痕。

ぷんぷんと漂ってくる、血腥《ちなまぐさ》い事件の香り。

それ以上の子細な情報は教えてもらえなかったけれど、これはもう「決まり」と言って差し支えないだろう。梶原さんはなんらかの事件に巻き込まれた。その捜査の一環として警察は僕の元を訪ねてきたのだ。

「なるほど、状況は理解した」

頷きつつ、オーナーはテーブルに身を乗り出してくる。

「が、それでもまだ、わからないことがある」

射貫くような視線。

小動物を狙う猛禽《もうきん》類のごとき殺気。

「なぜ、君が依頼主なんだ？」

いや、それだけじゃない、とさらに顔を寄せられる。

「どうやって、自分の注文を自分で受注したんだ？」

当然の疑問だろう。

そして、それこそが今回の一件の核心でもある。

「僕が依頼主なのは、僕も当事者の一人だからです」

管理人さん曰く、梶原さんが失踪したと思われる日に十階に出入りした住民以外の人間は、僕と例の女の二人だけだったという。容疑者——というのはさすがに言いすぎだろうけど、少なくとも重要参考人の一人にはなっているはずだ。むろん、僕はまったくの無関係なわけだけど、なんとなくモヤモヤするというか、小骨が喉につかえたような居心地の悪さがある。

「つまり、自分の潔白を証明したいと？」

「まあ、はい」

とはいえ、オーナーが僕の無実を証明してくれたところで、その推理を嬉々《きき》として警察に伝えるわけにはいかない。この〝店〟の存在は他言無用だし、それに、仮に伝えたところでまともに取り合ってもらえるかどうかも疑わしい。むしろ、変に深入りしたら余計に疑惑の目を向けられるかもしれない。要するに、単なる自己満足だ。僕自身は自分の無実を知っているけれど、第三者からもそのお墨付きが欲しいのだ。名もなき善良な小市民として、もしや警察に疑われているかも……という懸念を頭の片隅に置いたまま日々を過ごすのは、やはり気分がいいものではない。

「二つ目については、知り合いにお願いしたんです」

「知り合い？」

「この〝店〟に出入りしている、配達員仲間に」

「ほう？」

〝店〟の前の公園で〝地蔵〟をしているうちに、何人かの配達員と顔馴染みになった。そして彼らに本件を話してみると、彼らもまた、これまでに多かれ少なかれ梶原さんと関係があったことが判明したのだ。

「で、彼らの協力を仰いだ、というわけか」

「はい。そのうちの一人に例のアレを注文してもらい、僕が受注したんです」

むろん、〝例のアレ〟というのはナッツ盛り合わせ、雑煮、トムヤムクン、きな粉餅のことである。四品で計十万円――いわゆる〝着手金〟については、皆で割り勘することにした。三人なので一人三万円強。〝店〟の手足として動き回り、その報酬でいくらか懐にも余裕が出てきたとはいえ、おいそれと応じるにはやや躊躇われる金額だ。それなのに皆が賛同してくれたのには、この場では明かせないとある事情がある。

「もし、他の配達員に先に受注されたらどうするつもりだったんだ？」

「そうしたら、いったん注文をキャンセルして、僕が受注できるまで繰り返してもらうつもりでした。幸い一発で成功しましたけど」

「なるほど」

天井を振り仰ぐオーナーの表情に、なぜだろう、ほんの一瞬だけ微笑ともつかないなにかが浮かんだ気がした。いや、微笑というより歪みに近いかもしれない。

とりあえず、とオーナーは居住まいを正した。

「三日後にまた来てほしい」

「三日後、ですね」

「時間は、夜の九時で」

「承知しました」

首肯しつつ、僕はいまだオーナーから視線を外せずにいる。

その表情に、ほんのわずかでも変化がないか見落とすまいとしている。

「まだなにか？」

僕の視線に、オーナーが気付く。

「いえ、特に……」

即座に俯き、膝の上でいつの間にか握りしめていた拳を見つめる。

この場では明かせないとある事情。

——あくまで思い付きだし、明確な根拠があるわけじゃないんだけど。

——状況的に、他にありえない気がするんだよね。

〝協力者〟の一人が口にした推論。

知るべきなのか、知らないほうが身のためなのか。

その判断はいまだついていない。

だけど。

——いまの話、オーナーが一枚嚙んでるんじゃないかな？

結局、僕はこうして〝店〟に乗り込んでしまっている。

2

雑居ビルから一歩外へ踏み出すなり、噎せ返るような夏の夜の熱気が押し寄せてきた。腋の下から染み出す脂汗、嘔吐物にもよく似たこの街特有の生臭い臭気。それらにひとしきり眉を顰めた後、やたらと前歯の大きいコミカルなビーバーが描かれた背中の配達バッグを担ぎ直す。

八月初旬、時刻は深夜一時すぎ。

目指すは路地の反対側に位置する公園——というか、単なる空きスペースだ。三方を雑居ビルに囲まれ、歯抜けのようにぽっかりと空いた土地。申し訳程度の植え込みとベンチが二つ、そして水銀灯が一本立つだけの、都会のオアシスと呼ぶにはあまりにお粗末な空間である。

例によって公園にはいくつかの人影がまばらにたむろしていた。水銀灯の下で堂々と煙草をふかす者、奥のベンチでスマホに視線を落とす者、そして、その隣のベンチに並んで腰を下ろす二人組。

この二人が、今回の〝協力者〟だ。

中年男性と、自分よりやや歳上らしき女性。その間には白色無地のポリ袋が一つ。むろん、つい先ほど僕がお届けにあがった〝例のアレ〟である。おそらく手付かずのままだと思われるし、無理して平らげる必要もないのだけど、かといって捨ててしまうのは忍びない。誰も引き取り手がいなければ、最後は僕が責任をもって持ち帰るとしよう。食品ロスへのささやかな配慮、小市民にもできるＳＤＧｓだ。

「どうだった？」

僕の姿を捉えるや否や、二人はベンチから立ち上がり、男のほうがすかさず声をかけてくる。

「まあ、ひとまずは順調かと……」

二人は顔を見合わせ、安堵したように頬を緩めた。

〝地蔵〟を繰り返す中で顔馴染みになった常連たち――この二人もまさにそうだ。

男のほうは、三田で夫婦二人暮らしをする元サラリーマン。会社が倒産し、次の就職先が見つかるまでの腰掛けとしてビーバーイーツの配達員を始めたものの、この〝店〟に出会ってしまい、なかなかどうして稼ぎも悪くないことからいまだ抜け出すきっかけを摑めずにいるらしい。いっときは国交断絶と呼ぶにふさわしいくらい夫婦仲が冷え切っていたものの、いまは改善の兆しが見えているという。

梶原さんとの絡みでいくと、彼もまた、僕と同じく梶原さんの案件を受注した過去があるとのことで、その際「夫婦」というものについて語り合い、図らずも意気投合したのだそうだ。既に離婚した者と、いずれ離婚しかねない者――なにかしら通ずるものがあっても不思議ではない。

いっぽう女のほうは、笹塚住まいのシングルマザー。昼はスーパーでレジ打ち、夜は自転車で四十分近くかけて六本木界隈まで繰り出し、配達に励んでいるという。その健気さと逞しさには、ただただ頭が下がる思いだ。家で毎晩留守番させている息子のために一時は配達員を辞めようと決意したのだが、その息子本人から「俺は大丈夫、ママが頑張ってるなら応援する」と後押しされ、以前より配達の頻度を減らしつつ、仕事と親子の時間をうまく両立させているらしい。

梶原さんとの絡みでいくと、彼女は以前――ちょうど梶原さんが失踪したとされる今年の二月ごろ、オーナーから珍奇な〝お使い〟を頼まれたのだという。内容は「お得意さま限定の優待券を届けてほしい」とのことで、ポストへの投函ではなく手渡しを厳命されたとのこと。言われた通りに梶原さんの元へ届け、玄関先で二言三言会話を交わしただけにすぎないものの、初めて仰せつかる

〝ミッション〟だったこともあり、妙に記憶に残っているのだとか。

それ以外の顔馴染みたちは、今日は姿がなかった。例えば、ミステリ作家とビーバーイーツ配達員の二足の草鞋を履いているという恰幅のいいおっさんは、ここしばらく目にしていない。本が売れ、晴れて専業作家になったのだろうか。それとも単に〆切に追われてそれどころじゃないのか。まあ、入れ替わりの激しい業界なので、さして気にするような話でもない。

「君が外している間に、もう一度二人で考えてみたんだけど……」

男がちらりと目配せし、女が神妙に眉を寄せる。

「あらためて、配達当日のことを教えてくれないかな。できれば〝店〟でオーナーと交わした会話を中心に」

男の意図するところは、僕も重々承知している。そこに、今回の謎を解くうえで越えなければならない一つ目の壁があるのだ。

もちろんです、と頷き、とりあえず座ってください、と促す。

二人がベンチに腰を下ろしたところで、僕はあの日の顚末をいま一度記憶の底から掘り起こしていくことにする。

「えーっと、たしかその日は」

雨が降っていた。

バケツをひっくり返したような土砂降りだった。

わざわざそんな日に働かなくても……という気後れはあったものの、近々大学の友人たちと旅行に行く予定があり、とにもかくにもまとまった金が必要だったし、悪天候時はライバルの数も減るので、なんやかんや六本木へ繰り出すことに。そうして〝店〟の入っている雑居ビルのエントランスで雨宿りがてら〝地蔵〟をしていると、間もなく注文リクエストが入った。すかさず受注し、確認してみると、配達先は『クレセント六本木』一〇一一号室とある。この時点で、僕は「梶原さんだ」と気付いていた。

〝店〟に赴き、オーナーから商品を受け取る。

――大雨だから、気を付けてくれ。

――商品の一つがラーメンなんだ、転んで汁が漏れたら事だし。

出発の直前、オーナーはこう言い添えてきた。

虫の居所がよかったのか、はたまた単なる気まぐれか。いずれにせよ、こうした気遣いをあの男が見せるのは珍しい。そりゃこんだけの大雨になるわな、と妙に納得したのも覚えている。

「で、そのまま〝店〟を出発して……」と続けようとしたところで、男が「ストップ」と割り込んできた。

「君は、初めから配達先が梶原さんだと気付いていたんだよね？」

「はい」

「そのことをオーナーに伝えてはいない？」

「その通りです」

つまり、こういうことだ。

もし仮に、例のエレベーターの女が本件の実行犯であり、なおかつ僕が配達物を引き渡したのもその女だったとする。となると、女は僕が到着するより前に梶原さんの部屋へ上がり込んでいたことになる。どうやって？　簡単だ。商品を届けに来た配達員だと梶原さんに誤認させたのだ。実際にオーダーを入れている以上、最初にやって来た女が本来の配達員ではないと気付く余地など梶原さんにはなかっただろう。そうして疑いなく扉を開けた彼に襲い掛かり、その直後、本来の配達員である僕から何食わぬ顔をして商品を受け取ったのだ。要するに、女はそのとき「梶原さんがビーバーに注文を入れている」という事実を承知しており、それを利用したことになる。そして、その時点でそれを知っている人間は──

「僕しかいないはずなんです」

もちろん、知り合いの誰かに「いましがたビーバーに注文を入れた」と梶原さん自身が連絡していた可能性はゼロではない。そして、その連絡を受けた誰かさん、もしくはその関係者が配達員に扮《ふん》して彼の家に急遽《きゅうきょ》向かったというシナリオも、完全に否定することはできない。が、直感的にはいささか無理のある筋書きだと感じてしまう。なんのために梶原さんは「注文を入れた」と報告したのか。仮に報告していたとして、犯人側は直ちにそんな立ち回りができるだろうか。どこまで行っても疑問は尽きることがない。

となると、やっぱり怪しいのはオーナーだ。

いや、「怪しい」と言い切るのはやや先走りすぎているのだけど──

──いまの話、オーナーが一枚嚙んでるんじゃないかな?

実を言うと、僕もまったく同じことを考えていた。

その日、梶原さんが〝店〟に注文を入れていたこと。配達員に成りすました何者かが関与している可能性が高いこと。加えて、オーナーの配下には〝とある筋〟と称される尋常ならざる機動力を兼ね備えた密偵がいること。むろん、明確な根拠はない。ほとんど感覚的なものに近い。だけど、先の説よりもこの三点のほうが、比較的容易にひと筆書きで結びやすいのは事実だろう。

「ただ、やはり問題は残りますよね」

そう言ってみると、男は「まあね」と項垂れてしまった。

なぜって、オーナーには僕の配達先が梶原さんであるという事実を知る余地などなかったはずだから。注文が入った際、店側に開示されるのは注文時刻と商品情報のみ——要するに、顧客情報がいっさい通達されない仕様となっているのだ。となると、僕の配達に先んじて梶原さんの元へ配達員に扮した刺客を送り込むなどという芸当は、とうてい不可能であるように思えてしまう。

うーん、と唸りつつ、男はこう食い下がってみせる。

「例えば、梶原さんは毎回同じメニューを頼んでいた、という可能性はないかな?」

「なるほど……」

そういう事情があれば、百パーセントではないものの、注文内容からそれが梶原さんであるという目算は立つかもしれない。

しかし。

「だとしても、あの日に関しては無理だと思います」

「なぜ?」

「基本的に、梶原さんは夜に炭水化物を取らないからです」

——基本、夜は炭水化物を取らないようにしているんですけど。

初めて会った日、彼はこう言って玄関先で苦笑していた。事実、四十過ぎにしてはプロポーションもよく、不摂生な感じはしなかったので、割とその辺の自己管理はしっかりしていたのだろう。

いっぽう、あの日の夜、オーナーは行き掛けの僕に対してこう忠告したのだ。

——大雨だから、気を付けてくれ。

——商品の一つがラーメンなんだ、転んで汁が漏れたら事だし。

「ラーメンは、紛うことなく炭水化物ですよね」

それなのにラーメンを頼むのはおかしい！　皆の衆、聞け！　これこそが今回の鍵を握るポイントだ！　などと唾を撒き散らすつもりはない。普段から炭水化物の摂取量に目を光らせているボディビルダーならまだしも、そうでなければ「今日くらい別にいいか」と自分を甘やかすのは充分にありえる話。事実、僕もこれまでに十回以上「もう二度と酒なんて飲むまい」と心に誓っている。人間というのは、かくも意志の弱い生き物なのだ。

要するに。

「いつも梶原さんが頼む〝お決まりのメニュー〟とやらがあったとしても、それがラーメンである可能性は極めて低いと思います」

よって、注文内容からそれが梶原さんであるとオーナーに予測がついた可能性も極めて低いことになる。

「たしかに……」

煮え切らない吐息を漏らすと、男は腕組みの姿勢になり、押し黙ってしまった。

越えるべき関門その一は、早速暗礁に乗り上げている。

「しかも、そのうえ失踪の謎もあるわけでしょ？」

女のひと言で、さらに気詰まりな沈黙が公園に降りてくる。詳細な現場の状況を聞かされたわけではないけれど、これもまた、もう一つの越えるべき関門だ。

なぜ、例の謎の女は梶原さんが注文を入れたことを認知していたのか。

どうやって、外出の形跡がないまま梶原さんを〝消滅〟させたのか。

なにより、本当に黒幕はオーナーなのか。

だとしたら、今回の依頼にオーナーはいかなる結論を用意するのか。

「ひとまず、三日後を待ちましょう」

なに一つ妙案を見出せないまま、僕のこのひと言でいったん場はお開きとなった。

3

「まずは、前提条件のおさらいから」

前回と同じく、僕の対面に腰を下ろすと、オーナーはそう口を切った。

三日後の夜九時すぎ。指示された通り、再び僕は〝店〟を訪れている。

「失踪が明らかになったのは、いまからおよそ一か月前。大麻取締法違反の疑いで家宅捜索が実施された際のこと。管理人立会いのもと捜査員が自宅に踏み込んだものの、そこに被疑者である梶原の姿はなかった」

「家宅捜索……」

そういうことね、と納得する。

件の「アパート全焼事件」の際、梶原さんが大麻の密売・栽培に関与しているという事実は既に判明済みである。それに実際、僕自身も彼の部屋にお邪魔したとき、それらしき香りをこの鼻で嗅いでいる。密告があったのかなんなのか知らないけれど、そうしていよいよ捜査の手が彼の元へ及ぶことになった。なるほど、どこぞの大学生の飲酒や賭け麻雀なんかに構っている暇などないに決まっている。

「その行方を追うべく捜査が始まり、発覚したのが以下の事実だ」

（１）失踪したのはおよそ半年前、今年の二月十日（正確には十一日の未明）だと思われること。
（２）その直前に彼の住む十階を出入りした住民以外の人間は、僕と例の女だけということ。
（３）浴室から大量のルミノール反応が検出され、事件に巻き込まれた可能性があること。
「半年前に失踪していながら、一か月前の家宅捜索まで誰一人としてその事実に気付かないというところに、梶原の希薄な人間関係が如実に表れているわけだが」

それはさておき、とオーナーはテーブルに頬杖をつく。

「順に検証していこう。まず、一つ目について。この日に梶原が失踪したと推測される最大の理由は、その日を境に水道・電気メーターがいっさい動いていないからだ」

「まあ、妥当ですね」

実にシンプル、腹落ちしやすい理屈である。

「次に、二つ目。梶原の住む『クレセント六本木』には、メインエントランス、エレベーターボックス内、そして、各階の非常階段出入口にそれぞれ防犯カメラが設置されているが、二月十日の夜十一時すぎに帰宅して以降、そのいずれにも梶原の姿は映っていないとのこと」

「えっ……」

なんとも奇妙な話ではないか。

マンションの構造をいま一度思い返してみる。

エレベーターは一基。十階に着き、扉が開くとまず見えてくるのはまっすぐに延びる内廊下。その先の天井には、緑の誘導灯。各階の非常階段というのは、おそらくこれのことだろう。廊下の両側に部屋が並んでおり、梶原さんの住む一〇一一号室はエレベーターから見て向かって右手の四つ目。廊下には脱出に利用できそうな採光用の窓などもないため、マンションから外に出るには——

いや、他の階に移動するだけですら、必ずエレベーターか非常階段を使う必要があることになる。しかし、現実にはそのいずれにも梶原さんは映っていなかった。つまり、ある種の密室だ。『クレセント六本木』という名の巨大な。

さて、とオーナーは腕組みの姿勢になる。

「幸いにも映像の保存期限が長く、警察が洗いざらい確認したところ、問題の日時周辺に十階を出入りした不審な人物は、君とその女だけという事実が判明した」

ちなみに、その女が梶原さんの部屋をエントランスでコールしたかどうかは不明とのこと。エントランスのオートロックシステムには呼び出された部屋番号や来訪者の映像を記録する機能はなく、また、彼の部屋のドアフォンには映像を録画する機能が付いていたものの、すべてご丁寧に消去されていたらしい。

「最後に、三つ目について。家宅捜索の際、玄関の鍵は施錠されており、ベランダへの掃き出し窓の類いも同様の状態だった。一見、単に外出しているだけのようにも思えるが、先も言った通り、そのような形跡はいっさいカメラに残っていない。では、なぜ、どうやって梶原は姿を暗ましたのか。事件に巻き込まれた可能性も念頭に室内を調べた結果、浴室から大量のルミノール反応が検出されたわけだ」

さらに、とオーナーは畳みかけてくる。

「室内に荒らされた様子はなく、金品などが奪われた形跡もない。つまり、物盗りや強盗のセンは薄い。また、各所に梶原以外の指紋や毛髪の類いが残っていたものの、それが誰のものなのかは判別不能で、捜査は行き詰まっているとのこと」

ひと息に言い切ると、オーナーは口を噤み、椅子の背にふんぞり返った。

一区切りついたと見ていいだろう。

「あの……」と切り出す。

「なんだ？」

わからないことはいまだ山積しているけれど、ここだけはまず指摘しておく必要があるだろう。

「例えば、ベランダからロープを伝って脱出した可能性は？」

その際、糸やらなにやらで小細工を施し、窓の鍵をかけた。以上、これにて失踪完了である。具体的な方法はまったくイメージできないけれど、推理小説にはよくそういうトリックが出てくると聞いたことがある。

なるほど、とオーナーはコック帽を脱ぎ、テーブルに置いた。

「残念ながら、その可能性は限りなくゼロと見ていいだろう。警察が細工の痕跡を見落とすとは思えないし、なにより、住宅街のど真ん中のマンション十階なんだ。深夜に実行したとしても、目撃者の一人や二人いたっておかしくない」

「いや、でも……」

「こう言いたいんだろ？　別に地上まで降りる必要はない。一つ下の階に協力者が住んでいて、そのベランダに逃れるくらいなら、誰にも見咎められずにやり遂げられるのではないか。そうしてまんまと部屋から逃げおおせ、いまだその協力者の元に匿《かくま》われているのではないか、と」

「ええ、まあ……」

だとしたらエレベーターのカメラにも非常階段のカメラにも映り込むことなく、忽然と自室から姿を消せるのではないか。貧弱な発想しか持ち合わせない僕にしては、まあまあいいセンを行っている気がしたのだけど――

ありえない、と一蹴される。

「その可能性も含め、マンションの住人全員に捜査のメスは及んでいる。結果、誰一人として疑いの余地はなかったそうだ」

「そうですか……」

あえなく轟沈。

まあ、僕が思い付く程度のことは、当然警察だって考えているだろう。

ちなみに、とオーナーはぐっと顔を寄せてくる。

「とある筋によると、犯人はほぼその女で間違いないという前提で捜査は進んでいるとのことだ」

「はい？」

聞き間違いか？

なにかいま、とてつもなく重要な情報がさらっと飛び出してきた気がするのだけど。

戸惑う僕をよそに、あくまでオーナーは粛々と続ける。

「鍵を握るのは、君とその女の滞在時間」

気を取り直しつつ、これには「なるほど」と唸るしかなかった。

「君が十階でエレベーターを降り、再び乗り込んでくるまでにかかった時間はおよそ一、二分。いっぽう、その女は三時間以上もかかっている。なんらかの犯行に及ぶには充分すぎる時間だ」

一介の配達員風情がそんなに長居するはずがない。状況証拠としては、もはや言い逃れ不可能なレベルだろう。

あまりのあっけなさに拍子抜けしていると、それを見越したように「ただし」とオーナーは注釈を添えてくる。

「映像を確認する限り、その階では似たような配達員の〝長期滞在〟の例が過去にもあるため、警察はその理由についても頭を抱えているとのこと」

「あっ――」

「意味はわかるよな？」

盲点だった。

過去にもある〝長期滞在〟――むろん、梶原さんが〝例のアレ〟を注文した日のことだろう。

オーダーを受注した配達員は〝例のアレ〟を注文者に届けつつ、その場で依頼内容を聴取して来るというのがこの〝店〟のルール。当然、一時間を超える長丁場となることもざらにある。つまり、梶原さんが依頼人としてこの〝店〟の常連だったのなら――というか、例の〝協力者〟の男も過去に梶原さんの案件を受注していたと言っていたし、実際常連だったのだろうが、だとすれば、その女の〝長期滞在〟だけが殊更に不自然ではなくなるわけだ。

「なお、警察はその〝長期滞在〟を大麻取引との関連で捜査を進める方針とのこと。要するに、〝運び屋〟ではないかと疑っているようだ」

なるほど、上手《うま》くできている。

いや、できすぎている。

――いまの話、オーナーが一枚嚙んでるんじゃないかな？

もし、そこまで見越していたのだとしたら。木を隠すなら森の中よろしく、疑惑の目を逸らし、分散できると踏んでいたのだとしたら。

「つまるところ、そもそも君は警察から疑われていない」

めでたし、めでたし――と続きそうな口ぶりでオーナーは話を締め括る。

が、僕の胸にはいまだ疑念が渦巻いていた。なんとも割り切れない、煮え切らない想いが滞留していた。

たしかに、今回僕が依頼者としてこの〝店〟に乗り込んだのは「自らの潔白を証明してほしいから」「そのお墨付きを第三者から与えてもらいたかったから」だった。その意味では、いまの説明で目的は達せられたということもできなくはない。

だけど。

「それだけじゃないんだろ？」

涼やかな――涼やかすぎて寒気がするような指摘が僕の鼓膜を打つ。

無機質で無感情な〝洞のような目〟が僕を見据えている。

「ことの〝真相〟が知りたいんだろ？」

唇を引き結びつつ、その〝虚空〟のような瞳を覗き返す。

しばしの静寂。

聞こえてくるのは、ぐあんぐあんと唸る換気扇の音だけ。

この沈黙が、もはや答えみたいなものだった。

やがてコック帽を被り直すと、オーナーは飄々とこう言い添えた。

「今回〝宿題〟はない」

「え？」

「静かにそのときを待ってるんだ」

そのとき――『汁物　まこと』という店の商品に〝合言葉〟を冠した特別メニューが掲載されるとき。

汁物まこと、つまりは真相を知る者。

事件の真相が詳らかになる瞬間。

これまでの案件では、たいていの場合〝宿題〟が課されてきた。依頼主からの聴取事項だけで万事解決となることは珍しく、関係者に対して〝宿題〟という名の聞き込みを行うのがお決まりの流れだった。それなのに、今回に関しては〝宿題〟なし――翻って考えるに、それはつまり、今回はすべてのピースが既に手元にあるということになりやしないだろうか。なぜ？　オーナー自身が関与しているからだ。そう勘繰ってしまうのは、さすがに捻くれすぎだろうか。

わからない。

事件の真相も、オーナーの真意も、なにもかも。

いや、それどころか、僕の本心すら行方不明のままだった。

オーナーが犯人であってほしいのか、そうでないことを願っているのか。

「以上、話は終わりだ」

そのまま席を立ち、颯爽《さっそう》と調理場へ向かうオーナーの背中を、僕は黙って見つめ続けるしかなかった。

4

「日本の警察も捨てたもんじゃないね」

つい今しがたのやりとりを報告すると、男はそう言って頭を掻いた。

先日同様、僕は例の公園で〝協力者〟の二人と落ち合っている。

「我が家にも警察が来たんだ。以前、あなたが『クレセント六本木』の十階へ配達に訪れ、その後一時間ちかく戻ってこなかったのはなぜですか――ってね。よくもまあ、そこまで調べ上げたもんだよ」

その理由は、部外者にはわかりっこない。こんな珍奇な〝店〟があるという発想に、いくら警察といえども思い至るはずがない。

「奥さんは心配されてなかったですか？」

女が気遣わしげに尋ね、男は肩を竦める。

「ちょうど不在だったおかげで、どうにかこうにか」

「なら、ひとまず安心ですね……」

「いちおう、理由については『玄関で立ち話をしていたら意気投合して、そのまま話し込んでしまって』――って答えたんだけど、たぶん、信じてないだろうな」

そんなわけないと思うはずだし、と男は自嘲気味に笑う。

たしかに、そんなわけない。たまたま旧知の人物だったというならまだしも、初対面の注文者と配達員がその場で打ち解け、一時間も会話に花を咲かせるなんて、さすがにこの世の道理に反している。となると、出入りしているのは〝運び屋〟ではないかとの疑いを警察が持つのも、ごく自然な成り行きと言えるだろう。

とはいえ、現場でなにが行われていたのか、馬鹿正直に開陳するわけにもいかない。

――ちなみに、この話は絶対口外しないように。

――もし口外したら……

命はないと思って。

この〝店〟を訪れた最初の日、僕はオーナーからこう釘を刺された。

そんなバカな、と内心笑ってしまったけれど、顔には出さないし、出せなかった。こちらを見据える二つの瞳があまりに冷たく、ただの〝虚空〟と化していたからだ。当然、僕だけに発せられた警告ではないだろう。男が警察に対して苦し紛れの回答をしてしまったのは、彼もまた僕と同じことを言われていたからに他ならない。

いまさらなんですけど、と僕は地面に視線を落とす。

「本当に、オーナーなんですかね」

「というと？」

「いや、つまり……」

卓袱台《ちゃぶだい》をひっくり返すようで誠に申し訳ないのだけど、別に僕自身はどっちでもいいと思っている。オーナーが犯人であろうと、なかろうと。どちらにせよ、少なくとも自分の身に不都合はないし、いままで通りの稼ぎをもたらしてくれるのであればなに一つ文句などない。それに、梶原さん本人にもいろいろと問題はあったわけで、だから手荒な真似をされてもいいとは言わないけれど、どこか「身から出た錆なのでは？」と割り切っている自分もいる。

いや、この説明はたぶん正確ではない。

そう言い聞かせ、無理やり納得することで、パンドラの箱を開けてしまわないようにしているだけというのが正しいだろう。

実際は、折に触れて考えてしまっていた。大学の講義中、風呂でシャワーを浴びている最中、そして配達の道中。常に背後から息遣いが聞こえてきて、言い知れぬ予感に苛まれ続けているのだ。

この〝店〟は、その気になれば人間の一人くらい容易く〝抹消〟できてしまうのだろうか、と。不可解かつ不可能な状況下で、警察の捜査の網を掻い潜りながら、それを難なく完遂できてしまうのだろうか、と。

風の便りで「かつて〝店〟に不義理を働いた配達員が姿を消した」という話を耳にしたことがある。ミステリ作家兼配達員の例のおっさん曰く「配達中に事故り、怪我をしたから辞めただけ」とのことだったけど、その事故が仕組まれたものだったら。あるいは、その噂自体がデマだったとしたら。

知りたい。

でも、知ってしまうのは、それはそれで恐ろしい。

そのせめぎ合いの板挟みになっている。身動きが取れず、唯一の脱出口としてこの〝店〟に頼っている。

「すいません、僕自身、まだ自分の気持ちがよくわかっていません」

とりとめもなく、これといったオチや結論もないまま、尻切れトンボのように語尾が夜霧に消えていく。

遠くのほうから微かに往来する車の音がする。

〝不夜城〟——東京・六本木。

その甘美な響きに惹かれ、この街の空気を吸えば自分も特別になれるかも——なんて夢想していた時期もあったけれど、蓋を開けてみればなんてことはない、ごく普通の街だった。裏通りでタトゥー入りの大男が血まみれになって殴り合ったとか、クラブのVIPルームで鉄パイプが振り回されるような乱闘騒ぎが勃発したとか、そんな噂を耳にしたこともあるけれど、それらはどこか並行世界で起こっている珍事であり、一種の都市伝説にすぎなかった。

でも。

あの〝店〟は――いや、あの〝店〟を懐に抱くこの街は、やはり素知らぬ顔で牙を隠し持っているのだろうか。その切っ先は、僕が気付いていないだけで、実は喉元に常に宛がわれていたのだろうか。

寒気がする。

骨の髄まで冷気が染み渡っていくような心地が。

まあね、と男が苦笑する。

「たしかに、オーナーが犯人かどうかはまだわからないけど、でも、ありえなくはないかなとも思うよ」

「私も」女がすかさず同意する。

それに関しては、僕も同感だ。

前に話したっけ、と男が会話の接ぎ穂を拾う。

「以前関わった『指無し死体』の件」

力なく首を横に振る。

そっか、と呟くと、遠くを見るように目を細めながら男は語り始めた。

「交通事故で亡くなった男がいてね、その妻は夫の遺体を見て、はじめて左手の薬指と小指が欠損している事実に気付いたんだ。ちなみに、指が欠損していたのは事故によるものではなく、既に処置から半年近くが経過していた古傷とのことで――」

「は？」耳を疑い、思わず女と顔を見合わせる。

なんだそりゃ？

半年以上も配偶者の指がないことに気付かない？

そんなこと、ありえるのか？

「おそらく結婚指輪を紛失してしまい、その事実を妻に知られるのを恐れるあまり自ら左手の薬指と小指を切断したのだろう、という話だったんだけど」

もう一度言おう。

なんだそりゃ？

そんなこと、ありえるのか？

「オーナーの出した結論は『夫が入れ揚げていたキャバ嬢が彼の指を切断し、結婚指輪もろとも持ち去った』と——そのように妻に伝えるというものだった」

「え？」

「しかも、オーナーは解決の際にこう言ったんだ。指輪を取り返す手間賃も込みで、ざっと三十万円かな。後のことはこっちに任せてくれ、依頼者には全て返しておくからって」

「それって、つまり……」

女が声を震わせると、男は意味深に口の端を持ち上げた。

「普通に考えたら、指輪だけじゃなくて指も取り返して妻に届けるのが筋だよね」

ぞくり、と全身が粟立《あわだ》つ。

実際にどういう後始末が付けられたのかは男も知らないとのことだけど、言い知れぬ不気味さというか、後味の悪さが漂っている。

それで言ったら、と女が地面に視線を落とす。

「私のはそこまで過激ではないけど、でも、オーナーはやたらと詳しかったの」

「なにですか？」

「ギグワーカーを利用した犯罪に」

曰く、彼女がかつて関わった案件では、ギグワーカーが事件の鍵を握っていたのだという。ビーバーイーツの配達員が配達の際、商品に手紙を添えておく。手紙の内容は一軒一軒微妙に異なっているため、そのうちの誰かが手紙の写真をＳＮＳなどに上げたら、アカウントと自宅住所を一対一で紐づけることができる。そうして投稿内容から生活パターンなどを把握し、それを基に空き巣を働くのだという。にわかには信じられないし、信じたくもないけれど、そういうことを組織的に行っている犯罪集団がこの国のどこかにあるらしい。

「まあ、まったく同じじってわけじゃないけどさ……」

言い淀みつつ、女は凜と顔を上げる。

「なんとなく、似てない？」

これまた、まったくもって同感だった。別に、いまの話だけで「ほらみろ、やっぱりオーナーが怪しいじゃんか」とはならないけれど、かといって「いやいや、無関係っしょ」と笑い飛ばせないような、そんな具体的な手触りを払拭しきれない。

同じことを思ったのか、あくまで感覚論にすぎないけど、と前置きしつつ、男は一段と声を落とした。

「やりかねない、とは思うよ」

まあ、たしかに。

いや、でも。

「動機は？」とすかさず反論する。

「ある意味、オーナーにとって梶原さんは上客なわけですよね？　ほら、だって『お得意さま限定の優待券を届けてほしい』って依頼を受けたくらいですし」

同意を求めて女へ視線を送ると、そうね、と彼女は肩をすぼめる。

「そんな上客に対して、手荒な真似しますかね？」

むろん、僕らの知らないところで梶原さんがなんらかの不義理を〝店〟に対して働いた可能性はある。が、ここで考えなければならないのは、配達員と違って注文者のほうは別にこの〝店〟の情報を口止めされているわけではない、ということだろう。ユーザーの大多数が口コミによりこの〝店〟の存在を認知しているのが、そのなによりの証拠だ。さすがにネットで情報公開したらヤバい気もするけれど、それは梶原さん自身も――いや、この〝店〟のユーザーの大半が察しているに違いない。

「あの……」

不意に、左手から声がする。

ぎくりとして顔を向けると、隣のベンチに座る男が、恐縮したように身体を縮めながらこちらを窺っていた。歳は二十代後半から三十代前半くらい。なんとも特徴のない平凡な顔立ちながら、僕はなぜか彼に見覚えがある気がした。

「盗み聞きしていたみたいで申し訳ないんですが……」

息を呑み、身構え、警戒心を露《あら》わにする。

「三日前にも、その件で話をされていましたよね」

ああ、そういえば……と記憶の底を浚《さら》う。

三日前にこの公園で密談を交わした際、隣のベンチにスマホへと視線を落とす〝地蔵〟が一体いた。おそらく、彼がそうだったのだろう。

とはいえ、相手の意図がわからないので、おいそれとは応じられない。

彼がオーナーの密偵ではないという保証がない。

「あ、そんなに警戒しないでください。敵じゃない——というか、そもそも敵なんてものが存在するのかって感じですが、とにかく、皆さんと同じ側です」

この声……たしかに、聞き覚えがある。

どこでだ?

「自分、配達員で生計を立ててる、売れないお笑い芸人です」

瞬間、ハッと閃く。

つい先日、警察が訪ねてきたときに流していたユーチューブ。

ゴッド・オブ・コントの予選動画。

「置き配」を題材にした奇抜なネタ。

「もしかして『ソイカウボーイ』の?」

そう尋ねると、彼は「えっ」と瞳を輝かせた。

「嬉しいな、わかるんだ!」

「この前、予選動画を見ました」

正確には冒頭の数秒だけだが、まるっきり嘘でもない。

「ありがとう。まあ、まだ決勝進出が決まったわけじゃないんだけどさ」

おどけた調子で言いつつ、すぐにその顔から笑みが消える。

「で、いまの件に関してなんだけど……」

お笑い芸人というより怪談師のような声音になる。

「ちょっと、気になることがあるんです」

「気になること？」

はい、と頷き、用心するように〝店〟の入っている雑居ビルを一瞥すると、彼はこう続けた。

「今年の二月頃……でしたよね。いまでもよく覚えています」

「なにを？」

どくん、どくん、と心臓の鼓動が速まっていく。

わざわざ危険な香りが迸る井戸端会議に割り込んできたのだ、それ相応のネタがあるに違いない。

「妙な依頼があったんです」

「オーナーから？」

「いえ、違います」

〝協力者〟の二人と顔を見合わせる。

なんか、思っていた展開とちょっと違う気がするのだけど。

そうじゃなくて、と芸人はさらに声を潜めた。

「例のアレを注文した依頼人から」

「どんな？」

間髪容《い》れずに尋ねると、一拍の空隙を挟み、芸人はこう言い放った。

「暗殺です」

「は？」

「この〝店〟は、人殺しは請け負っていないのかって」

5

数日後の夜六時すぎ。

ベッドに横たわりながら、僕はゴッド・オブ・コントの予選動画を視聴していた。むろん、お目当ては『ソイカウボーイ』のネタの続きである。

彼らのネタは、正直言うと「よくわからない」というのが初見の感想だった。空室であるはずのアパートの一室に置き配が届き、それをきっかけにその両隣の部屋の住人が口論を始める。大袈裟な挙動も、キラーフレーズも、場面転換もない。ぬるぬると摑みどころのない時間がひたすら流れ、件の置き配に関してはその後ただの一度も俎上《そじょう》に載せられることなく、すべてを丸投げするかのように唐突に幕切れを迎える。

決してつまらないわけではない。ナンセンスというか、そこはかとない可笑しみはたしかにある。が、そうかといって「ここが笑い所だな」とわかる明確なポイントも見つからない。なんとなく面白い。よくわからないけどニヤけてしまう。でもまあ、この感覚が癖になるのもわからないわけじゃない。もっと集中して見ていれば、感想が変わっていた可能性も多分にある。

むろん、常に脳裏にちらついていたのは先日のやりとりだ。

――暗殺です。

――この〝店〟は、人殺しは請け負っていないのかって。

『ソイカウボーイ』の彼が出くわした物騒な依頼。

依頼人は女性で、歳はおそらく四十代半ばくらいだったという。

――さすがに判断が付かなかったんで、いったん〝店〟に持ち帰りました。

――で、率直に訊いてみたんです。

すると、オーナーは淡々とこう返してきたのだという。

――続きは引き取る。

――相手の連絡先を教えてくれ。

現場で聴取していた彼女のメールアドレスを伝え、それ以降、まったくその件には触れてこないとのこと。

さすがに、これはもう「確定」と言っていいはずだった。梶原さんには、彼のことを殺したいほどに憎んでいてもおかしくない人物がいる。むろん、彼の元妻である。彼女はどこからか〝店〟の情報を聞きつけ、断腸の思いで――かどうかは知らないけれど、とにかく自らを折に触れて脅迫してくる元夫の暗殺を依頼するに至った。そして、オーナーはそれを引き受けたのだ。

とはいえ、念には念を入れて、僕は芸人の彼にこう提案することにした。

――ラインを教えてもらってもいいですか？

なんのために？

その女が本当に梶原さんの元妻かどうかを確認するために、だ。

例の「アパート全焼事件」の際、僕は梶原さんから在りし日の家族写真のコピーを頂戴している。息子の中学の入学式に撮影されたものなので、やや過去の遺物すぎる感はあるけれど、同一人物かどうかの判別くらいはつくだろう。

帰宅するなり、机の抽斗《ひきだし》の奥に突っ込まれていた写真を引っ張り出す。

それをスマホのカメラに収め、ラインを聞くついでに作成した〝協力者〟たちのグループトークに投稿する。

『どうですか？』

すぐに既読が付き、間を置かずにこう返ってきた。

『この人です』

ビンゴ！　ほらみろ、決まりだ！

そう快哉を叫びたくなったのは事実だけど――

ユーチューブアプリを閉じ、スマホを枕元に放る。

とはいえ、いまだ越えるべき関門は鉄壁の守りを堅持している。

なぜ、例の謎の女は梶原さんが注文を入れたことを認知していたのか。どうやって、帰宅したきりの梶原さんを〝消滅〟させたのか。

いや、それだけじゃない。あらためて考え直してみると、もっと些細な問題はそこかしこに転がっている。その一つが、配達のタイミングだ。〝店〟から『クレセント六本木』までチャリでおよそ十分。道を知っている人なら、七分から八分程度には短縮できるだろう。逆に言えば、どう頑張っても五分では辿り着けない距離なのである。

ここで重要となってくるのは、ビーバーイーツでは配達員が店を出発した段階で注文者にその旨の通知がなされるということだ。もちろん、逐一そんな通知など確認しないかもしれないけれど、かといって「絶対に確認しない」と断言できるものでもない。そして、確認されていた場合のことを念頭に置くと、到着のタイミングにはかなりの繊細さが必要となってくる。あまりに早すぎても不自然だし、遅すぎたら本来の配達員である僕が先に配達を完了させてしまう。その間隙を縫って梶原さんの元へと急襲しなければならないのだ。

さらに言うと、ビーバーイーツのアプリは配達員のおおよその位置情報が取得できる仕様となっているため、僕自身の動きにも注意を払う必要がある。なぜって、脇目も振らず一直線に梶原さんの元へ向かうとは限らないからだ。どこかで道草を食っていたら、ばったり友人と出くわし立ち話に興じていたら、交通事故で身動きが取れなくなっていたら――そうしたら「配達員はいまだ一箇所に留まっているのになぜかインターフォンが鳴る」という捻じれた事態を引き起こしかねない。まあ、その位置情報だって逐一追っているとは限らないし、精度も全幅の信頼を寄せるにはいささか心許《こころもと》ないレベルではあるのだけど。

ただし、これに関してはまったく解決策がないわけじゃない。例えば、配達物の中にGPSを仕込んでおくとか？　そうやって僕の動きを把握しつつ、適切なタイミングで梶原さんの家のインターフォンを鳴らす。現代の技術をもってすれば、この程度はいとも容易く実現できるはずだ。

いや、もっと単純に「道中に見張りがいた」もしくは「僕自身が尾行されていた」という可能性もある。というか、おそらくこちらのほうが本命だろう。そうして僕の動きを随時把握しつつ、適切な頃合いに――梶原さんが諸々チェックしていたとしても不自然に思わないであろうタイミングで、偽配達員が彼の元を訪ねたのだ。うん、この方法で特に問題は生じそうにない。手間もさほどかからないし、現実的なラインだろう。

が、まだ問題は残っている。

それは、仮に梶原さんが置き配を指定していたらどうするつもりだったのか、ということだ。対面での引き渡しがなければ、偽配達員を送り込んだところで玄関の扉は固く閉ざされたまま――そうなると当然、その瞬間を狙って部屋に押し入ることも不可能ということになる。

いや、それどころか、そもそも配達先が自宅である保証すらないのだ。これは『ソイカウボーイ』のネタのお陰で気付いたのだけど、たしかにビーバーイーツは仕組み上、誰も住んでいない空き部屋を配達先に指定することもできる。そこが注文者の自宅か否か、そこに注文者本人がいるか否かは不問なのだ。

要するに。

不確定要素が多すぎる——というのが素直な感想だった。

他者の行動に依存している部分がありすぎて、とうてい上手くいくとは思えない。もちろん、他にもいくつか手を打っていて、この方法で成功すれば儲けものくらいに考えていた可能性もあるけれど、それにしても大博打《おおばくち》の側に分類されるのは事実だろう。

やはり、考えすぎか？　たまたまオーナーが限りなくクロに見える状況になってしまっただけで、そこに僕らが執着しているだけなのか？　まあ、そうなると例の暗殺依頼の件が宙に浮いてしまうのだけど。

ブッとスマホが震える。

見ると、バナー通知が〝協力者〟のグループトークに投稿があったことを知らせている。

のっそりと手を伸ばし、指紋認証でロックを解除すると——

『ついに来たよ、そのときが』

そこには、スクリーンショットも添付されていた。

『汁物　まこと』という店の商品ラインナップ。

その一番下に、なんともふざけた名称の〝新メニュー〟が掲載されている。

いよいよ〝最後のステップ〟——依頼主への報告、つまりは僕への報告だ。

〝合言葉〟を決めなければならないのは、まさにこのときのためである。特になんでもいいのだけど、かつて梶原さんが「転んでもただでは起きない」を〝合言葉〟に据えたこともあり、それにあやかって慣用表現的なものがいいかな……とかなんとか無意味な縛りを設けた結果、

――〝知らぬが仏〟にしましょう。

僕はこう〝協力者〟たちに提案していた。

〝触らぬ神に祟《たた》りなし〟と最後まで競り合ったのだけど、不用意に〝触ろう〟としているいま、さすがに〝祟り〟は不謹慎かなと判断した。

そう、僕たちは知りたいのだ。

知らぬが仏だとしても。

〝合言葉〟とは矛盾しているけれど。

この事件の真相を。

オーナーの真実を。

知ったら最後、もはや後戻りできなくなりそうな禍々《まがまが》しい気配もあるし、なんだかんだ理屈を捏《こ》ねて「どっちでもいい」と言い聞かせてもいるけれど、それでもやっぱり、最終的には抗《あらが》いきれないのだ。理屈抜きに「知りたい」と思ってしまうのだ。好奇心というのは、おそらく神が人間に授けた最も崇高にして危険な欲求に違いない。

そうしていま、先の『汁物　まこと』という店の商品ラインナップに「知らぬが仏のワンタンコチュジャンスープ」が追加されている。お値段なんと十万円――この料金が、そのまま〝成功報酬〟となるわけだ。〝着手金〟と合わせて計二十万円。芸人の彼も喜んで割り勘に加わってくれるとのことなので、一人ちょうど五万円。たかがスープ一杯の代金としては法外だけど、オーナーの提示する金額としては割と良心的とも言える。

『了解です』

『では、今夜十時にいつもの公園で』

『そこで注文しましょう』

そう立て続けにメッセージを送り出し、大きく一つ深呼吸すると、そのときに向けていそいそと心の準備を始めたのだが——


「まあ、座って」

それから数時間後、夜の十時すぎ。

例によって〝協力者〟の男に「知らぬが仏のワンタンコチュジャンスープ」を注文してもらい、そのオーダーを僕が受注できたところで〝店〟に向かうと、オーナーは涼しい顔で促してきた。

どうやら、いまこの場で〝答え〟を教えてもらえるらしい。

手っ取り早くてありがたい限りだ。

「結論から言おう」

息を呑み、前傾姿勢をとる。

その口から放たれる第一声に、全神経を研ぎ澄ませる。

「梶原の件、犯人はこの俺だ」

6

「順に確認していこう」

飄々と続けるオーナーを前に、僕は茫然自失の状態だった。

意味がわからなかったからだ。

いや、もちろん言葉の意味自体はわかるし、もとより「そうなのかもしれない」という予感はあったものの、どうしてこの男は犯行を自白し始めたのか――その点に関しての理解がまるで追いつかなかったのだ。

「まず、本件の依頼者は梶原の元妻。聞くところによると、息子の涼馬は失火罪のみ追及されており、殺人の容疑はかけられていないとのこと。そして案の定、そこに梶原はつけ込んだ。もし警察に垂れ込まれたくなければ――とな」

どうしてだ？

どうしてこんなにも淡々と、事件の背景を語り始められるんだ？

「要求されたのは過去に例のないほど莫大な金額、支払いの期限は一週間後――警察に駆け込む手もあるが、そうなると息子の件を話さねばならなくなる。追い込まれた彼女はこの〝店〟の情報を聞きつけ、藁《わら》にも縋る思いで助けを求めてきたわけだ」

――暗殺です。

――この〝店〟は、人殺しは請け負っていないのかって。

「ここで問題となるのは、与えられた猶予が極めて短いということ。時間さえあればいくらでもやりようはあるが――それこそ人目のないところで攫うくらい造作ないが、一週間以内という制限が加わると、途端にそうはいかなくなる。なんせ、後ろ暗い生業《なりわい》に手を染めている男なんだ。調べた結果、外を出歩く際、やつは基本的に人通りのある道しか利用していないことが判明した」

両目を白黒させつつ、なるほど、と一つ納得したことがあった。防犯カメラに映り込むというリスクを冒してまで、偽の配達員を送り込んだ理由である。正直、もっと他の方法でもよかったのではと訝しんでいた。それこそ、オーナーが挙げたように「人目のない夜道で襲う」とか。でも、タイムリミットが設けられていたせいで、いささか強硬手段に出ざるをえなかったというわけか。

ポイントは、と三本の指を立てるオーナー。

「インターフォンを鳴らすタイミング、対面での引き渡し、そして、そのオーダーが梶原からのものであるという確証を得ることの三点」

いずれも、事前に疑問に思っていた部分である。一つ目に関しては、まあなんとかなるだろうと思うけれど、あとの二つに関してはまるで解決策が浮かばない。

「タイミングの件は簡単だ」

「配達員を尾行する、とか?」

即座にそう言ってみると、その通り、とオーナーは顎を引いた。

「配達員の動きを追っていれば、不自然にならないタイミングでやつの家を訪れることは可能だ。手間もほとんどかからないし、一番手っ取り早い」

そして、とオーナーは頬杖をつき、ぐっと身を乗り出してくる。

「残る二つは、一発で解決できる」

「どうやって?」

気が急く僕をよそに、オーナーはなぜか話題の矛先を変えた。

「こんな話を聞いたことがあるか？　ギグワーカーを使役し、配達先とＳＮＳアカウントを紐づけることにより空き巣を働く犯罪組織が存在する、と」

「ええ、まあ」

〝協力者〟の女が言っていた、例の件だろう。

とはいえ、どうしてここでその話が？

煮え切らない面持ちで「あります」と答えると、オーナーは「うむ」と頷いた。

「その応用編と言うべきかな。梶原の元に、とある『優待券』を届けておいたんだ」

「優待券？」

聞き覚えがある。

「期日までに特定の商品を注文し、自宅にて対面で受領すれば以降の案件相談はすべて半額にするという内容の」

「あっ!!」

たちまち、すべてが一本の線に繋がり始める。

――ある意味、オーナーにとって梶原さんは上客なわけですよね？

――『お得意さま限定の優待券を届けてほしい』って依頼を受けたくらいですし。しかもその際、ちょうど今年の二月、彼女がオーナーから仰せつかった珍妙な〝お使い〟。しかもその際、ポストへの投函ではなく手渡しを厳命されたという。これはおそらく、梶原さんが見落とさないための予防線だろう。そして、それを目にすれば〝店〟の常連である彼が飛びつかないわけがないのだ。なんせ、以降の案件相談がすべて半額になるのだから。舌なめずりが止まらないほどの好条件に思えたに違いない。

――例えば、梶原さんは毎回同じメニューを頼んでいた、という可能性はないかな？

また、お決まりのメニューとやらが存在しなくても、注文者が梶原さんであると特定することは可能なのだ。微妙に文言の異なった手紙を利用してアカウントと住所の紐づけが可能なように、通常の感覚では絶対に注文しないであろう奇妙な食べ合わせを事前に指定しておけば。

——商品の一つがラーメンなんだ、転んで汁が漏れたら事だし。

あの日、オーナーは「商品の一つが」と口にしていた。つまり、ラーメン以外にも注文物があったと見てまず間違いない。

というか、なんなら既にその手法は知っていたはずではないか。ナッツ盛り合わせ、雑煮、トムヤムクン、きな粉餅。通常では考えられない、地獄のような食べ合わせ。特定の商品群を注文することで発動する〝隠しコマンド〟。それは〝店〟に対する意思表示のみならず、客の特定にも利用できるのだ。

いやはや、なんということでしょう。

こんなにも簡単に——すぐ目と鼻の先に解決策が転がっていたとは。

加えて、とオーナーの〝自白〟は続く。

「そのうちの一つをラーメンにしたのは、配達を遅らせるためだ」

「ああ……」

だからか、と納得がいった。

夜に炭水化物を取らないはずの梶原さんが、それでもラーメンを注文した理由——別にこれ自体は不自然というわけでもなかったけれど、そこにもきちんと意図が隠されていたのだ。

中身が汁物だと知っていたら、配達員の動きは自然と慎重になる。いつもよりスピードを出さず、段差などを極力避けるようになる。クレームを回避するために、低評価を付けられないために。だからあえて、あの日のオーナーは僕に忠告してきたのだ。そうすることで動きを追いやすくなるし、時間的な猶予を作り出すことにも繋がるから。

「まあ、雨だったのは偶然だがな」

「でしょうね……」

「さて、こうして君の配達に先んじて、偽の配達員が梶原の元を訪ねたわけだが」

残る謎は、いかにして梶原さんを〝消滅〟させたか、である。

「ところで、君は警察からエレベーターに乗る女の写真を見せられたんだったな？」

「え？　まあ、はい……」

また話が変わり、戸惑う。

「その際、なにか引っ掛かった部分はなかったか？」

「引っ掛かった部分？」

そんなもの、あっただろうか？

全体的に色調が暗いうえに、画質も粗く、なにより半年ちかくも前の記憶との比較参照を強いられたので、なんとなく僕が商品を引き渡した女と似ているな、くらいにしか思わなかった気がするのだけど——

「バランスはどうだった？」

「バランス？」

「例えば、配達バッグの大きさとか」

瞬間、身の毛がよだった。

例の写真。ビーバーイーツの配達バッグを背負った女性。小柄な人なのか、身体に比して妙に大きく見えたバッグ。いやはや、ご苦労様です。そんな嵩張る荷物を背負って配達に明け暮れるのは、さぞかし骨が折れることでしょう。呑気《のんき》にそんなことを考えていた。

「まさか……」

——あと、ここだけの話だけど。

——浴槽から尋常じゃない量のルミノール反応が検出されたらしくてね。

ルミノール反応。

つまりは、血痕。

ぷんぷんと漂ってくる、血腥い事件の香り。

その通り、とオーナーは頷く。

「バラバラにすれば入りきらないものではない」

眩暈がして、途端に吐き気が込み上げてくる。

嘘だ。

正気の沙汰じゃない。

これ以上、知りたくない。

そんな切なる願いも虚しく、オーナーの説明は止まらない。

「通常の配達バッグのサイズは、幅四十二センチ、深さ四十三センチ、奥行二十四・五センチ。これだとさすがに厳しいので、ひと回り大きいサイズのものを用意した。それでも容易ではないが、幸いにも梶原は長身痩軀——血の抜けた状態で隙間なく詰めれば不可能ではない。立体パズルみたいなものだ」

喉がひりひりと熱い。

胃酸はもう、すぐ喉元までせり上がってきている。

「ちなみに、あえて部屋を施錠したのは時間を稼ぐためだ」

時間……なんの？　とは思ったけれど、口を開いたが最後、盛大に嘔吐しかねない。

立体パズルよろしく、およそ生身の人間には実現不可能な体勢で配達バッグに詰め込まれた梶原さん。その生気を失った瞳は、底のほうからぼんやりとバッグの口を見上げていて——そんなイメージが脳裏に焼き付いて離れない。

辛うじて胃液を飲み下すと、どうにかこうにか語を継ぐ。

「でも、その……処理は？」

死体の、とは口が裂けても言えなかった。

それでも、訊いてしまう自分がいる。

そんな自分に、さらに嫌気が差す。

が、ここまで来てしまったのだ。いまさら引き返す道などあるわけがない。とことんまで付き合い、心中するしかない。

それに、実際のところ死体の処理が問題となるのは間違いなかった。まさかその特注バッグとやらに入れっぱなしとは思えないし、東京湾に沈めたのか、人里離れた山中に埋めたのか、あるいは焼却処分したのか。

「簡単さ」

無機質で無感情な〝洞のような目〟。

漆黒の闇へと通じる〝虚空〟。

「この〝店〟一番のセールスポイントは、なんだと思う？」

「はい？」

また思わぬ方向へ話題が舵《かじ》を切り始めた。

とはいえ、投げかけられた以上は考えてみる。

この〝店〟一番のセールスポイント——それはむろん、一定の手順を踏むことで〝謎解き〟を依頼することができるという点だろう。日本全国津々浦々、どこを探したってこんな〝店〟は他に存在しないはずだ。〝ゴーストレストラン兼探偵屋〟——多角経営、ここに極まれり。

辛うじてそう捻り出すと、違うな、とオーナーは首を振った。

「正解は、豊富な品揃えだ」

「は？」

「同一の調理場で、三十以上に及ぶ飲食店の商品を提供していることだ」

「え……」

まさか。

そんな、まさか。

「心配するな。客には気付かれないサイズにしてある」

今度こそ胃液が喉の関所を突破し、口内まで逆流してくる。

酸の味が口いっぱいに広がり、つんと鼻の奥が沁《し》みる。

熱くて、酸っぱくて、脂汗と涙が止まらない。

『配達員のみなさま　以下のお店は、すべてこちらの3Fまでお越しください』

雑居ビルの前に佇む立て看板。そこに並んだ夥しい店名の数々——『元祖串カツ　かつかわ』『カレー専門店　コリアンダー』『本格中華　珍満菜家』『餃子の飛車角』『タイ料理専門店　ワットポー』などなど。その数、優に三十以上。和洋中あらゆる欲求に応えられる豊富なレパートリー。

たしかに、これなら気付かれない。

部位に応じて紛れ込ませることも不可能ではない。

が、イカレている。

人の道に外れた鬼畜の所業としか言いようがない。

「時間を稼ぐというのは、このことさ」

その視線が、ちらっと奥の巨大な業務用冷凍・冷蔵庫に向けられる。

瞬間、僕は彼の意図するところを察した。

稼いだ時間とやらをなにに使ったのか――この〝店〟は割合繁盛しているとはいえ、細切れに提供していたらそれなりの品目を要することになる。ゆえに、その時間を稼いだのだ。事態が発覚する前に、すべての処理を終えられるようにしたのだ。なんせ、生肉だから。常温で放置していたら蛆《うじ》がわきかねないけれど、冷凍・冷蔵しておけばしばらくは問題ないはずだ。

バッグの底に眠る梶原さんのイメージが瞬く間に上書きされる。普通の人なら一生入ることのない極寒の地。狭くて、暗くて、誰の目も届かない。かつて身体の一部だったパーツたちは、順番に調理場へと旅立っていき――

やめろ。

もう考えるな。

再び胃液を飲み込むと、掠れ声を絞り出す。

「でも……どうしてですか」

はて、とオーナーは小首を傾げた。

「どうして、とは？」

「なぜ、自白したんですか」

梶原さんの件は、これですべて解決した。偽配達員を送り込む方法も、部屋から彼を〝抹消〟したカラクリも。

だけど、どうしてもこの点だけが腑《ふ》に落ちなかった。なぜ、自らの犯行だと僕に告げたのか。もし僕が警察に垂れ込んだらどうするつもりなのか。

まさかこの後、僕自身も——

そんな予感が背筋を駆け抜け、すぐにでも席を立って逃げ出そうとした、まさにその瞬間だった。

「おい、勘違いするなよ」

ぴしゃりとオーナーは釘を刺してくる。

「前にも言ったはずだ」

なんのことだろう。

浮かせかけていた腰を椅子に落とす。

「俺は〝探偵〟じゃなく、あくまでただの〝シェフ〟だ、とな」

ああ、そういえば……とおぼろげな記憶が甦る。たしかに、いつかも聞かされた台詞だ。あれはそう、僕がまだこの〝店〟に出会って間もない頃のことだった。

「うちはただのレストランなんだ。であれば、すべきことは一つ」

客の空きっ腹を満たしてやる。

「ただ、それだけだ」

これもまた、かつて言われたことそのままだった。

なんらかの欲に飢えた人々の、その空きっ腹を満たしてやる。目撃証言や現場の状況など、客観的事実という名の〝素材の味〟を活かしつつ、客の〝好み〟に合わせて調理・味付けをする。それこそがこの〝店〟の――一風変わった〝ゴーストレストラン〟の存在意義であり、価値なのだ。

「俺は〝真実〟などただの一度も語っていない。この〝店〟で提供しているのは、あくまで客の求める〝味〟――つまりは〝解釈〟にすぎない」

真実など語っていない。

解釈にすぎない。

「今回、君は代金を支払った正真正銘この〝店〟の客だ。そして、俺はその客が求める味を提供した。〝シェフ〟として当然のことをしたまでだ」

というのも、とオーナーはコック帽を脱ぎ、前髪を掻き上げた。

「おかしいと思ったんだ」

「おかしい？」

「君にとって梶原は、過去に接点があったとはいえ、まったくの赤の他人――しかもその梶原自身、碌な人間じゃないときている。失踪の件はたしかに奇妙ではあるものの、赤の他人である君がそこまで執着するような話ではない。それなのに、君は〝協力者〟とやらを巻き込んだうえで、着手金の十万円を惜しまなかった」

なぜか？

「知りたかったからだろ？」

返す言葉はない。

ただただオーナーの瞳を覗き返すことしかできない。

「それも『どうやって失踪したのか』を知りたかったわけじゃない」

そうではなく。

「自分の関わるこの〝店〟は、その気になれば人間の一人くらい容易く〝抹消〟できるのか。そういう危険な場所に、自分は足を踏み入れているのか。それを知りたかったからだろ？　要するに、俺を疑っていたわけだ」

そんなことありません、と否定するだけ無駄だろう。

一言一句、その通りなのだから。

「で、その予想はすぐに確信に変わった。なんせ、何人かの配達員が急に過去の件を掘り返し始めたんだからな。一人は『指輪を返却する件はどうなったのか』と、一人は『お得意さま限定の優待券はどういう内容だったのか』と、もう一人は『例の暗殺依頼の件は進捗があったのか』と尋ねてきたんだ。ピンと来たよ。なるほど、〝協力者〟っていうのは彼らのことか、とね。その質問内容からして、俺に疑惑の目を向けていることは明々白々だった」

だからこそ、それを見越したストーリーをこしらえたのだ。暗殺依頼があったこと、妙な〝お使い〟を頼まれたこと。それらの情報共有がなされていることを前提に、そのすべてに説明が付けられる〝物語〟を組み立てたのだ。まあ、そうなると「指輪を返却する」というあの件だけが置き去りになっている気もするのだけど——

そう思ったのも束の間、ちなみに、とオーナーは唇の端を持ち上げる。

「おそらく心配しているだろうから、彼に伝えておいてくれ。指輪の件は、万事つつがなく解決済みだ、とね」

前言撤回、置き去りではなかった。

——普通に考えたら、指輪だけじゃなくて指も取り返して妻に届けるのが筋だよね。

脳裏に甦るあの言葉——「万事つつがなく解決」というのは、つまり「指も一緒に返却した」ということだろうか。特に明言はされなかったけど、そう〝解釈〟するのが妥当なのではないか。では、その指はいったいどこから調達したのか。心当たりは一つある。少なくとも今年の二月には、この〝店〟に提供可能な指があったはずだ。

いや、でも。

さすがに考えすぎだろうか。

別人の指を本人のものと偽って返却したわけではなく、単に「残念ながら指はもう処分されていた」と説明し、依頼者はそれに納得したというだけの話なのだろうか。

疑心暗鬼に責め苛まれる僕をよそに、知ってるかな、とオーナーは首を傾げる。

「ニーチェの言葉に、こんなものがある。『事実というものは存在しない。存在するのは解釈だけである』と」

初めて聞く警句だった。

事実は存在しない。

存在するのは解釈だけ。

なるほどね、と思う。

これまでにオーナーが示してきたのは、すべて〝解答例〟の一つだった。例の「アパート全焼事件」のときだって〝別解〟は残されていたし、おそらく〝協力者〟たちが過去に携わってきた案件もすべてそうなのだろう。

今回だって同じだ。オーナーが手を下したのだとすればこういう方法がある、整合性が取れる、という一つの〝解答例〟を示されただけで、他の可能性が完全に否定されたわけではない。ただ単に、注文者が求めている〝真相〟を——その欲が満たされ、もっとも縋りやすいであろう〝解釈〟

を眼前に差し出したにすぎないのだ。

「悲しいかな、人間というのはとかく知りたがる生き物だ。わからないことを忌避し、納得のいく説明を求めてしまうんだ」

今回の僕自身がまさにそうだった。

「ことの真相は？　ことの真実は？　それが〝事実〟であるという確証など永遠に得られやしないのに――それなのに、必死こいて探し回るんだ。で、最終的に見つけたような気になっている。犯人が自白した？　そこに嘘が含まれていないとどうして言い切れる。動かぬ証拠？　それを覆すだけのさらなる物証がどこかに眠っていないとなぜ断言できる」

できない。

できっこない。

そう言われたら、もうなにも信じられない。

だからこそ、とオーナーは椅子の背にもたれる。

「俺は名探偵を気取って『これが唯一無二の真相だ』などと口にしたことはただの一度もない。もちろん、中には――神の目から見れば真相を言い当てているものもあるだろうが、そんなことはどうでもいい」

どうでもいい。

清々しいほどに割り切った考え方だし、おいそれとは首肯しかねるけれど、残念ながら僕には反論の持ち合わせがなかった。

「今回、君は〝知らぬが仏〟を〝合言葉〟にしたが、俺に言わせれば正しくはこうだ」

知りたいなら、教えてやる。

渇いているなら、満たしてやる。

「ただし、真実など放っとけ」

本当にそれでいいのか——と思わないこともないけれど、事実として僕はいま満たされている。

事件の〝真相〟を知り、この〝店〟、ひいてはオーナーに対する疑念は解消されている。この〝店〟は、その気になれば人間の一人くらい容易く〝抹消〟できてしまうのだ、と。不可解かつ不可能な状況下で、警察の捜査の網を掻い潜りながら、それを難なく完遂できてしまうのだ、と。それはそれで恐ろしいのは間違いないけれど、言い知れぬ不安や不信感に蝕《むしば》まれ、あれこれ想像を膨らませる必要はなくなっている。確信し、納得し、胸の内に渦巻くもやもやは跡形もなく消え去っている。

過去の依頼者たちも皆、同じだったのだろう。

大切なのは、縋りつくに足る〝解釈〟を目の前にぶら下げてもらうこと。

それが真実であるか否かは、関係がない。

そんなものはどうでもいい。

知らぬが仏、いや、真実など放っとけ。

とはいったものの。

「もし、僕がいまの話を警察に垂れ込んだらどうするんですか？」

思わず口を衝いて出てしまう。

いや、それだけじゃない。

もし仮に、先の「万事つつがなく解決」という言葉の意味するところが、梶原さんの指を本人のものと偽って返却したということなのであれば、これは歴《れっき》とした証拠になりうるのではないか。オーナーが梶原さんを暗殺したかどうかは〝解釈〟次第だけど、それが本人の指でないことは鑑定に出せば〝事実〟として明らかになるはずだ。

けれどもこの問いに対し、オーナーは余裕綽々《よゆうしゃくしゃく》で鼻を鳴らした。

「そんなこと、君にはできないよ」

「どうして？」

「だって、初日に言っただろ？」

――ちなみに、この話は絶対口外しないように。

――もし口外したら……

命はないと思って。

違うか？　とオーナーは首を傾げる。

場を制圧するそこはかとない圧力。

無機質で無感情な〝洞のような目〟。

漆黒の闇へと通じる〝虚空〟。

ごくりと生唾を呑む。

たしかに、言ってみただけで、僕にそんなことをする気は毛頭ない。そんなことをしたら、梶原さんと同じ末路を辿ることになると――全身の細胞が、生存本能が、そう察しているから。実際のところどうなのかは関係ない。重要なのは、僕がどう〝解釈〟しているかだけなのだ。

瞬間、ぴろりん、と調理スペースに置かれたタブレット端末が鳴る。

「あっ」と僕が目を向けたときには既に、彼は端末のほうへと向かっていた。

「注文ですか？」

「そのようだね」

「メニューは？」

「例のアレだよ」

〝例のアレ〟——すなわち、ナッツ盛り合わせ、雑煮、トムヤムクン、きな粉餅。通常では考えられない、地獄のような食べ合わせとしか言いようがないものの、だからこそ、これらのメニューをあえて注文する客には一つの共通点がある。

そう、彼らは皆、おしなべて求めているのだ。〝真実〟を——〝真実〟という名のオブラートに包まれた〝解釈〟を。そうして空きっ腹を満たしたがっているのだ。その腹は満たされるべきなのか、それとも飢え死にさせるべきなのか。僕自身が〝満たされた側〟に回ったいまも、その判断はつきかねている。満たすことで心の安寧を得られるのならそれでいいのでは、とも思うし、結局それはまやかしにすぎないのでは、とも思ってしまう。

わからない。

わからないけど、今日もまた注文は後を絶たない。

悲しいかな、人間というのはとかく知りたがる生き物だから。

調理スペースに立つと、オーナーは淡々とコック帽を被り直した。

「さて、またどこかの誰かさんがお困りのようだ」

主な参考文献

『アマゾンの倉庫で絶望し、ウーバーの車で発狂した　潜入・最低賃金労働の現場』
ジェームズ・ブラッドワース　濱野大道訳　光文社

『アラフォーウーバーイーツ配達員ヘロヘロ日記』　渡辺雅史　ワニブックス

『くすぶり中年の逆襲』　錦鯉　新潮社

初出　小説すばる

「転んでもただでは起きないふわ玉豆苗スープ事件」　二〇二二年五月号
「おしどり夫婦のガリバタチキンスープ事件」　二〇二二年八月号
「ままならぬ世のオニオントマトスープ事件」　二〇二二年一一月号
「異常値レベルの具だくさんユッケジャンスープ事件」　二〇二三年二月号
「悪霊退散手羽元サムゲタン風スープ事件」　二〇二三年五月号
「知らぬが仏のワンタンコチュジャンスープ事件」　二〇二三年八月号

結城　真一郎（ゆうき・しんいちろう）

一九九一年、神奈川県生まれ。東京大学法学部卒業。
二〇一八年、『名もなき星の哀歌』で第五回新潮ミステリー大賞を受賞しデビュー。
二〇二一年、「＃拡散希望」で第七四回日本推理作家協会賞（短編部門）を受賞。
二〇二三年、『＃真相をお話しします』が本屋大賞にノミネートされ、一躍話題に。
他の著書に、『プロジェクト・インソムニア』『救国ゲーム』がある。

難問《なんもん》の多《おお》い料理《りょうり》店《てん》

THE GHOST RESTAURANT

二〇二四年 六 月三〇日 第一刷発行
二〇二四年一一月三〇日 第五刷発行

著者 結城《ゆうき》 真一郎《しんいちろう》
発行者 樋口尚也
発行所 株式会社集英社
〒一〇一-八〇五〇 東京都千代田区一ツ橋二-五-一〇
電話 〇三-三二三〇-六一〇〇(編集部)
〇三-三二三〇-六〇八〇(読者係)
〇三-三二三〇-六三九三(販売部)書店専用
印刷所 TOPPAN株式会社
製本所 加藤製本株式会社

©2024 Shinichiro Yuki, Printed in Japan
ISBN978-4-08-771870-6 C0093
定価はカバーに表示してあります。

造本には十分注意しておりますが、印刷・製本など製造上の不備がありましたら、お手数ですが小社「読者係」までご連絡下さい。古書店、フリマアプリ、オークションサイト等で入手されたものは対応いたしかねますのでご了承下さい。
本書の一部あるいは全部を無断で複写・複製することは、法律で認められた場合を除き、著作権の侵害となります。また、業者など、読者本人以外による本書のデジタル化は、いかなる場合でも一切認められませんのでご注意下さい。